황아! 황아!
내 거처로
오려무나

중국문학 ─ 사랑에 빠지다

황아! 황아! 내 거처로 오려무나

이영숙
지음

뿌리와
이파리

차례

머리말

중국에서 가장 오래된 문학은 무엇일까? 중국문학사에서는 중국 최고最古의 작품으로 『시경詩經』을 꼽기를 주저하지 않는다. 『시경』은 공자가 3000여 편의 작품을 300편으로 편집하여 "시 삼백 편은 지나침이 없다詩三百思無邪"고 극찬한 이래, 중국에서 가장 권위 있고 문학적 가치가 높은 작품으로 인정받아 왔다. 그러나 대다수의 유학자들은 공자의 권위를 빌려 『시경』을 정치적 교화의 도구로 사용하고자 했다. 그래서 '무왕의 공덕을 드러냈다'거나 '황후의 겸양과 인덕을 칭송했다'는 등 『시경』 속 작품들을 '충효'와 '정절'의 유학儒學적 프레임 안에 끼워 넣었다. 그러나 작품들을 감상하다보면 '꾸룩꾸룩' 우는 물수리에 연인을 떠올리는 가락 어디가 왕의 공덕이고, 담장 넘어 찾아오라는 유혹의 말이 어떻게 황후의 겸양인지 도통 알 수 없다. 『시경』이 '경전經典'으로 추앙된 이래 지속되던 이러한 왜곡된 시선은 의구심을 불러일으켰지만, 그 누구도 "임금님이 벌거벗었다"고 말할 용기는 없었다.

그런데 엉뚱하게도 1919년 프랑스의 저명한 중국학자 마르셀 그라네Marcel Granet가 왜 이런 사랑의 노래, 애환의 가락이 교화의 의미로 해석되는지 의문을 제기하면서, 비로소 『시경』은 경학의 무게와 예악의 그늘에서 벗어나게 되었다. 이제 우리는 공자가 말한 '지나침이 없다'는 평가를 온전히 이해할 수 있다. 그것은 민간의 희로애락을 담은 솔직담백한 노래로서 편견의 쏠림이나 감정의 과장이 없다는 뜻이었다. 짝사랑의 설렘, 뽕밭의 은밀한 밀회, 성급한 사랑의 약조, 배신에 대한 저주, 복수의 다짐과 증오……. 우리는 그것을 온전히 감상하고 즐길 수 있는 권리를 되찾은 것이다. 중국문학의 시조가 이렇게 솔직하고 거침없다니, 공자가 최고의 문학으로 칭송할 만하다.

그렇다. 문학은 이렇게 날것의 느낌과 감정을 고스란히 전달할 수 있어야 한다. 그런 면에서 사랑만큼 문학의 소재로 빈번히 등장하는 소재도 없는 것 같다. 삶은 곧 사랑의 역사라고 할 만큼 다양한 사랑의 흔적들이 중국문학 속에 고스란히 담겨 있다. 범려, 항우, 조조, 이백, 현종이 서시, 우미인, 견희, 아내 허씨, 양귀비와 나누었던 사랑의 밀어들과 낭만적인 교감의 순간들에 가슴이 설렌다. 거리의 서민, 상점의 상인, 전장의 군인들이 규방의 여인, 기루의 기녀, 서민의 아내들과 엮어낸 곡진한 사연과 나긋한 속삭임은 연애세포를 일깨운다. 궁중문학, 사대부문학, 민간문학을 망라하여 그들은 사랑을 노래했고 연애를 찬양했다.

이 책은 이런 놓치기 싫은 사연과 감성을 담아 주周나라부터 청淸나라에 이르기까지 시대성과 문화상에 따라 다양하게 변주된 중국문학 속의 사랑 이야기 34편을 소개하고자 한다. 이 이야기들은 유가의 지엄한 강령, 도가의 무위자연적 사변, 불가의 구제해탈의 철학을 넘어서고, 시대와 역사의 굴곡에서도 꿋꿋이 멈추지 않은 인간 존재의 증거들이다. 여기에는 개츠비의 위대한 사랑이나 그리스인 조르바의 혈기왕성한 본능, 로미오의 치기어린 열정만큼이나 집요하고 뜨겁고 아름다운 사랑의 서사들이 존재하고 있다. 궁금하지 않은가? 이들이 무슨 사연으로 만나 사랑하고 아파하고 헤어지는 애정사를 써내려갔는지?

낭만적 애수와 감성, 거친 욕망과 본능, 뜨거운 열정과 유혹, 깜찍한 설렘과 기대, 애절한 정한과 절망, 상실의 회한과 슬픔, 관능의 애욕과 욕정, 끈질긴 질투와 집착, 질척대는 미련과 후회, 피 튀기는 복수와 혈전, 파격적 불륜과 간음……. 이 모든 오욕칠정과 희로애락을 담은 각양각색의 이야기들은 3000년이 넘는 중국문학의 명맥을 현재까지 견인하는 감성과 소통의 원천이라고 할 수 있다. 이를 통해 태곳적부터 DNA에 흐르는 '어차피 인생은 사랑'이란 명제를 확인할 수 있어 세상은 그래도 살 만한 곳인 것이다.

사랑은 참으로 다양한 이름으로 명명되는 것 같다. 한때는 열정으로, 때로는 존경으로, 또 책임감으로, 가끔은 투정으로, 많은 경우엔 편안함으로, 언제나 믿음으로 그리고 감사함으로. 사랑의 이름으로 감사를 전하고 싶은 분들이 있다. 통찰력 있는 피드백과 세심한 교정으로 거친 원고를 완성도 높은 책으로 엮어주신 뿌리와이파리의 박윤선 주간님, 초보 작가의 원고를 선뜻 출판해주신 정종주 대표님, 출판에 결정적 가교가 되어주신 노은정 선생님과 출간에 애써주신 모든 관계자 분들께 깊은 감사를 드린다. 책을 집필하는 동안의 투정과 예민함을 아낌없는 지지와 성원으로 보듬어준 남편 태욱, 무한 애정과 믿

음으로 책 쓰는 엄마를 자랑스러워한 딸 원우에게도 더없는 사랑과
고마움을 전하는 바다.

자, 이제 준비되었는가? 사랑에 빠진 중국문학을 읽으며 그들과 함께
호흡할 준비가. 사랑의 서사, 연애의 발견, 낭만의 서정, 관능의 담론,
사랑의 중국문학사를 읽어나가 보자.

시간이 흘러도 사랑은 남는다.[1] 그리고 사랑은 문학을 남긴다.

2019년 12월

이영숙

---

1) 라틴어 경구로 "*Tempus fugit, amor manet*(템푸스 푸기트 아모르 마네트)."

봉건의
시대를
관통하는
자유의
감성

황하 물결 위로 흐르는 사랑, 『시경』

진秦나라 이전(先)의 선진先秦 시대는 기원전 770년 주周 왕조부터 기원전 221년 진시황제가 통일한 시기까지를 이른다. 봉건제도로 국가의 기틀을 다졌던 주나라의 『시경』은 넓은 영토를 효율적으로 관리하기 위해 각 제후국의 민요를 모아 민심을 파악하고자 했던 천자의 노력이 빚어낸 결과물이다. 삶의 현장에서 쏟아내는 진솔한 노래들은 3000년이 흐른 지금도 우리의 공감지수를 충족시킨다.

춘추전국의 '미스터&미세스 스미스', 범려와 서시

주 왕실의 권위가 약화되던 춘추시대에 가장 강력한 다섯 제후 춘추오패春秋五霸는 제齊의 환공桓公·진晉의 문공文公·초楚의 장왕莊王·오吳의 왕 합려闔閭·월越의 왕 구천勾踐이었다. 범려와 서시는 이 시기 월왕 구천을 도와 오나라를 무너뜨리는 데 크게 활약하면서 아름다운 사랑의 서사를 남겼다.

상상 속에 그녀가 있다, 굴원의 판타지 『초사』

기원전 221년 진시황이 중국을 통일할 때까지 180여 년간은 주 왕실의 권위가 완전히 무너지고, 전쟁과 약육강식의 논리가 세상을 지배하는 전국시대였다. 제후국은 진秦·초·제·한韓·위魏·조趙·연燕의 전국칠웅全國七雄으로 정리되었다. 초나라의 정치가이자 문학가였던 굴원은 강대국 진을 상대로 여섯 나라가 힘을 합치자는 합종책을 주장했다가 파직되었다. 그리고 불멸의 문장, 환상의 판타지 「초사」를 지었다.

열혈감성 항우의 '패왕별희'

혼란과 분열의 500여 년 춘추전국시대를 정리하고 중국 최초의 통일제국을 이룬 진나라는 고작 15년 만에 멸망했다. 진시황의 강경 법치에 저항하는 각지의 봉기 세력 때문이었다. 초나라의 귀족 출신 항우와 농민 출신 유방도 이 각축전에 뛰어든다. 항우는 이때 유방에게 패하면서 정인 우희虞姬와의 슬픈 사랑을 '패왕별희霸王別姬'라는 역작으로 탄생시킨다.

황하 물결 위로 흐르는 사랑,
『시경』

지금으로부터 3000여 년 전, 황하 유역의 주나라는 왕실의 일족과 공신에게 요지를 분봉分封해 다스리게 하는 봉건제도로 국가를 운영했다. 국國을 수여받은 제후諸侯 아래 도都를 수여받은 경卿과 대부大夫가 있고, 그 아래로 사士 계층이 있었다. 이들 위정자들은 피지배 계층인 민民과 구분해 인人이라 칭해졌다. 넓은 영토를 분봉하다보니 왕은 각 지역의 정세나 민심을 상세히 파악할 길이 없었다. 날것의 생생한 민생이 궁금했던 왕은 결심한다. 이 땅의 민정을 살펴야겠소. 신하가 대답한다. 광활한 땅을 어찌 일일이 행차하시겠나이까? 왕이 제안한다. 그럼 관리를 보낼까. 신하가 만류한다. 물자와 시간이 많이 들 텐데요. 왕이 고민한다. 그럼 어찌할꼬. 신하가 귀띔한다. 요순시대 태평성대를 가늠하던 방법이 있습니다만. 왕이 솔깃해한다. 그것이 무엇인고. 신하가 노래한다.

해가 뜨면 일하고, 해가 지면 쉬며,

우물 파서 마시고, 밭을 갈아 먹는데,

임금님의 힘이 내게 무슨 소용 있겠는가.[1]

　오호라. 왕이 깨닫는다. 그대들은 주나라 각 지방에 떠도는 노래들을 모두 수집해오라.

　주 왕조 건국부터 춘추시대 초기까지 수백 년간의 다양한 제사의 노래, 향연의 가사, 민간의 가요가 수록된 『시경』은 이렇게 탄생했다. 위의 노래는 전설의 태평성대인 요堯임금 시대에 '노인들이 한가롭게 길에서 땅을 두드리며' 불렀다는 「격양가擊壤歌」다. 요임금은 이 노래를 듣고 민심이 안정되었음을 파악했다. 주나라 왕실은 이에 착안해 '채시관采詩官'이라는 특별 관리를 각 지방에 파견하여 거리에 나도는 노래며 가사 등 민간가요들을 모아 민심을 살피는 창구로 활용했던 것이다. 당시 수집된 시는 약 3000여 편이었으나, 공자가 추려 300여 편으로 정리했다. 『시경』은 용례에 따라 '풍風'·'아雅'·'송頌'으로 구성되어 있다. '아'가 궁궐의 연회에 쓰이던 예가禮歌이고 '송'이 종묘의 제사에 쓰이던 악가樂歌라면 '풍'은 민중의 생활과 밀착된 대중가요라고 할 수 있다.[2]

---

1)　日出而作, 日入而息. 鑿井而飮, 耕田而食. 帝力於我何有哉? 「擊壤歌」

2)　아는 대아大雅와 소아小雅로 나뉘며 궁궐에서 연주되는 곡조에 붙인 가사로 귀족풍을 띠고 있다. 송은 종묘의 제사에 쓰이던 악가樂歌로, 주송周頌·노송魯頌·상송商頌이 있다. 여기에 서술기법을 부賦·비比·흥興으로 분류하여 풍·아·송과 함께 『시경』의 육의六義라고 칭한다.

민심의 창구, 대중가요

대중가요 '풍'은 약 160편이다. 주남周南과 소남召南을 제외한 15개의 풍은, '경기 민요' '전라 민요' '제주 민요' 식으로 각 지역 명칭에 '풍'자를 붙여 15개 지역의 민간가요를 표시했다. 가령 패邶 지역의 노래는 패풍, 위衛 지방의 위풍, 정鄭나라의 정풍, 제齊의 제풍 등이다. 이 중에는 농사의 고단함, 노동의 보람, 수확의 기쁨, 삶의 관조 등의 생생한 민중의 삶도 담겨 있지만, 더 흥미롭고 감동적인 작품들은 단연 생계의 고단함을 뚫고 빛나는 사랑의 연가다. 첫사랑의 설렘, 이웃 사내에 대한 은밀한 유혹, 뽕밭에서의 관능적 연애, 금기 타파와 일탈의 짜릿함, 배신에 대한 복수혈전, 실연의 처연함 등 적나라한 날것의 사랑과 애정·밀회·혼인·실연·일탈에 관한 작품들이다. 3000년 전 그때의 남녀들은 과연 어떻게 연애하고 사랑하고 이별하고 복수했을까?

설레는 첫 연애

'첫사랑'만큼 설레는 단어가 있을까? 여기 결혼 적령기의 한 아가씨가 연인을 기다리며 발그레한 얼굴로 초조한 듯 서성인다. 아드레날린이 왕성하게 분비되고 혈압은 급격하게 치솟아 심장은 미친 듯이 뛰어댄다. 온몸의 세포는 오직 그를 향해 열려 있다. 급히 뛰어나와 머리는 흐트러지고 콧잔등엔 송골송골 땀까지 맺힌 그녀는 손에 연인에게 줄 선물을 꼭 쥐고 있다. 그런 그녀를 바라보며 다가오는 한 남자, 그 역시도 설레는 마음을 주체할 수 없다. 그녀를 만나기 100미터, 50미터, 20미터, 1미터…… 전.

사랑스런 그녀 어찌나 순수한지.
모퉁이에서 연인을 기다리는 저 모습
보고픈데 나타나지 않는 나를
머리 매만지며 기다리는 저 모습.

어여쁜 그녀 어찌나 사랑스러운지.
가만히 내미는 붉은 저 피리
붉은 피리 눈부시게 고운 건
그녀가 어여뻐서 기쁘기 때문이지.

그녀가 벌판에서 따온 들꽃
이렇게나 아름답고 특별한 것은
들꽃이 예뻐서라기보다는
내 아름다운 여인이 주었기 때문이지.[3]

「어여쁜 그녀靜女」

　　약속 장소에 먼저 나와 연인을 기다리는 여인의 모습은 순수하며
신선하다. 밀당과 계산 없는 그녀는 진정한 사랑의 고수임이 틀림없
다. 화자는 그런 여인을 사랑스럽게 바라보며 다가간다. 그의 시선은
머리, 얼굴, 손, 치마폭을 거쳐 발끝으로 옮겨간다. 이 장면은 마치 "장

---

3)　靜女其姝, 俟我於城隅, 愛而不見, 搔首踟躕. 靜女其孌, 貽我彤管, 彤管有煒, 說懌
　　女美. 自牧歸荑, 洵美且異, 匪女之爲美, 美人之貽.『詩經』「邶風·靜女」

미꽃 한 송이를 안겨줄까 무슨 말을 어떻게 할까" 머릿속에 그리며 약속 장소로 가는 〈그녀를 만나는 곳 100미터 전〉이라는 노래를 떠올리게 한다. 만남의 설렘은 3000년 전이나 요즘이나 만고불변 신경전달물질이 증명하는 육체의 진리인 모양이다. 그녀는 그에게 마음처럼 붉은 피리를 선물한다. 그러나 남자에게 무엇보다 소중한 선물은 그녀와 함께한 모든 순간일 터였다. 그는 그녀에게 최고의 호칭을 선사한다. 곱고 깨끗하며 우수하고 훌륭한, 정밀한, 영리한, 온갖 좋은 의미의 '정녀', '어여쁜 그녀'라고 말이다.

자, 솔직하여 아름다웠던 그녀는 다음 약속 시간과 장소를 과감하게 통보한다. 어디서 만나냐고? 글쎄 만나는 곳은 내가 정한다니까.

대담한 밀회, 유혹의 기술

> 언덕 위에 삼밭 있어, 저기 머문 그대여
> 저기 머문 그대여, 이제 와서 베푸소서.
>
> 언덕 위에 보리밭 있으니, 거기 머문 그대여
> 거기 머문 그대여, 어서 와서 맛 좀 보소.
>
> 언덕 위에 오얏밭 있으니 그곳에 머문 그대여
> 그곳에 머문 그대여, 내게 예쁜 패옥 남겨주오![4]

「언덕 위 삼밭에서丘中有麻」

---

4) 丘中有麻, 彼留子嗟. 彼留子嗟, 將其來施施. 丘中有麥, 彼留子國. 彼留子國, 將其來食. 丘中有李, 彼留之子. 彼留之子, 貽我佩玖.『詩經』「王風·丘中有麻」

이 대담한 여인은 마음에 든 남자를 삼밭으로, 보리밭으로, 오얏밭으로 유인하고 있다. 야외에서의 은밀한 만남은 왠지 일탈과 사통의 야릇한 야합의 냄새를 풍긴다. 이 여인은 구체적인 일정까지 제시하는 적극성을 보이고 있다. 사내가 끌려 다닐 수만은 없지. 이번엔 남자가 다음 만남의 장소를 제시한다.

> 새삼을 캐러 매 마을로 간 건 예쁜 강씨 맏딸이 보고파서지.
> 뽕밭에서 약조하고 상궁에서 만나 기수가에서 배웅했지.
>
> 보리 채취하려 매 마을 북쪽에 간 건 어여쁜 익씨 맏딸 그리워서지.
> 뽕밭에서 약조하고 상궁에서 만나 기수가에서 작별했지.
>
> 순무 채취하려 매 마을 동쪽엔 고운 용씨 맏딸을 보러갔었지.
> 뽕밭에서 약조하고 상궁에서 만나 기수가에서 헤어졌지.[5]

「뽕밭에서桑中」

'매' 고을 세 처자와 차례로 뽕밭에서 화끈하게 연애하고 기수에서 쿨하게 헤어진 희대의 카사노바는 누굴까? 강씨·익씨·용씨는 주 나라의 흔한 성씨였다. 평범한 가문의 과년한 처녀들과의 밀회를 버젓이 자랑하는 것을 보면, 그 당시 이런 만남이 공공연했던 모양이다. 계절이 바뀔 때마다 새삼, 보리, 순무 채집을 핑계로 만나는 이들의

---

5) 爰采唐矣, 沫之鄕矣. 云誰之思? 美孟姜矣. 期我乎桑中, 要我乎上宮, 送我乎淇之上矣. 爰采麥矣, 沫之北矣. 云誰之思? 美孟弋矣. 期我乎桑中, 要我乎上宮, 送我乎淇之上矣. 爰采葑矣, 沫之東矣. 云誰之思? 美孟庸矣. 期我乎桑中, 要我乎上宮, 送我乎淇之上矣.『詩經』「鄘風·桑中」

밀회장소는 뽕밭! 공개된 장소라 더욱 도발적이고 에로틱하다.

　그야말로 야野한 뽕밭 연애의 정서는 의외로 지엄한 종법과 예교를 규정한 『주례』에서 기인하고 있다. 『주례』는 "음력 2월에는 남녀가 모여 야합하는 것을 금하지 않는다"⁶⁾고 분명히 선포하고 있는 것이다. 봉건 예교의 준엄함으로 민중의 육체와 정신까지 통제했던 주나라도 원기 왕성한 젊음의 혈기를 도덕과 규범으로만 억압할 수 없음을 간파했던 모양이다. 매년 중춘의 2월 보름엔 자유연애와 공개구애를 공식적으로 허용했으니 말이다. 국가 공식 야합 승인의 밤, 평소 가부장적 종법제도에 갇혀 있던 청춘의 뜨거운 피가 봉인 해제되지 않았겠는가?

　그런데 뜨거운 청춘남녀가 어디 허락된 날에만 그랬으랴! 무성한 잎과 누에의 왕성한 식욕으로 관능적 정서를 유발하는 뽕나무가 도처에서 청춘남녀의 야외 정사를 부추기고 있는데 말이다. 그때 그 시절 분방한 밀회의 에로틱한 야합과 국가의 개방적 관용이 감탄스러울 따름이다.

잔인한 이별

불타올랐던 사랑과 연애에도 끝은 있는 법. 그런데 화끈하게 사랑한 이들은 끝낼 때도 뒤끝이 없다. 아주 끝장을 봤다.

> 당신이 날 사랑한다면 치마 걷고 진수라도 건널 테지만
> 당신이 날 사랑 않는다면 어디 다른 사람(人) 없을까.

---

6)　仲春之月令會男女, 于是月也奔者不禁. 『周禮』 「地官·媒氏」

저 경솔한 미친 녀석!

네가 날 사랑한다면 치마 걷고 유수라도 건너겠지만

네가 날 사랑하지 않는다면 어찌 다른 남자(士) 없을까.

바보 같은 멍청한 자식![7]

「치마를 걷고褰裳」

　이별 통보에 치마를 걷어붙이고 강을 건너겠다는 이 시의 화자는 분명 여성이다. 『주례』에서는 남녀가 유별하다 했거늘. 태어나면서부터 눕는 곳이 사내아이는 침대, 여자아이는 바닥으로 눕는 곳조차 달랐거늘. 여자는 남자의 그늘이며 타자이자 소유물로만 존재하거늘. 그런데 이 여인은 헤어지자는 남자에게 감히 무시무시한 협박과 저주를 퍼붓는 게 아닌가? 한술 더 떠 짝사랑이나 집착은 사절이니 새 사랑을 찾겠노라고 선언한다. 그 상대는 너 따위의 평범한 남자가 아니라 귀족인 '사士'와 '인人'에 속하는 자로, 지위와 계급이 상당한 자들이라는 거다. 유치하리만큼 솔직하고, 놀라우리만큼 거침없다. 배신남에 대한 호칭은 바보, 멍청이, 미친 녀석. 거침없이 고백하고, 갈등 없이 협박하며, 미련 없이 이별하는 여인의 과감한 행보와 시대를 초월하는 젠더의식에 박수를 보내는 바다. 이것이 종법제도가 지엄했던 주나라 여인들의 화끈하고 뒤끝 없는 사랑법이었다.

　공자는 『시경』의 시들을 가리켜 "즐거우나 넘치지 않고, 슬프나 몸을 상하지 않는다樂而不淫, 哀而不傷"라고 평했다. 작품 속 화자들은 의

---

7)　子惠思我, 褰裳涉溱. 子不我思, 豈無他人, 狂童之狂也且. 子惠思我, 褰裳涉洧. 子不我思, 豈無他士, 狂童之狂也且.『詩經』「鄭風·褰裳」

식의 흐름과 감정의 파고에 몸과 마음을 맡기고 사랑하는 이에 대한 뜨거운 정열과 통렬한 분노를 남김없이 불살랐기에 넘치지도, 몸을 상하지도 않았던 모양이다.

춘추전국의 '미스터&미세스 스미스', 범려와 서시

안젤리나 졸리와 브래드 피트를 세기의 부부로 맺어준 〈미스터&미세스 스미스〉는 경쟁 조직에 속한 일급 킬러 존(브래드 피트 분)과 제인(안젤리나 졸리 분)의 이야기다. 살인사건을 계기로 만나 사랑에 빠진 존과 제인은 서로의 정체를 숨긴 채 결혼한다. 가정에서는 평범한 부부처럼 생활하지만, 직장에서는 냉혹한 킬러로 살아가길 5~6년. 그러다 임무를 부여받고 출동한 암살현장에서 맞닥뜨린 두 사람은 암살 대상이 바로 자신의 배우자임을 알게 된다. 임무 완수를 위해 질주하는 존과 제인의 이야기 〈미스터&미세스 스미스〉는 제작 후 두 사람이 현실 커플이 되면서 영화 같은 후일담으로도 주목받았다.

이런 영화와 같은 이야기가 고대 중국에도 있었으니, 바로 춘추시대 월나라의 범려范蠡와 미녀 첩보원 서시西施의 이야기다. 범려는 월왕 구천을 도와 오나라를 멸망시키는 과정에서 서시를 '미인계'에 투입했다. 그때 서시를 발탁하여 첩보원으로 훈련시키면서 둘 사이에 안젤리나 졸리와 브래드 피트와 같은 사랑이 싹텄다고 하니, 진정 한 편의 드라마 같은 사연이 아닐 수 없다.

적과의 동침 '오월동주'가 웬 말

춘추시대 말기는 주 왕실의 세력이 점점 약해져, 무왕에 이르러서는 그 권위가 땅으로 곤두박질치던 시기였다. 천자국의 권위와 함께 가부장적 가치관과 상하질서의 봉건제 역시 그 힘을 잃게 되었다. 『주례』로 대표되던 '종법사회'의 질서 대신 새로운 부국강병의 학설과 인간 층위의 다양성을 보이게 된 것도 바로 이 시기다. 유가의 권위, 도가의 혁신, 법가의 실용, 묵가의 공용 등은 모두 춘추시대에 발현되기 시작했다. 정치적·사회적 위기가 사상과 문화의 혁신을 견인했던 역설의 시대인 것이다. 당시 1000여 개이던 제후의 수가 10여 개국으로 줄어들면서 그 세력이 점차 확대·강화되었다. 그중 가장 강력한 패권을 차지한 다섯 나라의 패자가 '춘추오패'로, 제의 환공·진의 문공·초의 장왕·오의 합려·월의 구천이다. 범려와 서시의 이야기는 춘추오패 중 오나라와 월나라의 사연에서 시작된다.

오나라와 월나라는 양자강 남쪽 지역에 나란히 붙은 두 제후국이었다. 양자강 이남은 비옥한 토지, 온화한 기후, 풍부한 물산, 원활한 수송 등으로 지리적·경제적으로 매우 유리한 지역이었다. 두 나라는 그 이권을 두고 전쟁이 잦았다. 그러다가 오왕 합려가 월왕 구천과의 싸움에서 부상당한 손가락 상처의 악화로 목숨을 잃게 된다. 합려는 임종 시에 태자 부차夫差에게 이 치욕을 잊지 말고 반드시 원수를 갚아달라고 유언했다. 오나라 왕이 된 부차는 부친의 유언을 곱씹으며 거친 장작더미 위에서 잠을 자는 '와신臥薪'의 생활로 복수의 각오를 다졌다. 그는 군사를 맹훈련시키며 주도면밀하게 월나라를 칠 기회를 노렸다. 기회는 곧 찾아왔다. 승리의 기쁨에 도취된 월왕 구천이 범려의 만류에도 불구하고 준비 없이 오나라를 공격한 것이다. 불타는 복수심과 철저한 계획으로 무장한 부차는 바로 구천의 군대를 박살냈다. 구천은 속수무책으로 패해 회계산으로 도망을 가야 했다.

이제 부차와 구천의 입장이 뒤바뀌었다. 구천이 복수의 칼날을 갈 차례였다. 구천은 먼저 범려의 간책대로 오나라 재상 백비伯嚭를 뇌물로 매수하고 부차의 신하가 될 것을 자청했다. 오나라의 중신 오자서伍子胥는 구천의 속셈을 알아채고 부차에게 간언했으나, 부차는 듣지 않았다. 조공의 약조, 신하의 맹세, 부차의 변까지 맛보며 병을 걱정하는 구천의 '상분득신嘗糞得信'의 저자세에 넘어간 것이다. 부차는 구천을 풀어주었다. 월나라로 돌아온 구천은 쓰디쓴 동물의 쓸개를 핥는 '상담嘗膽'의 다짐으로 패배의 쓴맛을 되새겼다. 그리고 '은밀하고 위대하게' 복수의 기회를 노린다.

미녀 첩보원 서시의 활약

이 시점에서 서시가 등장한다. 범려는 오나라를 무너뜨릴 결정적 한 방을 준비했다. 이미 조공으로 부차의 환심을 산데다, 토목공사 및 궁전 축조로 사치를 조장해둔 터였다. 망국으로 가는 최종 코스, 미녀로 부차의 마음을 흐트러뜨릴 '형기지燊其志'[8]를 활용할 때였다. 범려는

―――
8) 월나라 대부 문종文種이 제안한 오나라 정벌의 9가지 방법(伐吳九術)의 하나. 오나라 혼란법 7가지와 월나라 대처법 2가지로 구성. 1. 존천사귀尊天事鬼: 오나라에서 승리의 제사를 거행해 백성의 현실감각을 없앤다. 2. 중유기군重遺其君: 후한 예물로 부차와 오

전국을 누비며 미녀들을 발굴했다. 그러던 어느 날, 저라산 기슭을 걷던 범려는 눈이 번쩍 뜨이는 미인을 발견한다. 물가에서 빨래를 하던 처녀, 서시였다. 서시는 가냘픈 몸매에 길쭉한 팔다리, 병약한 듯 창백한 피부, 애수어린 짙은 눈썹, 살짝 찡그린 미간의 주름까지 매혹적인 완벽한 남심 저격형 미인이었다. 서시가 빨래할 때 물속의 물고기가 아름다움에 넋을 잃고 가라앉았다는 '침어沈魚'의 소문이 사실이었다. 찡그린 모습마저 너무나 예뻐, 이를 따라한 추녀 동시東施 때문에 모두들 불쾌해 문을 닫아건 것을 두고 '효빈效顰(찡그림을 본뜸)' 혹은 '빈축顰蹙(눈살을 찌푸림)'이라는 성어가 탄생했다더니 과연 그럴 만했다.

범려는 서시에게 3년간 춤, 노래, 사교술, 대화법 등을 전문적으로 훈련시킨다. 맹훈을 통해 월나라 미녀 첩보원으로 거듭난 서시는 프로젝트에 투입되자마자, 부차를 사로잡았다. 부차는 국사는 멀리한 채, 별궁과 정원에서 오로지 서시에게만 빠져 지냈다. 오자서 등 대신들은 하夏의 말희妹喜, 상商의 달기妲己, 주의 포사褒姒로 인한 망국의 예를 들어 부차에게 호소했으나 소용없었다. 사치와 향락에 빠진 왕, 잦은 토목공사로 인한 경제 난국, 어지러운 정세, 해이해진 군사 기강, 절호의 기회였다. 구천은 이 절묘한 타이밍을 놓치지 않았다. 막강한 군사력과 불타는 복수심으로 무장한 월나라는 오나라를 완벽하게 무너뜨렸고 부차는 자결했다. 구천이 쓸개를 핥으며 견뎠던 20년 세월이 보상받는 순간이었다. 부차와 구천이 각각 복수를 위해 장작더미

나라 대신들의 환심을 산다. 3. 공기방空其邦, 피기민疲其民: 사치 조장으로 오나라의 창고를 텅 비게 한다. 4. 형기지熒其志: 여자로 오왕 부차의 투지를 꺾는다. 5. 진기재盡其財: 토목공사로 오나라 재력을 소모시킨다. 6. 귀기유신貴其諛臣: 아첨하는 간신이 국정을 농단토록 한다. 7. 강기간신强其諫臣: 간언하는 충신들을 없앤다. 8. 비기리備其利: 월나라의 부를 쌓는다. 9. 견갑이병堅甲利兵: 월나라 무기와 군사들을 제대로 준비하고 훈련시킨다.

에서 잠자고 쓸개를 핥으며 복수를 다짐한다는 '와신상담'의 성어는 이렇게 탄생했다. 이로써 영원한 원수가 된 오나라와 월나라는 결코 같은 배를 타는 '오월동주吳越同舟'를 도모할 수 없게 된 것이다.

그들의 후일담 〈미스터&미세스 스미스〉

이 프로젝트의 일등 공신 범려와 서시는 그 후 어떻게 되었을까? 먼저 범려의 후일담에 관해서는 다음과 같은 설이 유력하다. 상황 판단이 빠른 범려가 승리한 이후 변한 구천의 마음을 간파하고는 "벼슬하지 않을 땐 천금 재산을 이뤘고, 관직에 나가선 재상에 이르렀다. 오래 높은 명성을 누림은 좋지 않다. 이제 나는 평범한 인간으로 편히 살리라"라며 전 재산을 주위에 나눠주고, 도陶 지역으로 거처를 옮겨 이름도 도주공으로 바꾸고 살았다는 설이다. 범려야말로 사냥이 끝나면 사냥개를 삶아 먹는다는 '토사구팽兔死狗烹'의 원리를 간파한 진정한 정치와 인생의 달인이었던 셈이다.

서시에 대해 역사가들은 좀 더 다양한 설들을 내놓았다. 오나라가 망한 후 월나라로 귀국해 연인 범려와 항주杭州의 서호西湖에서 행복하게 살았다는 설, 서시를 질투한 구천의 왕비가 그녀를 자루에 넣어 물에 빠뜨려 죽였다는 설, 강에서 자살했다거나, 분노한 오나라 백성들이 서시를 죽였다는 설 등 다양한 후일담이 존재한다. 그러나 부동의 지지율 1위는 서시와 범려의 연인설이다. 사람들은 3년간의 훈련기간 동안 두 사람 사이에 애정이 싹텄으리라 확신했다. 오와 월의 전쟁을 소재로 한 2008년 중국 드라마 〈쟁패전기爭覇傳奇〉는 연인 범려와 서시의 로맨스가 단연 인기 비결이었다. 치열한 전쟁 이야기보다 로맨틱한 사랑 이야기에 더 끌리는 것이 인지상정인 듯하다. 분명한 것은 중국 고대사의 한 장을 책임졌던 서시가 문학사에도 한 페이지를 장식하며 우리에게 아름다운 사랑의 여운을 남겼다는 점이다. 당나라 시인 이백은「서시」에서 그녀의 일생을 다음과 같이 노래했다.

> 서시는 월나라 계곡의 아가씨, 저라산 기슭에서 태어나
>
> 빼어난 용모로 고금을 뒤덮으니 연꽃조차 고운 얼굴 샘냈네.
>
> 푸른 물결 일으키며 비단 빨며 맑은 물 벗 삼아 한가로운 가운데
>
> 눈처럼 흰 이 드러내며 나직이 부르는 노랫소리 구름 사이에 머무네.
>
> 구천이 이 절세가인 부르니, 서시 눈썹 치켜들고 오나라 관문 들어서
>
> 오왕이 서시 손잡고 관아궁 오르니, 아찔하게 높은 그곳 어찌 올랐나.
>
> 부차의 오나라를 한번에 격파하고, 천년토록 끝내 돌아오지 못했네.[9]
>
> 이백,「서시」

이백은 개울가에서 빨래하며 자연을 벗 삼아 평범한 삶을 살던 서시가 빼어난 용모 때문에 오히려 첩자로서 슬픈 운명의 길을 걸어야 했음을 통탄했다. 이백은 서시에 관련된 또 다른 시로 그가 활동할 당시의 당나라 정국을 꼬집기도 했다.

> 고소대 위로 까마귀 깃드는 때
>
> 오나라 왕궁 안에 서시가 취해 있네.
>
> 오나라 노래, 초나라 춤 환락 끝나지 않았는데

---

9) 西施越溪女, 出自苧蘿山. 秀色掩今古, 荷花羞玉顔. 浣紗弄碧水, 自與淸波閒. 皓齒
信難開, 沈吟碧雲間. 勾踐徵絶艶, 揚蛾入吳關. 提攜館娃宮, 杳渺詎可攀. 一破夫差
國, 千秋竟不還.「西施」

청산이 해를 반쯤 입에 물려고 하니

은 바늘 금 물시계 물 떨어져 밤 깊어져

일어나 보니 가을 달 강물에 떨군 듯

동방에 해 높이 솟으니 이 즐거움 어찌할꼬.[10]

이백, 「오서곡烏棲曲」

　　고소대는 부차가 서시와 지내기 위해 지은 화려한 누각이다. 까마
귀가 둥지에 깃들 무렵부터 동방에 해가 밝아올 때까지 서시와의 환
락에 빠져 정사를 돌보지 않았던 부차의 행태를 당의 현종이 양귀비
에 빠져 정사를 소홀히 하는 것에 빗댄 것이다. 문인들에겐 예술적 영
감을 주고 대중들에겐 연애의 환상을 꿈꾸게 한 서시. 미인계와 첩보
계, 그리고 연애계의 선두주자로 서시는 역사와 문학에서 그 존재감
이 대단하다 하겠다.

---

10)　姑蘇臺上烏棲時, 吳王宮裡醉西施. 吳歌楚舞歡未畢, 靑山欲銜半邊日. 銀箭金壺漏
　　水多, 起看秋月墜江波, 東方漸高奈樂何. 「烏棲曲」

상상 속에 그녀가 있다,
굴원의 판타지 『초사』

상상의 힘은 놀랍다. "지식보다 중요한 것은 상상력"이라는 아인슈타인의 말처럼 상상력은 천리안을 망원경으로, 천리마를 KTX로, 마법의 양탄자를 비행기로 환원시키는 놀라운 힘이 있다. 정확한 데이터와 정교한 시스템, 수치화된 계량을 요구하는 과학의 산물도 그 시작은 상상과 환상에서 발아된다. 상상은 문학과 예술 속에서 더욱 빛을 발한다. 세계적인 베스트셀러 조앤 K. 롤링의 『해리포터』 시리즈가 영화로도 제작되어 많은 사랑을 받고 있다. 그 비결은 판타지라는 프레임 안에 환상, 마법, 신비의 기교들을 활용하여 현실 속 인간의 욕망과 뒤틀린 심리들을 잘 녹여냈기 때문이다. 상상은 인간을 자유롭게 한다. 그것은 현실을 외면하는 것이 아니다. 오히려 현실의 틀을 벗어나 조망하면서, 처절하게 직시하게 한다. 인간은 현실이 냉혹하고 예교가 엄격할수록 일탈과 환상을 꿈꾼다.

그러므로 상하질서와 유가관념, 종법제도의 규율이 절대적이었던 고대 중국에서도 『해리포터』 같은 상상의 판타지 문학이 존재했다는 것은 그리 놀라운 일이 아니다. 하늘을 날고 바다를 유영하며 신비의 섬을 모험하면서 공주를 찾아가는 상상의 판타지, 『초사』에서는 어떤 세계가 펼쳐질까?

정치인 굴원이 사는 세상

『시경』이 북방의 실천이성을 대표하는 현실 문학의 시조라면, 『초사』는 남방의 낭만 애수를 내포한 환상 문학의 기원이라고 할 수 있다. 전국시대 정치가이자 시인인 굴원이 남긴 상상의 문학 『초사』는 독특한 언어, 정교한 문장, 신비한 분위기로 2000년이 넘는 후대에까지 무궁하고 풍부한 문학적 소산을 전했다. 그리고 단오절의 풍습과 굴원 추모의식을 통해 대중문화 속에 유구히 살아 숨쉬고 있다. 굴원만큼 굴곡진 정치 역정과 곡절한 문학 인생을 산 인물이 또 있을까? 뛰어난 학식과 재능으로 최고 지위를 누렸다가 실패한 정치가로 실각한 후, 환상적 언어와 비애미 넘치는 문장으로 만인의 시인으로 부활한 굴원. 작품 속 애절한 시어와 감성적 문장들은 그의 다사다난했던 삶의 경험과 정신세계를 반영한 듯하다. 그리고 작품 면면에 흐르는 환상적 분위기와 신화적 애수는 중국문학에 상상력이라는 문학적 소산을 선사했다.

굴원이 활동하던 전국시대 말기는 미약하게나마 유지되었던 주나라의 권위가 완전히 무너지고 약육강식과 적자생존의 논리만이 세상을 지배하던 때였다. 당시에는 진·초·제·한·위·조·연나라의 전국 칠웅이 병립하고 있었다. 굴원은 초나라의 회왕懷王을 섬기며 내정과 외교를 주관하던 승상이었다. 굴원은 6국이 동맹하여 강국인 진나라에 대항해야 한다는 합종설을 주장했다. 그러나 회왕은 연횡설을 채택했고, 여섯 나라와 차례로 동맹하면서 한 나라씩 공략하는 진나라의 책략에 크게 패전한다. 이런 상황에서 회왕은 굴원의 만류를 뿌리치고 막내 왕자 자란子蘭의 권고대로 무관에 가서는 억류되었다가 목숨을 잃는다. 큰아들 경頃이 양왕襄王으로 왕위에 오르고, 자란은 영윤으로 임명되었다. 회왕의 죽음을 초래했다며 자란을 비난하던 굴원은 양자강 이남의 소택지로 추방되었다.

시인 굴원이 꿈꾸는 세상

「어부사漁父辭」는 재야로 쓸쓸히 낙향하던 굴원이 혼탁하고 어지러운 세상과 자신의 신세를 한탄하며 읊조린 시다. 지나가던 어부가 굴원을 알아보고 높으신 어른께서 어찌 이 누추한 곳으로 추방되었느냐고 묻자, 굴원은 다음과 같이 화답한다.

"온 세상이 모두 혼탁한데 나만 홀로 깨끗하고, 뭇 사람이 취했는데 나만 홀로 깨어 있어 쫓겨나게 되었소이다."[11]

이 말에 어부는 굴원에게 이런 말을 남기고 허허 웃으며 먼 길을 떠났다고 한다.

"창랑의 물이 맑으면 갓끈을 씻고, 창랑의 물이 흐리면 발이나 씻으면 될 것을."[12]

그렇다. 물이 너무 맑으면 물고기가 살 수 없다. 플랑크톤도 있고

---

11) 擧世皆濁, 我獨淸. 衆人皆醉, 我獨醒. 是以見放.

12) 滄浪之水淸兮, 可以濯吾纓. 滄浪之水濁兮, 可以濯吾足.

유기물 등 부유 생물이 있어야 물고기도 먹고살 수 있는 법이다. 현실에 발을 딛고 사는 어부가 독야청청 고고한 굴원의 지나친 도덕 결벽증을 꾸짖는 위의 대화는 세상과 굴원의 어긋난 시각을 교차해서 보여주는 명문장으로 유명하다.

그러나 추방으로 끝장난 정치 인생은 본격적인 문학 인생의 시작이기도 했다. 좌천된 후 굴원은 충심과 걱정, 분노와 애환, 감성과 지성을 쏟아 끊임없이 작품들을 창작해냈다. 굴원은 당시 초나라의 방언으로 쓰인 독특한 문체를 형성했는데, 이것이 바로『초사』다.[13]

「이소離騷」·「구가九歌」(11편)·「천문天問」·「구장九章」(9편)·「원유遠遊」·「복거卜居」·「어부漁父」·「회사懷沙」 등이 '초사' 장르로 분류되는 굴원의 작품들이다. 이 작품들은 초나라 말로 쓰여 남방 특유의 나른하고 환상적인 기풍을 형성하고 있다. 그리고 현실의 애환, 집체적 감성을 담은 중원의 문학과 달리 환상적 애수, 개인적 감상을 읊었다. 초사는 언어, 문장형식, 분위기, 감성, 소재에서 북방의 문학과 확연히 구분되는 특징을 보이고 있다.

---

13) 『초사』는 초나라 방언으로 쓰였으며, 시와 산문 중간 형태의 문학이다. 전한 때에 유향劉向이 편집하였으며 대부분 굴원의 시와 그를 추모하는 내용을 담은 시로 구성되어 있다. 굴원의 작품으로『사기』는 「이소」「천문」「초혼招魂」「애영哀郢」「회사」 5편이 있다고 했고,『한서』「예문지藝文志」는 25편이 있다고 했다.『한서』에서 말하는 25편은 왕일의『초사장구』와 주희朱熹의『초사집주楚辭集註』의 기록과도 일치한다. 이 25편은 각각「이소」「구가」(11편),「천문」「구장」(9편),「원유」「복거」「어부」다. 여기에 현대 학자들의 고증으로 굴원의 작품으로 보는「대초大招」까지 포함하면 총 26편이 된다.『사기』에서 언급한「초혼」은「초사장구」에서 송옥宋玉이 지은 것이라고 했기 때문에 굴원의 작품에 넣지 않는 것이 타당할 듯싶다(굴원, 송옥 등저, 권용호 역,『초사』, 글항아리, 2017 참조).

여신의 남자를 꿈꾸다, 「이소」

「이소」는 '근심(騷)을 만난다(離)'는 의미다. 이 작품은 초나라 회왕과의 갈등으로 좌천당한 굴원의 울분과 충정을 노래했다고 알려져 있다. 왕과 자신을 남녀관계로 비유해 자신의 결백과 충심을 호소했다는 것이다. 그러나 신화와 전설에서 모티브motive를 취해 여신, 초목, 조수, 산하 등을 묘사한 아름다운 문장은 사랑의 서사시로 보아도 손색없다.

> 저녁에 후예의 궁석산에 돌아와, 아침엔 유반강에서 머리를 감네.
>
> 어여쁘나 교만한 복비는 종일 방탕히 즐기는구나.
>
> 아름다우나 무례한 복비보다는 다른 미인 구하리라.
>
> 사방 두루 살피고 하늘 널리 둘러보고 내려와서
>
> 높은 옥망루 바라볼 때, 유융국의 미녀가 눈에 띄었지.
>
> 짐새에게 중매를 명했더니, 짐새 답하길 그녀는 별로라 하네.
>
> 수비둘기가 중매를 장담하나, 나는 그놈 경망함이 싫구나.
>
> 마음 머뭇대며 의심하여 직접 갈까 말까 하다가
>
> 봉황 편에 청혼 예물 전했건만, 고신이 나보다 한발 앞섰구나!
>
> 멀리 가보고 싶으나 머물 곳이 없어 사방으로 유랑할 뿐인데
>
> 소강이 아직 장가가지 않아, 유우국의 요씨 딸 둘이 남아 있구나.[14]

굴원, 「이소」

---

14) 夕歸次于窮石兮, 朝濯髮乎洧盤. 保厥美以驕傲兮, 日康娛以淫游. 雖信美而無禮兮, 來違棄而改求. 覽相觀于四極兮, 周流乎天余乃下. 望瑤臺之偃蹇兮, 見有娀之佚女. 吾令鴆爲媒兮, 鴆告余以不好. 雄鳩之鳴逝兮, 余猶惡其佻巧. 心猶豫而狐疑兮, 欲自适而不可. 鳳凰旣受诒兮, 恐高辛之先我. 欲遠集而無所止兮, 聊浮游以逍遙. 及少康之未家兮, 留有虞之二姚.「離騷」

후예后羿, 복비宓妃, 짐새, 봉황, 고신高辛(제곡) 등이 등장하는 「이소」는 〈신비한 동물 사전〉 같은 한 편의 판타지 영화를 떠올리게 한다. 굴원은 회왕과 자신의 관계를 천상의 여신을 얻으려는 인간 남성의 구애 과정으로 비유했다. 구애의 첫 대상은 복희와 여와의 딸이면서 황하의 신 하백河伯의 아내인 여신 복비다. 그녀가 누군가. 9개의 태양을 쏘아 불구덩이에서 인류를 구한 영웅 예羿와 사랑에 빠진 열정녀 아니던가. 허나 문제는 교만하다는 것. 때문에 복비를 포기한 화자의 다음 상대는 유융국有娀國 미녀. 그러나 아뿔싸! 라이벌인 고신에게 선수를 뺏기고 만다. 자, 이제 유우국有虞國 요씨姚氏의 두 딸만이 남은 상태다. 경쟁상대 소강少康도 아직은 손을 뻗치기 전, 화자는 운명의 짝과 성사될 수 있을까? 두 딸 중 화자의 짝은 누가 될까?

사랑의 메신저 비둘기와 봉황의 조력으로 미지의 궁에 갇힌 공주를 찾아나선 동화 속 왕자님과 같은 설정이다. 누가 이것을 회왕에 대한 굴원의 좌절과 우국충정이라고만 할 수 있을까. 누가 뭐래도 전설의 신비, 신화적 상상을 탐미적 색채, 감각적 기교에 녹여낸 낭만주의의 걸작, 러브 판타지의 결정판 아니겠는가.

나의 사랑 나의 여신

다음 작품은 「구가」 중 하나로, 상수의 여신에 대한 찬사를 읊은 「상부인」이다.

상제 따님 북쪽 저수지에 내려와도 아득히 머니 내 마음 슬프구나.
산들산들 가을바람 타고 동정호 물결 위에 나뭇잎 살랑 떨어지는데 흰 마름 풀 밟고 둘러보며 아름다운 약속 지키려 저녁 무렵 찾아왔네.

새는 마름 풀 속에 모여드는데 그물은 어찌 나무 위에 치는가.

연수에 백지, 예수에 난초 무성한데, 임이 그리워도 감히 말도 못하고

황홀해서 멀리서 바라보니, 졸졸 흐르는 물소리만 들리네.

고라니는 어찌 뜰의 풀을 뜯고 교룡은 어찌 물에 깃드는지.

아침에 말을 강가로 달려 저녁이면 서쪽 강 언덕을 건너다가

임이 부르는 소리 들리면 말 타고 달려가 함께 가려네.

물속에 집을 지어 연잎으로 지붕 덮고

창포 벽에 자줏빛 단을 쌓고는 향기로운 산초를 방 가득 뿌리리.

계수나무 기둥에 목란 서까래 잇고 백목련 문미에 백지의 방 마련해

벽려를 엮어 휘장 만들고 혜초 쪼개어 처마에 걸며

백옥으로 돗자리 누름돌 삼고 석란 뿌리로 향기 채우리라.

지초를 엮어 지붕 올리고 거기에 도리를 지르리.

온갖 풀로 귀한 정원 채우고 그 향기로 방과 문을 덮으리라.

구의산의 신들이 맞이하고 신령이 구름처럼 내리며

작은 주머니 강 속에 던지고 반지는 예수 강변에 두리.

물가의 두약 풀 뽑아 멀리 계신 분께 바치고는

시간은 자주 얻지 못하는 것이니 잠시 여유롭게 거닐고파라.[15]

굴원, 「상부인」

---

15) 帝子降兮北渚, 目眇眇兮愁予. 嫋嫋兮秋風, 洞庭波兮木葉下. 登白蘋兮騁望, 與佳期兮夕張. 鳥何萃兮蘋中, 罾何爲兮木上. 沅有芷兮澧有蘭, 思公子兮未敢言. 荒忽兮遠望, 觀流水兮潺湲. 麋何食兮庭中, 蛟何爲兮水裔. 朝馳余馬兮江皋, 夕濟兮西澨. 聞佳人兮召予, 將騰駕兮偕逝. 築室兮水中, 葺之兮荷蓋. 蓀壁兮紫壇, 播芳椒兮成堂. 桂棟兮蘭橑, 辛夷楣兮藥房. 罔薜荔兮爲帷, 擗蕙櫋兮既張. 白玉兮爲鎮, 疏石蘭兮爲芳. 芷葺兮荷屋, 繚之兮杜衡. 合百草兮實庭, 建芳馨兮廡門. 九嶷繽兮並迎, 靈之來兮如雲. 捐余袂兮江中, 遺余褋兮醴浦. 搴汀洲兮杜若, 將以遺兮遠者. 時不可兮驟得, 聊逍遙兮容與.「九歌·湘夫人」

「구가」는 원래 민간 무속인들이 신에게 제사를 지낼 때 부르는 노래다. 이 작품은 상수의 여신 상부인에게 제사를 올려 기쁨 주고 행복받는 무술巫術 의례 가무곡인 셈이다. 상부인은 순임금의 아내인 여영女英으로, 순임금이 재위 39년 만에 남쪽을 순시하다가 죽자 슬픔을 못 이겨 소상강瀟湘江에 투신해 여신이 되었다. 굴원은 애틋한 순애보의 그녀를 위해 정성껏 의식을 준비한다. 향초와 창포로 정성껏 방을 꾸미고, 산초와 석란으로 향기를 채우며, 선물로 반지를 마련하고, 신령들에게 마중을 지시하며 말이다. 준비 과정의 설렘이 고스란히 묻어나는 굴원의 오신娛神 의식은 영락없이 사랑하는 여인을 향한 구애 의식 같다.

굴원은 갔으나 신화는 남았다

굴원이 이렇게 변방에서 상상의 서사시를 창작하는 동안, 초나라는 결국 수도 영도郢都를 진나라에 함락당하며 멸망하고 말았다. 이에 크게 상심한 굴원은 애통한 마음으로 「회사」를 짓는다. 그러고는 비통함을 이기지 못해 장사長沙의 멱라수汨羅水에 투신했다.

이로써 굴원은 죽음조차 한 편의 비극적 드라마 같은 전설과 문화를 남기게 된다. 굴원의 멱라수 투신일은 음력 5월 5일 단오절인데, 중국이 이날을 굴원을 추모하는 문학의 날로 기린 것이다. 또 굴원이 투신했을 때 그를 아끼는 이들이 굴원의 시신을 물고기들이 뜯어먹지 못하도록 음식을 강물에 던졌는데, 이것은 오늘날 단오절에 댓잎에 싸먹는 쫑쯔粽子의 기원이 되었다. 이날 시행되는 용선龍船 경주 시합 역시 강물에 빠진 굴원의 시신을 건져내기 위한 것에서 유래됐다고 한다. 무엇보다 굴원은 비극적 요소를 환상적으로 포착하는 문체와 감성으로 문학의 새 지평을 제시했다.

시인은 떠났다. 그러나 그 작품과 정신은 이렇게 우리의 삶과 문학 속에 신화처럼 전해지며 환상의 세계로 우리를 안내하고 있다.

열혈감성 항우의
'패왕별희'

사람의 지능을 IQ(Intelligence Quotient), 즉 학습지능으로만 평가하던 시절이 있었다. IQ는 문제가 주어졌을 때, 이해하고 분석하고 추리해서 문제를 해결할 수 있는 지적인 능력이다. IQ는 한때 공부를 잘하느냐, 기억을 잘하느냐, 얼마나 이성적으로 판단하고 계산하느냐로 한 사람의 우수함을 평가하는 유일한 기준이었다. 그러나 21세기에 들어서며 EQ(Emotional Quotient), 즉 감성지능이라는 개념이 광범위하게 사용되었다. EQ는 긍정적인 자아개념, 타인과 교감할 수 있는 공감 능력, 대인관계 능력 등을 의미한다. EQ가 높은 사람은 정이 넘치고 의리가 있으며 주위에 사람이 많은 것이 특징이다. IQ가 이성지수라면 EQ는 감성지수라고 할 수 있다.

홍미롭게도 『초한지楚漢志』의 항우는 거칠고 사납긴 했지만, 사랑 앞에서 EQ감성을 보여준 의외의 인물이다. 초한 교체기의 두 영웅 항우와 유방은 출신·기질·용모·처신·대인관계에서 상반된 경향을 보여, 리더십을 운운할 때 대표적으로 자주 비교되곤 한다. 항우가 감성적인 리더였다면 유방은 이성적인 리더였다고 할 수 있다.

감성 VS 이성=항우 VS 유방

항우와 유방은 출신부터 성향까지 모두 달랐다. 항우는 명장 항연項燕과 항량項梁을 조부와 숙부로 둔 초나라의 명문 귀족 출신이었다. 반면 유방은 강소성江蘇省 패현沛縣의 평범한 집안 자손이었다. 한마디로 금수저 항우와 흙수저 유방인 셈이었다. 춘추전국의 긴 분열을 종식시킨 진시황의 화려한 행차를 본 후의 반응은 두 사람의 극명한 차이를 보여준다.

기원전 221년, 스스로를 '삼황오제'를 잇는 위대한 '황제'라 칭한 진시황이 회계산 제의를 마치고 성대한 행차를 이끌며 지나갈 때였다. 당시 회계군에 머물던 유방과 항우는 이를 지켜보게 되었다. 유방은 감격하여 탄식했다.

"대단하군! 사내대장부라면 마땅히 저 정도는 돼야지!"

가문도 외모도 능력도 변변치 않은 유방이었지만, 최고 지존이 되고자 하는 야망만큼은 그 누구에게도 뒤지지 않았다. 그러나 그는 속내를 드러내지 않고 노련하게 진시황을 높이 평가하듯 말했다. 반면 항우의 외침은 거침이 없었다.

"언젠가는 저놈을 끌어내고, 내가 저 자리를 차지하리라!"

망국의 분노와 설욕의 다짐이 서린 외침이었다. 곁에 있던 숙부 항량이 식겁해 항우의 입을 틀어막았다. 어떤 상황에서도 자신의 욕망, 야망, 감정을 숨김없이 그대로 드러내는 항우는 어쩌면 너무도 인간적인 캐릭터라고 할 수 있다.

사마천의 『사기』에 항우는 키가 8척이 넘고 힘은 세발솥을 번쩍 들어올릴 정도로 기골이 장대한 장사였다고 기록되어 있다. 항우는 거구의 몸에 말술을 들이키고, 취하면 폭력적이 되며, 정복지의 민간인을 도륙하거나 주거지를 불태우는 잔인한 면이 있었다. 그러나 자신의 부하와 측근, 가족, 사랑하는 이에게는 비이성적일 정도로 편협한 애정을 드러내는 인물이기도 했다. 항우는 전장에 늘 애마 '오추마'와 연인 '우희'를 대동하며 목숨이 다하는 그날까지 항우답게 사랑했다.

진시황의 15년 통일천하

진시황은 엄격한 법치주의를 고수하며 분열된 국가뿐만 아니라, 도로·화폐·도량형·문자의 통일까지 견인한 '통일' 황제였다. 그러나 이 모두는 백성을 대상으로 한 노역, 살생, 억압, 형벌, 세금으로 이룬 유혈의 결과물이었다. 더욱이 사상 통제를 위한 유학자 생매장 및 경전經典 소각 사건인 '분서갱유焚書坑儒'를 비롯해 만리장성 축조, 아방궁과 진시황릉 건설, 도로 공사 및 병마용 제작 등 무리한 건설과 영생을 향한 불로초에 대한 집착 등은 백성들의 원성과 신하들의 반발을 사기에 충분했다.

곧 여기저기에서 강압적인 정책과 과도한 세금에 반발하는 봉기가 산발했다. '황후장상의 씨가 어디 따로 있더냐'는 진승陳勝·오광吳廣의 봉기를 기폭제로 시작된 진시황 타도의 물결은 마침내 항우와 유방의 숨막히는 각축전으로 집약되었다. 춘추전국 500여 년의 분열을 통일한 지 고작 15년 만의 일이었다. 항우와 유방은 위기가 곧 기회였던 이 시국에서 각자의 성향대로 위기에 대처하고 기회를 포착한다.

냉철한 유방의 처신

유방은 위기의 순간에도 냉정함을 잃지 않는 이성적인 좌뇌형 인간이었다. 빈한한 가문의 유방이 명문 귀족 출신 항우를 제치고 한 제국 황제로 등극하기까지는 그의 냉철한 목표 지향적 성향이 주요하게 작용했다.

함양咸陽에 입성하여 진의 3대 왕 자영의 항복을 받아내고 한왕漢王의 지위에 오르는 과정에서 유방은 종종 비인간적일 정도의 냉정함을 보였다. 팽성彭城 전투에 패해 항우군에게 쫓기던 중 수레를 가볍게 하기 위해 자식들을 밀쳐냈다는 설은 그의 비정함을 보여주는 대표적인 일화다. 천성적으로 재물과 미색을 탐했지만, 점령한 곳의 재물과 여인들에게 일체 손대지 않고 엄정한 군기로 민심을 얻은 것도 철저한 이미지 관리 전략이었다. 그는 '살인자는 사형하고, 남을 해치거나 도둑질한 자는 벌하며, 진나라의 법은 모두 폐한다'는 '약법 3장' 시행으로 약탈지의 민심까지 얻어냈다. 목표에 초점을 맞춘 집요함과 냉철함이 유방의 전략이었다.

'홍문지회鴻門之會'의 일화는 유방의 이성이 항우의 감정을 상대로 일승을 거둔 사건으로 유명하다. 홍문에서 10만 유방의 군대가 40만 항우의 군대와 대척할 때였다. 냉철하게 현실을 직시한 유방은 수치심을 접고 무조건 항우에게 가서 강화를 읍소했다. 일단 위기를 모면한 뒤, 뒷일을 도모하자는 것이었다. 항우의 모신 범증范增은 유방의 속내를 꿰뚫어보았다. 그는 항우의 사촌 항장項莊에게 검무를 추다가 유방의 목을 베라고 지시했다. 유방의 목숨이 경각에 달린 일촉즉발의 순간이었다. 그때 유방 측에서 항우와 기질이 비슷한 번쾌樊噲가 나섰다. 그가 한 말의 술을 벌컥벌컥 들이키고는 유방의 구명을 간청하자, 항우는 마음이 흔들렸다. 항우가 목숨을 걸고 주군을 지키는 진정한 사내라며 번쾌를 치켜세우는 동안, 유방은 필사적으로 탈출하여 목숨을 구할 수 있었다.

거침없는 질주본능 항우

반면 항우의 처신은 유방과는 사뭇 대조적이었다. 그는 날뛰는 사자에 올라탄 듯 감정과 욕망의 등에 올라타 내려오지 못했다. 함양 함락 이후 항우는 진왕 자영을 죽이고 궁궐을 불살랐으며 재물을 모조리 약탈했다. 진의 수도 함양을 철저하게 파괴하는 것, 그것은 조국 초나라를 멸망시킨 진나라에 복수하는 항우의 직접적이고 노골적인 처사였다. 논공행상 역시 시시각각 감정의 추이에 따라 원칙 없이 시행했다. 항우의 이러한 처신들은 커다란 불만과 원성을 샀다. 그리고 불만은 각지의 반란으로 표출되어 그를 순간순간 위기에 몰아넣었다. 유방은 이 상황을 전략적으로 이용했다. 항우가 초나라 의제義帝를 살해했다는 트집을 잡아 항우 반대파를 규합한 것이다. 이는 결국 항우를 돌이킬 수 없는 위기로 몰아넣는다.

사실 3년이 넘는 초한의 대결에서 항우가 보여준 무공은 참으로 대단한 것이었다. 항우는 '산을 뽑을 만한' 힘을 지녔던, 중국사 전체에서 가장 빼어난 무장의 한 명이었다. 그러나 전쟁이 장기화될수록 자신의 힘만 믿고 주변의 조언을 무시하는 자기중심적 태도로 인재를 놓치고 민심을 잃었으며 열세에 몰렸다. 한신韓信도 원래는 항우의 부하였으나 무분별한 항우에게 질려 유방 휘하로 들어갔으며, 이것이 결국 항우에게는 뼈아픈 패배의 원인이 되었다. 유방의 측근으로 옮겨가 초나라 멸망에 혁혁한 공을 세운 전략가가 바로 한신이기 때문이다.

사면초가의 항우

기원전 203년, 초한 두 나라는 길고 소모적인 싸움을 끝내기로 합의한다. 홍구鴻溝 운하를 경계로 동쪽은 초나라가, 서쪽은 한나라가 차지하기로 한 것이다. 그러나 유방은 약속을 지키지 않고 선제공격을 단행했다. 속전속결로 공격해오는 유방의 군대에 밀려 해하까지 후퇴한 항우는 거의 모든 군사를 잃고 겹겹이 포위되었다. 이때 항우를 무너뜨린 결정적 한 방은 칼도 활도 창도 아닌, 구슬픈 노랫가락이었다. 감성적인 항우를 너무나 잘 알았던 한신은 포로로 잡힌 항우의 군사들에게 초나라의 노래를 부르게 했다. 사방에서 들려오는 조국 초나라의 노랫소리. 항우는 온몸에서 힘이 쭉 빠졌다.

'저리도 많은 초나라 군사들이 유방에게 잡혀 있단 말인가?'

리더가 무너지니 초나라 군사의 사기는 걷잡을 수 없이 떨어졌다. 아련한 고향의 노래로 초나라 군사들의 지친 마음을 자극하여 사기를 떨어뜨리는 고도의 심리전. 사방에서 들리는 초나라 노래로 꼼짝못하는 상태인 '사면초가四面楚歌'의 고사가 여기서 유래했다.

그들의 '패왕별희'

최고의 가문, 장대한 기골, 용맹한 담력을 지녔지만 감정의 용광로에 빠져 허우적대다가 위기에 빠진 항우. 그는 결국 해하에서 자신의 최후를 맞는다. 전군을 잃고 유방의 군사를 홀로 대적하던 항우는 절박한 자신의 처지와 정인 우희의 안위를 걱정하는 마음을 「해하의 노래」에 담았다.

> 힘은 산을 들 수 있고 기개는 세상을 덮지만
> 시세가 불리하니 오추마도 나아가지 않네.
> 오추마가 나아가지 않으니 이를 어찌하겠는가?
> 우희야, 우희야, 너를 또한 어찌할꼬?[16]
>
> 항우, 「해하의 노래」

전장에서 마지막 순간까지 자신의 발이 되어주던 애마 오추마, 그리고 그림자처럼 항우 곁에서 순애보를 지킨 정인 우희. 항우는 패전의 설움과 분노를 정인에 대한 애수로 승화시켰다. 항우의 심정이 고스란히 담겨 있는 「해하의 노래」는 사마천의 『사기』 「항우본기」에 수록되어 있다. 항우의 갈등과 걱정을 지켜보던 우희는 사랑하는 이에게 걸림돌이 되지 않기 위해 답가를 부르고 스스로 목숨을 끊었다.

> 한나라 군사 이미 땅을 모두 차지하니

---

16) 力拔山兮氣蓋世, 時不利兮騅不逝. 騅不逝兮可奈何, 虞兮虞兮奈若何. 『史記』 「項羽本紀」

사방에 들리는 건 초나라 노래 소리뿐

대왕의 높은 의기 다하였으니

하찮은 이 몸 살아서 무엇하리오.[17]

「우미인가虞美人歌」

위의 「우미인가」는 후대의 창작이지만, 급박했던 당시의 상황과 절박했던 우미인의 심정을 고스란히 담아냈다. 과연 천하의 서초패왕 항우의 정인다운 마지막이었다. 8000 젊은이의 목숨과 조국, 무사로서의 자부심과 자존감, 애마 오추마와 연인 우희까지 잃은 항우는 더 이상 갈 곳도 버틸 힘도 없었다. 항복도 후퇴도 항우에게는 어울리지 않았다. 그는 강을 건네주겠다는 사공의 호의를 거절한 채 끝까지 버티다가 마지막 순간에 칼로 목을 찔러 자결했다. 그의 나이 31세 때였다. 그러자 항우가 배에 태워 보낸 오추마도 길게 울더니 주군을 따라 오강에 뛰어들었다. 먼 훗날 우미인(우희)의 무덤가에 붉은색의 요염한 꽃이 피었고, 후세인들은 그녀가 보여준 애절하면서도 의연한 사랑을 기려 '우미인초'라 불렀다. 초의 항우와 한의 유방, 초한의 영웅들이 펼치는 거친 이야기 속에 담긴 아프고 애달픈 사랑 이야기였다.

지금은 고인이 된 장궈룽張國榮 주연의 영화 〈패왕별희〉를 기억하는가? 우수에 찬 눈빛으로 동성 친구 살루(장평이)를 바라보던 데이(장궈룽)의 애틋한 연기는 동성애에 대한 비판적인 시각을 일신할 만큼 압권이었다. 영화에서 경극 학교 단짝인 데이와 살루가 공연하는 극 중 경극이 바로 서초패왕(패왕) 항우와 정인 우희의 이별(별희) 이야기다. 경극과 실제를 혼동하며 사랑과 우정 사이의 아슬아슬한 감정을

---

17) 漢兵已略地, 四方楚歌聲, 大王意氣盡, 賤妾何聊生. 『楚漢春秋』「虞美人歌」

느끼는 데이와 살루의 이야기가 항우와 우희의 사랑을 모티브로 했다니, 2000년 세월을 뛰어넘는 문학의 힘과 사랑의 생명력은 참으로 위대하지 않은가.

'정서지능Emotional Intelligence'이란 용어를 전파한 미국의 심리학자 대니얼 골먼Daniel Goleman은 "인생의 성패는 지능이 아닌 감정을 조절하는 능력에 달렸다"고 했다. 항우는 감정 조절에 실패하여 정치에서는 패배했다. 그러나 그 감성 때문에 2000년이 넘는 세월 동안 문학과 경극, 영화에서 부활하여 족적을 남겼으니, 사랑과 문학에서만큼은 진정한 승자가 아닐까?

유학의
권위 위로
흐르는
낭만

사마상여와 탁문군의 유혹의 소나타

기원전 202년, 농민 출신 유방은 한 고조로 등극하면서 유학으로 국가의 기강을 세웠다. 이를 바탕으로 한나라는 문제文帝와 경제景帝 시대에 선정으로 '문경지치文景之治'의 전성기를 구가한다. 이때 실리주의자 경제가 비실용적인 궁정문학인 사부辭賦를 경시하여 사부 작가 사마상여가 재야로 밀려나지만, 탁문군을 만나 사랑에 빠지면서 유혹의 소나타 「봉구황鳳求凰」을 남긴다.

강철군주 한 무제의 '사랑과 영혼'

무제는 총 54년 재위하며 중국 역사에 남을 무수한 업적과 공로를 세운 철의 황제였다. 그러나 한편으론 '경국지색傾國之色' 이부인과의 죽음을 뛰어넘는 순애보로 한나라의 '사랑과 영혼'을 찍은 비련의 주인공이기도 하다.

왕소군의 프로필 사진 조작사건

변방의 작은 유목집단에 불과했던 흉노가 한 제국 시기 중원을 위협하는 거대 제국으로 성장했다. 한의 원제元帝는 흉노와의 화친을 위해 공물과 공녀 공급을 약조하기에 이른다. 이때 천하절색 왕소군이 화공의 간계로 공녀로 차출되는 '왕소군 프로필 사진 조작사건'이 발생한다.

세로토닌 반첩여와 도파민 조비연

전한의 12대 황제 성제成帝의 후궁 반첩여와 조비연. 두 여인은 균형과 안정을 느끼게 하는 세로토닌과 교감신경을 자극하여 흥분과 의욕을 일으키게 하는 도파민처럼 상반된 매력으로 성제의 마음을 사로잡았다. 성제는 안정과 도발 중 무엇을 선택했을까?

사마상여와 탁문군의
유혹의 소나타

2018년 하반기 미국 박스오피스에서는 〈크레이지 리치 차이나〉가 흥행 돌풍을 일으켰다. 싱가포르 부호 가문의 재벌 2세가 평범한 이민 2세 여자와 사랑에 빠지면서 집안의 극심한 반대와 문화의 차이로 겪는 갈등을 그린 영화다. 이 작품은 오리엔탈리즘에 대한 호기심, 동양 부호에 대한 경탄, 이국 문화에의 동경이 미국인들을 충동하면서 예상을 넘어선 흥행기록을 세웠다. 그러나 매력적인 여러 요소 가운데 가장 주목을 끌었던 것은 역시 백만장자 남자와 가난한 여자의 러브스토리였다. 확연한 빈부 격차와 가문 차이로 인한 갈등은 러브스토리에 간절함을 부가한다. 연인을 헤어지지 않게 하려면 둘의 사이를 반대하라는 말이 있을 정도로 갈등과 반대가 극심할수록 연인의 애정은 공고해지고 애절함은 깊어만 간다. 바보 온달과 평강공주의 신분 차이, 로미오와 줄리엣의 가문 갈등, 영화 〈타이타닉〉의 잭과 로즈의 빈부 격차가 그랬다.

그리고 전한前漢 경제 때의 사부 작가 사마상여와 임공臨邛의 부호 탁왕손卓王孫의 딸 탁문군도 가문의 차이와 부모의 반대를 극복하고 사랑을 이뤄낸 세기의 연인이었다.

가문의 영광과 연애의 딜레마

촉군蜀郡 성도成都 출신의 가난한 문장가 사마상여는 사부 창작에 뛰어난 재주를 보였으나 관직은 변변치 못했다. 당시 한나라는 철저한 실리주의자 경제景帝가 집권했다. 경제는 부친 문제文帝의 정책을 계승하여 농업을 중시하고 상업을 억제하며 세금을 정리하는 등 민생 안정에 크게 심혈을 기울였다. 또한 제왕諸王의 실권을 크게 약화시키고 관리를 파견해 제후국의 행정을 통솔하면서 중앙집권을 공고히 하였다. 이런 선정으로 민심이 크게 안정되어 문제와 함께 '문경지치文景之治'를 이룬 명군이라는 칭송을 받았다.

그러나 경제는 민생 부양과 안정 지향에만 초점을 맞추느라 문학을 경시하는 경향이 있었다. 특히 희귀한 단어, 화려한 문장, 호사스러운 묘사에 치중하는 궁정문학 사부를 사치와 허영을 조장하는 어용御用문학이라며 외면했다. 그래서 사마상여는 문장가이면서도, 호위병인 무기상시武騎常侍에 임명되었다. 주군인 황제가 사부를 혐오하니, 가진 것이 글재주뿐인 사마상여는 관직이 거북하고 조정이 불편했다. 결국 사마상여는 투병을 핑계로 궁을 떠나, 문학 애호가인 양나라의 양효왕梁孝王 유무劉武의 문객이 된다. 그리고 그곳에서 제齊의 추양鄒陽, 회음淮陰의 매승枚乘, 오현吳縣의 장기莊忌 등과 어울리며 「자허부子虛賦」를 짓는 등 창작에 전념했다. 그러다 양효왕이 죽자, 사마상여는 임공에 돌아와 현령 왕길王吉의 문객이 되었다.

당시 임공에는 800명이 넘는 노비를 거느린 거부 탁왕손이 살았다. 어느 날 탁왕손의 성대한 연회에 왕길과 사마상여가 초대되었다. 모두들 풍성한 음식의 향연, 흥청거리는 음주의 흥취, 화려한 가무의 여흥에 빠져 있을 때였다. 훤칠한 키의 잘생긴 사마상여가 도포 자락을 휘날리며 거문고를 둘러메고 등장하자 좌중의 이목이 집중됐다. 그 자리에는 탁왕손의 딸 탁문군도 있었다. 탁문군은 부잣집 딸답게 도도한 매력이 있었다. 열일곱 어린 나이에 과부가 된 탓인지 원숙미까지 더했다. 사마상여가 들어선 순간, 두 사람의 눈빛이 강렬하게 부딪쳤다.

"거문고를 들고 있는 저 잘난 사내가 누굴까?" 호기심은 사랑의 시작이다.

"도도한 저 미인이 탁왕손의 여식이로구나." 이젠 작업에 들어갈 때다.

왕길이 거문고 연주를 부탁하자, 사마상여가 기다렸다는 듯이 거문고를 타면서 노래를 불렀다. 그런데 그 노래 가사가 아주 노골적이었다.

노골적인 구애, 유혹의 소나타 「봉구황」

봉鳳아! 봉아! 고향으로 돌아가자
내 반쪽인 황凰을 찾아 사해를 헤맸지만
때를 못 만나 뜻을 이루지 못했는데
오늘밤 이곳에서 만날 줄 어찌 알았겠는가.
요염하게 어여쁜 아가씨 규방에 계시는데

방은 가까워도 사람은 멀어 애간장 타는구나.

어떤 인연이면 원앙처럼 서로 목을 얽어매고

오르락내리락 함께 날아오를 수 있으려나.

황아! 황아! 내 거처로 오려무나.

꼬리를 비벼대며 영원히 짝이 되어 보세나.

정을 나누고 몸을 통하며 마음을 합하세.

한밤중 서로 따른들 그 누가 알까.

쌍쌍이 함께 날개 펴고 높이 날아올라

부디 내 그리움을 슬픔으로 만들지 말아주오.[1]

사마상여, 「봉구황」

　작업의 정석이었다. 연주하며 노래로 프러포즈하는 남자는 더없이 로맨틱하다. 사마상여는 거문고 선율에 맞춰 전설 속 상상의 새 봉황에서 수컷인 봉鳳을 자신에, 암컷인 황凰을 탁문군에 빗댄 노골적인 구애의 노래를 불렀다. 내가 이렇게 먼 길을 돌아온 것은 방안에서 남몰래 나를 엿보는 당신을 만나기 위해서라는 것이다. 정과 몸과 마음을 다해 사랑해보자는 유혹의 속삭임. 탁문군은 이미 사마상여의 수려한 외모, 미려한 시구, 절절한 구애, 감미로운 연주에 마음을 뺏긴 상태였다. 이미 사랑은 시작되었다. 17세와 30대 중반의 나이 차, 가문과 신분의 격차 따위는 문제가 되지 않았다. 그 둘은 이미 떼려야 뗄 수 없는 한 쌍의 봉황이었다.

---

1)　鳳兮鳳兮歸故鄕, 翶遊四海求其凰. 時未遇兮無所將, 何悟今昔升斯堂. 有豔淑女守蘭房, 室邇人遐毒我腸. 何緣交頸爲鴛鴦, 胡頡頏兮共翶翔. 凰兮凰兮從我棲, 得托孶尾永爲妃. 交情通體心和諧, 中夜相從知者誰. 雙翼俱起翻高飛, 無感我思使於悲. 『史記·司馬相如列傳』「鳳求凰」

그러나 탁왕손은 도저히 용납할 수 없었다. 글줄이나 읊어대고 거문고나 뜯는 가난뱅이 사위라니! 탁왕손이 노발대발하며 극심하게 반대하자 둘은 야반도주를 감행한다. 탁왕손은 이 둘이 더욱 괘씸했다.

"어디 두고 보자. 굶어죽어도 사랑 타령인지. 내 손에서 한 푼도 못 가져갈 줄 알아!"

사랑의 도피는 대가가 혹독했다. 부족함을 몰랐던 탁문군은 궁핍이라는 경제적 위기를 맞았다. 그러나 탁문군은 역시 거부 탁왕손의 핏줄이었다. 시대를 만나지 못해 재주를 펼치지 못하는 낭군을 위해 그녀가 직접 나서 생계를 도모했다. 그녀는 가출할 때 챙긴 패물로 주막을 경영했다. 탁문군은 손님을 접대하며 술을 팔았고, 사마상여는 설거지와 청소 등 허드렛일을 하며 세간의 이목과 가문의 반대, 생계의 위협을 극복해나갔다.

사마상여의 성공과 변심

그러나 자식을 이기는 부모는 없는 법. 탁왕손은 결국 탁문군의 안목과 결단을 믿고 노복, 돈, 옷감, 재물 들을 보냈다. 부친의 경제적 지원으로 두 사람의 생활은 안정되었고, 사마상여는 창작에 전념할 수 있었다.

그러다가 경제의 뒤를 이어 문학과 예술을 사랑한 무제가 즉위하면서 사마상여에게 출세의 기회가 찾아온다. 우연히 「자허부」를 읽은 무제가 "이 훌륭한 문장을 지은 사람과 같은 시대에 살지 못하다니 참으로 통탄스럽구나!"며 탄식하자, 곁에 있던 양득의楊得意가 사마상여를 수소문하여 작가와의 만남을 성사시켰던 것이다. 무제를 만난

자리에서 사마상여는 바로 「상림부上林賦」를 지어 바쳤다. 이는 천자가 상림원에서 사냥하는 것을 빗대 통일제국 한나라의 기백과 위세를 찬미한 작품으로, 흉노 정벌을 도모한 호방한 무제의 마음을 단박에 사로잡았다. 그날로 중랑장中郞將에 임명된 사마상여는 자신의 문재를 마음껏 펼치며 사부 작가로서 명성을 떨치게 되었다.

그러나 사람의 마음은 참으로 간사한 법이다. 권세와 부귀의 단맛에 빠진 사마상여는 탁문군의 헌신과 사랑을 망각했다. 그리고 무릉茂陵에 머물며 첩까지 들이고자 했다. 결국 사마상여는 탁문군에게 '일一, 이二, 삼三, 사四, 오五, 육六, 칠七, 팔八, 구九, 십十, 백百, 천千, 만萬' 열세 글자로 이별을 통보한다. 만萬의 다음 숫자인 '억億'이 없음은 사람(人)에 대한 마음(意)이 없다는 상징이었다. 그 뜻을 간파한 탁문군은 구차하게 매달리는 대신 답시를 보낸다.

> 희기는 산위 눈 같고 밝기는 구름 속 달 같았는데
> 당신이 딴마음 품었다니 결판을 내야겠네요.
> 오늘은 술자리에 함께 있지만, 내일이면 강물 어귀에서
> 당신은 이쪽 나는 저쪽, 마치 강물이 동서로 갈라지듯 하겠군요.
> 처량하고 또 처량해라, 시집가서는 울 일이 없을 줄 알았고
> 한 사람 마음 얻어 백발이 될 때까지 이별 않고 싶었는데
> 당신은 대나무 잎 하늘거리듯, 물고기 꼬리 흔들거리듯 하는군요.
> 남자란 의리를 중시해야 하거늘, 그댄 어찌 돈만 중시하는지.[2]
>
> 탁문군, 「백두음白頭吟」

---

2) 皚如山上雪, 皎若雲間月. 聞君有兩意, 故來相決絶. 今日斗酒會, 明旦溝水頭. 躞蹀
   御溝上, 溝水東西流. 淒淒復淒淒, 嫁娶不須啼. 願得一心人, 白頭不相離. 竹竿何嫋
   嫋, 魚尾何簁簁. 男兒重意氣, 何用錢刀爲.「白頭吟」

한결같을 줄 알았던 당신이 딴마음을 품었다면, 구질구질하게 매달릴 의향이 없다. 각자 갈 길 가면 된다. 다만 사내대장부가 되어 옛정과 의리는 저버리고 재물과 권력만 쫓아 이리저리 흔들거리는 꼴이 바람에 한들대는 댓잎이나 물결에 휩쓸리는 물고기 꼬리처럼 천박하고 경망하니 볼썽사납기 그지없다는 일갈이었다.

사마상여는 정신이 번쩍 들었다. 붓은 부드럽지만 강력했다. 답시를 통해 문장가로서의 자부심과 남자로서의 자존심, 연인으로서의 의리를 깨달은 사마상여는 탁문군에게 돌아갔다. 사랑을 쟁취할 때도, 생계가 위협받을 때도, 연인이 배신할 때도 그녀는 언제나 용감했다. 용감한 자는 미인을 얻지만, 용감한 여인은 문학을 남겼다.

강철군주 한 무제의 '사랑과 영혼'

사랑에는 불가능을 가능하게 하는 힘이 있다. 1990년 작 〈사랑과 영혼Ghost〉의 샘과 몰리의 사랑은 그 힘을 보여준 영화다. 불의의 사고로 죽은 샘은 연인 몰리를 걱정하며 천국으로 떠나지 못하고 영혼으로 그녀의 곁을 맴돈다. 육체가 없는 샘의 존재를 믿지 못하는 몰리를 위해 샘은 영매사인 오다 매의 도움으로 몰리와 재회한다. 그리고 위험에 처한 그녀를 구하고 천국으로 떠나가며 애틋한 이별을 한다. 지금은 고인이 된 패트릭 스웨이지와 청순했던 데미 무어의 아름다운 연기, 〈언체인드 멜로디Unchained Melody〉의 서정적인 주제가로 인기를 끌었던 이 영화는 죽음을 초월한 샘의 지고지순한 사랑이 키워드다.

영화에서처럼 환상이든 환청이든 환생이든, 혹은 지나친 집착과 관심이 만들어낸 착시 현상이든 동서고금을 통틀어 우리 주변에는 죽은 이를 목격하거나 체험했다는 사람들이 종종 있다. 이렇듯 물질과

학으로 설명할 수 없는 신비하고 초자연적인 현상을 '오컬트occult'라고 한다. 이는 점이나 사주, 운세를 통해 마술, 악령, 영혼, 사후 세계를 추구하는 비과학적인 주술 행위에 가깝다. 그러나 불가사의한 힘이라도 빌려 소원을 이루고 싶은 이들에게는 더할 나위 없는 권위와 강력한 믿음을 주기도 하는 모양이다.

중국 한나라에도 죽은 한 여인에 대한 지독한 사랑으로 '오컬트'를 몸소 체험하고 이를 작품으로 남긴 이가 있다. 무소불위의 권력과 통치력을 지녔으나, 사랑 앞에서는 이성과 본분을 망각하고 황로학黃老學과 신선사상에 의존했던 전한의 7대 황제 무제다.

장기집권한 철의 황제 유철 무제

무제 유철劉徹은 고조 유방의 증손자로 무려 54년(BC 141~BC 87의 54년 20일) 동안이나 한 제국을 통치한 인물이다. 그는 강희제康熙帝(61년), 건륭제乾隆帝(60년)를 이어 중국에서 세 번째로 오래 재위했던 황제다. 무제는 당시로서는 웬만한 성인의 수명보다 긴 재위 기간 동안 중국 역사에 길이 남을 뛰어난 업적과 공로를 세웠다. 그는 할아버지 문제와 아버지 경제가 이룩한 '문경지치'를 이어 정치·경제·문화적 기반을 확립하고 민심을 크게 안정시킴으로써 한 제국의 전성기를 구가했다. 그는 특히 태학太學 건립, 찰거제察擧制를 통한 인재 등용, 화폐 통일, 염철 독점, 균수법均輸法 시행 등으로 경제 안정과 중앙집권제 강화를 도모했다. 또한 수차례에 이르는 대대적인 흉노 정벌, 장건張騫을 파견한 실크로드 개척 등 대외정책도 적극적으

로 추진했다.[3]

무제가 54년 동안 남긴 수많은 치적들은 그가 얼마나 야망과 활기가 넘치는 의욕적인 인물이었는지를 설명한다. 그러나 현실의 무게와 압박 때문이었을까? 현실 세계의 통치와 관리에 그토록 능란했던 철의 황제 무제는 만년에 아이러니하게도 초자연적인 신선방술과 황로사상에 심취했다. 이는 16세의 어린 나이에 등극한 이래 줄곧 성취의 압박에 시달렸던 통치자의 심리를 대변한다. 그는 꾸준히 방사方士를 찾았고 연단술을 통해 불로장생을 염원했다. 휴식이 필요한 그의 정신은 끊임없이 정열과 관심을 몰두할 대상을 찾고 있었다.

'경국지색' 이부인

초기에 정열적인 무제의 관심은 여자에게 집중되었다. 재위 기간 거느린 궁녀 수만 1800명. 사흘을 굶더라도 여인이 없이는 하루도 견딜 수 없다던 무제는 수많은 여인을 거느리고 소유하고 총애했다. 그런 그가 죽어서까지 잊지 못하고 애절하게 그리워하다가 역사와 문학에 길이 남을 세기의 사랑을 나누었던 여인이 있으니, 바로 '경국지색'의 주인공 이부인이다.

사실 이부인과 무제의 인연은 이부인의 오빠 이연년李延年이 설계한 고도의 시나리오 결과물이었다. 예술적 관심도 남달랐던 무제는 평소 음악과 연주를 즐겼고 예술가들을 높이 평가했다. 무제는 특히 이연년을 아꼈다. 보잘것없는 평민 출신이지만 타고난 재주와 눈치로 궁중 악사까지 된 이연년은 상황 판단이 빨랐다. 도전적인 과제를 즐

---

3)   젠보짠 지음, 심규호 옮김,『중국사 강요中國史綱要』, 중앙books, 2015, 230쪽.

기는 정열적인 황제의 성향을 잘 파악했던 그는 매번 새롭고 신기한 춤과 노래로 무제의 마음을 사로잡았다. 내친김에 여동생 이연李姸을 무제의 여인으로 만들 계획까지 세웠다. 여동생이 후궁이 된다면야 악사 출신의 설움을 씻고 출세가도에 오르는 것은 시간문제가 아닌 가? 성대한 연회가 베풀어지던 날, 화려하게 차려입은 이연년은 매혹적인 춤사위를 선보이며 구성지게 노래를 부른다.

> 북방에 아름다운 미인 있어
> 세상에 다시없이 홀로 뛰어나
> 한번 돌아보면 성이 무너지고
> 다시 돌아보면 나라 기운다네.
> 성 무너지고 나라 기우는 걸 어찌 모르랴만
> 미인은 다시 얻기 어려운 법이라네.[4]

성이 무너지고 나라가 기울 정도의 치명적 미모와 매력을 지닌 여인을 지칭하는 '경국지색'의 고사는 여기서 생겨났다. 무제는 이연년을 가까이 불렀다.

"성과 나라를 뒤흔들 만큼 어여쁜 여인이 누구더냐?"

미끼를 덥석 무는 황제였다. 이연년은 속으로 쾌재를 불렀다.

"송구하오나 노래의 주인공은 바로 소신의 여동생이옵니다."

당장 이연년의 여동생 이연을 불러오게 한 무제는 한눈에 사랑에 빠졌다. 눈처럼 하얀 피부와 버들가지처럼 가녀린 몸매에서 어찌 그

---

4)　北方有佳人, 絶世而獨立. 一顧傾人城, 再顧傾人國. 寧不知傾國與傾城, 佳人難再得.
　　『漢書』卷97「外戚傳上·孝武李夫人傳」

런 신비롭고 몽환적인 춤이 뿜어져 나오는지. 넋이 빠진 무제는 죽어서도 그녀를 사랑하게 될 운명이었다. 이로부터 남매의 시대가 열린다. 이연은 무제의 총애를 독차지하면서 단번에 부인夫人의 직위에 올랐고, 이연년은 음악 관장 기관인 악부의 협률도위協律都尉가 되어 예인 최고의 위치를 차지했다. 별 볼일 없던 딴따라 가족의 벼락 출세였다. 곧이어 이부인이 낳은 아들 박髆이 창읍애왕昌邑哀王에 봉해졌다. 그러자 이연년은 황제의 숙부를 꿈꾸며 아예 궁궐에서 기거하며 기고만장하여 점차 궁녀와 사통하고, 권력에 집착하고, 나날이 방자했다.

무제의 〈사랑과 영혼〉

그러나 이부인은 몹시 병약했다. 그녀를 돋보이게 했던 창백한 피부와 가녀린 몸매는 사실 오랜 지병 탓이었다. 이부인은 시름시름 앓는 자신을 문병하려는 무제를 한사코 만류했다.

"여인은 민낯으로 사랑하는 이를 대하지 않는 법이랍니다."

초췌하고 시든 모습에 무제가 실망하여 사랑을 잃게 될까 염려했기 때문이었을까? 죽음을 눈앞에 두고서도 사랑을 지키고 싶은 이부인의 간절함이 그대로 전해진다. 얼마 후 이부인은 무제의 노력과 간호에도 불구하고 병마를 이기지 못하고 세상을 떠난다.

이부인을 잃고 방황하던 무제는 더욱 황로사상에 심취했다. 그리고 신선과 방술의 힘으로 이부인과 재회할 수 있으리라 믿었다. 훌륭한 업적과 대외 정책으로 강력한 국가를 구축했던 철의 황제가 사랑과 미신에 눈이 어두워진 것이다. 그는 용하다는 방사 소옹少翁을 궁궐로 불러 초혼招魂 의식을 거행토록 했다. 소옹은 깨끗한 빈 방에 이부인의 생전 의복을 걸고 주문을 외우고 법술을 펼치며 혼을 불렀다. 무제의 간절함이 통한 걸까? 무제는 장막 뒤에 희미하게 흔들리는 이부인을 본 듯하였다. 그러나 무제가 손이라도 잡아볼까 다가가자, 그림자는 눈 깜짝할 사이에 사라져버렸다. 무제는 아쉬움과 비통함에 주저앉아 나지막이 읊조렸다.

> 그대인가 아닌가, 이렇게 서서 바라보는데
> 그대는 왜 이리 천천히 오시는가![5]

눈에 보이지 않는다고 존재하지 않는 것은 아니다. 비록 방사와 주술의 힘을 빌리는 비이성적인 행동이었지만, 이부인을 극진히 사랑했던 무제의 간절함이 그녀의 영혼을 잠시나마 느끼게 해주었는지도 모르겠다.

이부인을 향한 무제의 절절한 사랑은 「추풍사秋風辭」를 통해서도 느낄 수 있다. 황로학에 빠진 무제는 말년에 전국의 신선을 찾아 자주 봉선封禪을 했다. 무제 나이 45세, 이부인이 죽은 지도 7, 8년이 흐른 어느 가을날이었다. 그날도 무제는 하동河東에 행차해 토지신인 후토后土에 제사를 지내고 돌아오던 길이었다. 무제는 신하들과 배를 타고 분하汾河 중류에서 연회를 하던 중 홀연 흥에 겨워 「추풍사」를 지었다. 절대 권력의 지존으로 막강한 카리스마를 발산하던 황제는 어떤 감정을 토로했을까?

---

5)　是耶, 非耶? 立而望之. 偏何姍姍其來遲! 『漢書』卷97 「外戚傳上·孝武李夫人傳」

가을바람 불어오니 흰 구름이 흩날리고

초목 누렇게 영락하니 기러기 남쪽으로 돌아가네.

난초는 빼어나게 아름답고 국화는 향기로운데

그립구나! 아름다운 이여, 잊을 수 없도다.

다락배를 띄워 분하를 건너갈 제

강물 가로지르니 흰 물결 이는구나.

피리 불고 북 울리며 노랫소리 흥겨운데

즐거움이 절정인지 슬픔이 많아지네.

젊음과 건장함이 얼마나 가겠는가! 늙어감을 어이할꼬![6]

무제, 「추풍사」

   흘러가는 세월, 떠나가는 젊음, 망자가 된 연인 앞에서는 지존의 황제도 한낱 인간일 뿐이었다. 숱한 공적을 쌓고 많은 여인을 거느렸던 무제는 가을이 접어드는 분하 중류에서 인생의 가을에 해당하는 자신의 나이와 신세를 이와 같이 읊었다. 인생무상과 늙음에 대한 한탄, 연인에 대한 그리움을 황제 무제가 아닌 인간 유철로서 토로한 것이다. 철의 황제 무제 유철이 위대한 것은 그가 이룬 수많은 업적만큼이나 시들지 않은 감성과 사랑의 애수 때문이 아닐까?

---

6)   秋風起兮, 白雲飛. 草木黃落兮, 鴈南歸. 蘭有秀兮, 菊有芳. 懷佳人兮, 不能忘. 泛樓船兮, 濟汾河, 橫中流兮, 揚素波. 簫鼓鳴兮, 發棹歌, 歡樂極兮, 哀情多. 少壯幾時兮, 奈老何. 『漢武古事』 「秋風辭」

왕소군의 프로필 사진
조작사건

카카오톡이나 페이스북, 인스타그램 등 SNS 서비스의 확산으로 교류의 패턴이 변화하고 있다. 그리고 실제 만남에 앞서 가상 세계나 영상 매체에서 상대를 대면하고 접촉하는 기회가 많아지면서, 이른바 '프사'라는 줄임말로 통용되는 프로필 사진이 첫인상을 결정하는 중요한 잣대가 되었다. 사람들은 거금을 주고 보정을 맡기거나 웹web상에서 포토샵으로 수정을 하고 보정 전문 앱app을 동원하는 등 최고의 사진을 얻기 위해 시간과 돈, 노력을 아끼지 않는다. 근사하고 매력적인 사진은 입학, 입사의 첫 관문이면서 소셜 네트워크 속 가상의 나에 대한 과시나 자아 환상 심리를 반영하는 거울이기도 하다.

이렇듯 나은 나, 더 근사한 자아를 프로필 사진에 투사하려는 심리는 비단 현대인에게만 국한된 현상은 아닌 듯싶다. 2500년 전 중국의 한나라에서도 프로필 사진 조작으로 웃지 못할 비극적 사건이 발생했으니 말이다.

조작된 초상화

『한서漢書』나『후한서後漢書』등의 역사서나『세설신어世說新語』등의 문학서에 빠지지 않고 등장하는 왕소군은 그 시절 프로필 사진 조작사건으로 운명이 뒤바뀐 비극의 여주인공이었다. '날아가던 기러기가 미모에 넋을 잃고 떨어졌다'는 '낙안落雁'의 별칭으로 불린 한 제국 미모 서열 1위 왕소군의 '프로필 사진 조작사건'의 전말은 이러하다.

전한의 제11대 황제 원제는 실전보다 이론에 강한 유교 신봉자이자 정치 이상주의자였다. 원제는 세금 경감, 형법 개정, 사치 금지, 황실경비 절감 등의 이상적인 민생 정치를 추구했다. 그러나 조정의 실상은 원제의 이상과 달랐다. 홍공弘恭, 석현石顯 등을 위시한 환관들이 외척들과 대립각을 세우면서 문약한 원제를 압박했다.

그러던 건소建昭 원년(BC 38), 환관들은 원제를 위한다는 명목으로 전국에 후궁 모집 공고를 냈다. 감상적인 원제를 여인의 치마폭에 붙들어놓자는 속셈이었다. 중국 전역에서 수천에 이르는 미녀들이 구름같이 모여들었다. 그러자 궁정에서는 수많은 미녀들을 분류하여 선발하기 위해 궁정화가 모연수毛延壽에게 여인들의 초상화를 하나하나 그리게 했다. 황제가 손쉽게 넘겨볼 수 있도록 화첩, 즉 프로필 사진첩을 만들자는 것이었다. 모연수의 붓끝에 운명이 달리게 된 여인들은 너 나 할 것 없이 보석, 비단, 토지 문서를 바치며 초상화 조작을 청탁했다.

"피부는 희게, 눈매는 또렷하게 히 ᄉ시오." "검은 머리카락과 붉은 입술이 좋겠소." "가녀린 어깨와 ᄂ ᄂ는 허리를 강조해주시오."

뇌물이 오고가면 여인들은 화첩 속에서 절세가인으로 탈바꿈했다. 그러나 호북성胡北省 여산현興山縣 출신의 낭랑 18세 왕소군은 초연했다. 독보적 미모를 지녔기에 조작할 필요가 없었고, 강직했기에 뇌물을 혐오했다. 이를 괘씸하게 여긴 모연수는 그녀를 일부러 못나게 그렸다. 화첩에 못난이로 그려진 왕소군이 후궁에 발탁될 리 만무하지 않은가. 절세미녀 왕소군은 이렇게 초상화 조작사건에 연루되어 5년을 궁궐의 이름 없는 궁녀로 독수공방한다.

미녀는 괴로워

그런데 우리는 종종 프로필 사진 속 인물의 실물을 접하고 사진과 완전 다른 모습에 당황할 때가 있다. 때로는 실물에 실망해서, 때로는 실물이 훨씬 나아서. 왕소군의 실물을 접한 원제가 그랬다.

당시 한나라의 가장 큰 골칫거리는 북방의 흉노였다. 변방의 작은 유목 집단에 불과했던 흉노는 기원전 4세기 무렵부터 유목사회의 급격한 통합을 통해 거대 제국을 형성했다. 영토 확장과 세력 신장으로 막강해진 흉노는 국경을 넘나들며 끊임없이 중원을 위협했다. 흉노를 북방의 오랑캐라며 무시했던 한족漢族이 대응책을 화친으로 선회한 것은 한 고조 유방 때부터다. 유방이 40여 차례에 이르는 전쟁 끝에 흉노군 묵돌冒頓에게 항복하면서, 물자 거래와 조공 헌납의 화친 조약을 체결한 것이다. 이때부터 흉노와 중원은 교류하며 화친을 공표했다.

원제 재위 당시, 흉노 왕 호한야 선우單于가 거래를 위해 직접 한나라를 방문했다. 성대한 환영 행사와 함께 흉노에게 바칠 공녀 명단이 공개되어 미녀들이 인사를 올릴 때였다. 원제는 자신의 눈을 의심했다. 화첩에서 한 번도 보지 못한 뛰어난 미녀가 있었기 때문이다. 원제는 천상의 선녀인 듯 아리따운 왕소군이 공녀로 차출된 것이 모연수의 화첩 조작 때문임을 알게 되었다. 당장에 모연수를 참수한 원제는 아쉬움이 밀려왔다. 그는 왕소군을 흉노에게 보내기 전에 미앙궁未央宮으로 불러 애틋한 정분을 나누고 명비明妃로 책봉한다. 그러나 호한야의 재촉에 왕소군은 흉노의 땅으로 떠나야만 했다.

시인들의 뮤즈 왕소군

왕소군의 곡절한 사연은 문인들의 감성을 자극했다. 중국문학사에서 왕소군의 사연을 다룬 시는 700여 수, 소설은 40여 종으로 500여 명이 넘는 작가들이 왕소군을 작품의 소재로 삼았다.[7] 그중 5연으로 구성된 동방규東方虬의 「소군의 원망昭君怨」은 왕소군이 흉노 땅으로 떠나는 노정과 이국땅에 정착하는 과정의 애수를 애절한 시어로 잘 표현했다.

　　한나라 비로소 번성하여 조정에는 무신들 넘쳐나건만
　　어찌 하필 박명한 이 몸은 고단하고 머나먼 화친길 떠나는지.

----

7)　작가로는 고대에는 이백과 두보를 비롯하여 백거이, 이상은, 채옹, 왕안석, 야율초재耶律楚材 등이 있고, 근현대에는 궈모뤄郭沫若, 차오위曹禺, 젠보잔翦伯贊, 라오서老舍 등이 있다. 작품으로는 원대 잡극『한궁의 가을漢宮秋』이외에 명대 전기傳奇『화융기和戎記』, 명대 잡극『소군출새』, 청대 장회소설『우봉기연又鳳奇緣』등이 있다.

소군이 옥안장 치켜 올리며 말 오르니 연지 바른 뺨 흐르는 눈물

오늘은 한나라 궁녀이건만 내일 아침엔 오랑캐의 첩이라네.

눈물 삼키며 궁궐에 작별 고하고 슬픔 머금고 흉노 땅 향하는데

선우는 박차 가하며 기쁜 기색, 소군은 예전 낯빛 찾을 수 없네.

만리 변경은 멀고도 멀어 천산 가는 노정 고단하기만 한데

고개 들어 그저 해 바라보며 어디가 장안인지 가늠해보네.[8)]

동방규, 「소군의 원망」

공녀 차출의 설움, 지난 세월의 회한, 고별의 슬픔과 여정의 고단함
이 잘 드러나 있다. 흉노 왕에게는 기쁨의 귀환길이나 왕소군에게는
슬픔의 고별길인 흉노 땅으로 가는 길. 미녀를 차지해 들뜬 선우의 모
습과 서글픈 왕소군의 모습이 대조를 이룬다.

흉노 땅에 정착한 이후 왕소군의 삶은 어땠을까? 비옥한 토지, 뚜
렷한 사계절의 풍요로운 중원과 달리, 변방 너머 흉노의 땅은 일 년
내내 모래바람이 부는 척박하고 황량한 사막이었다. 건조하고 거친
이국땅, 부모형제와 떨어진 외로운 처지에서 음식도 기후도 왕소군에
게는 온통 낯설고 물설었을 터였다. 봄이 와도 봄 같지 않다는 '춘래
불사춘春來不似春'의 구절로 유명한 마지막 연은 흉노의 여인으로 살
아가는 왕소군의 처지를 잘 설명해주고 있다.

---

8) 漢道初全盛, 朝廷足武臣. 何須薄命妾, 辛苦遠和親. 昭君拂玉鞍, 上馬涕紅頰. 今日
    漢宮人, 明朝胡地妾. 掩涕辭丹鳳, 銜悲向白龍. 單于浪驚喜, 無復舊時容. 萬里邊城
    遠, 千山行路難, 擧頭惟見日, 何處是長安.「昭君怨」

오랑캐 땅에 꽃과 풀이 없으니 봄이 와도 봄 같지 않구나.

자연히 허리띠 느슨해지니 가는 허리 얻기 위함 아니네.[9]

동방규, 「소군의 원망」

그녀, 그 후

그러나 왕소군이 향수병과 자괴감에만 빠져 있었다면 중국인들이 역사상 가장 칭송하는 여인이었을 리 없다. 왕소군은 곧 흉노 문화에 적응하고, 리더의 아내로서 처신했다. 그녀는 흉노 백성에게 중원의 기술과 문화를 가르치는 한편, 그들의 관습을 존중하며 백성들을 다독여 모두의 지지와 사랑을 받았다. 흉노 왕 선우는 그녀의 공로를 높이 평가해 '영호알씨寧胡閼氏'로 책봉하며 크게 대우했다. 그래서인지 왕소군이 흉노 땅에 정착한 이후 60여 년간은 한나라와 흉노 간에 전쟁이 없었다.

그녀는 이후의 삶도 참으로 드라마틱하다. 한의 학자 채옹蔡邕이 쓴 『금조琴操』에서는, 호한야가 죽은 후 아버지가 죽으면 아들이 어머니를 아내로 삼는 오랑캐 관습에 따라 그 아들이 왕소군을 취하려 하자 독약을 마시고 자살했다고 한다. 어떤 설에서는 호한야가 죽은 후 왕소군이 한나라로 돌아오려 하자 당시의 왕인 성제가 거절하여 어쩔 수 없이 호한야 본처의 아들인 복주루약제復株累若鞮와 결혼하여 딸 둘을 낳았다고 한다.[10]

어찌되었든 60여 년 동안이나 한족과 흉노족의 갈등을 막아 평

---

9) 胡地無花草, 春來不似春. 自然衣帶緩, 非是爲腰身.

10) 復株累單于復妻王昭君, 生二女. 『資治通鑑』第30卷

화의 시대를 열었던 왕소군의 인기는 현대에도 여전하다. 1967년 홍콩에서 〈왕소군〉이란 영화가 제작되었고, 2006년과 2007년에는 각각 49편과 30편으로 이루어진 TV연속극이 방영되기도 했다. 클래식계에서도 바이올린 협주곡 〈왕소군〉이 창작되는 등 그녀의 인기는 시대와 장르를 초월한다. 지금까지도 내몽골의 후허하오터呼和浩特의 왕소군의 묘 청총青塚을 찾는 끊이지 않는 추모 행렬은 그녀가 원제나 호한야뿐만 아니라 만인의 연인이자 뮤즈로서 충분히 사랑받고 있음을 시사한다.

세로토닌 반첩여와
도파민 조비연

과학의 발달은 우리가 느끼는 행복한 마음, 사랑하는 감정, 주체 못하는 흥분 등이 호르몬의 영향 때문임을 밝혀냈다. 행복을 느끼게 하는 요체가 뇌의 신경전달물질이라는 점은 추상적이고 관념적인 감정의 세계를 구체적이고 물질적인 실체로 인식시킨 흥미로운 발견이다. 그중 기분 조절 호르몬인 세로토닌과 도파민은 기분을 좋게 한다는 점에서는 비슷하지만, 그 과정과 결과가 판이하게 다른 두 물질이다. 자율신경의 평형을 바로잡아 균형과 안정을 느끼게 하는 세로토닌은 평안한 행복감을 주지만, 교감신경을 자극하여 흥분과 의욕을 일으키는 도파민은 자극적 쾌감을 주기 때문이다.

　성제의 후궁 반첩여班婕妤와 조비연趙飛燕도 비슷하지만 전혀 다른 두 물질처럼 상반된 매력으로 임금의 마음을 사로잡았다. 반첩여가 잔잔하고 편안한 매력을 주며 행복과 안정감을 주는 '세로토닌' 같은 사랑을 선사했다면, 조비연은 강렬하고 자극적인 매력을 어필하며

짜릿한 감정에 취하게 하는 '도파민' 같은 정열을 보여줬다. 성제를
사이에 둔 두 여인, 반첩여와 조비연의 상반된 사랑법은 과연 어땠을
까?

반듯한 반첩여의 사랑법

전한의 12대 황제 성제는 즉위 초기 학문을 좋아하고 성현의 가르침
을 숭상하던 군주였다. 대대로 학자 집안에서 자라 학식이 높고 사려
깊은 후궁 반첩여는 그런 성제와 딱 어울리는 여인이었다. 『한서』를
편찬한 반고班固의 고모할머니이기도 한 반첩여는 미모, 교양, 절도를
모두 갖춘 재원이었다. 그녀는 입궁하자마자 소사少使와 대행大幸을
거쳐 첩여婕妤로 초고속 승진을 할 정도로 완벽한 황실 맞춤형 여인
이었다. 그녀는 언제나 겸손했고 항상 분수를 지켰으며 절대 오만방
자하지 않았다.

함께 산책하던 성제가 수레에 동승하자고 청했을 때에도 반첩여는
이렇게 거절한다.

"고대의 성현 곁엔 명신이 있었고, 하·상·주 망국의 임금 곁엔 애
첩이 있었죠. 제가 임금 곁에서 수레를 탄다면 그 애첩들과 다를 바가
없지 않겠습니까?"

황제의 총애에 우쭐할 법도 하건만, 혹여 말희, 달기, 포사가 하·
상·주의 망국을 초래했듯이 그이들의 전철을 밟지 않을까 황제를 만
류하는 반첩여였다. 자신의 영달보다 황제의 명성을 존중하는 배려의
아이콘다운 처신이었다.

반첩여는 조비연의 모략에도 의연하게 대처했다. 조비연은 반첩여

와 황후 허씨가 무당을 고용해 황제와 후궁들을 저주했다며 터무니없는 누명을 씌웠다. 이때 반첩여는 다음과 같이 반박한다.

"생사와 부귀는 하늘에 달린 법. 선행으로도 복 받기 어려운데, 악행으로 무슨 득을 보겠습니까? 용한 귀신이라면 사악한 기도를 외면할 것이요, 무능한 귀신이라면 기도가 먹히지 않겠지요. 이 이치를 아는 제가 어찌 악행을 저지르겠습니까?"

사리 분명한 대꾸에 황제도 더는 잘잘못을 따질 수 없었다. 시어머니인 황태후와 연적인 황후마저도 반첩여를 신뢰하고 지지했다. 귀한 신분, 넘치는 총애, 주변의 지지 속에서도 본분을 지키며 흔들림 없이 보필하고 지켜주는 사랑, 자신보다 상대를 돋보이게 하는 배려, 그것이 반듯한 반첩여가 보여주는 평안한 세로토닌식 사랑법이었다.

강렬한 조비연의 애정 공세

반면 조비연은 자극과 도발로 성제를 사로잡았다. 학문과 성현의 가르침을 숭상하던 성제를 지치게 한 것은 계속되는 외척과 환관의 횡포였다. 황실은 점차 외삼촌 왕망王莽을 위시한 외척 왕씨王氏들이 장악해갔다. 정치는 부패했고 민심은 흉흉했으며 사회는 혼란했다. 정치와 민생에 뜻을 잃은 성제는 향락과 주색잡기로 위안을 찾고자 했다. 이때 성제의 공허하고 혼란한 마음을 파고든 여인이 바로 조비연이다. 요염하고 교태 넘치는 조비연은 퇴폐미의 결정체였다. 성제의 마음은 평안한 안정감을 주는 반첩여에서 화려함과 도발로 무장한 강렬한 조비연에게로 움직였다.

조비연은 성제의 누나 양아공주陽阿公主 집에 소속된 창기娼妓였다. 성제는 양아공주의 집에서 열린 연회에 참석했다가 요염하게 춤을 추는 조비연을 보고 강렬하게 끌렸다. 화려하고 관능적인 조비연이 정치적 스트레스에 노출된 성제의 도파민을 마구 자극시켰던 것이다. 조비연의 동생 조합덕趙合德까지 가세해 성제를 유혹했다. 성제는 마약에 취하듯 조비연 자매와의 자극적인 쾌락에 빠져 둘을 모두 후궁으로 들인다.

원래 본명이 조의주趙宜主였던 그녀가 '비연'으로 불린 데에는 다음과 같은 일화가 전한다. 성제는 종종 조비연을 데리고 태액지太液池라는 궁궐 연못에서 뱃놀이를 즐겼다. 그날도 배를 띄워 시랑侍郞 풍무방馮无方의 생笙 연주에 맞춰 조비연이 춤을 추던 중이었다. 갑자기 불어온 강한 바람에 가냘픈 조비연의 몸이 휘청거리자 풍무방이 급히 조비연의 두 발을 잡았다. 평소 풍무방에게 흑심이 있던 조비연은 그 와중에도 너울너울 춤을 추었다고 한다. 사람들은 그녀가 풍무방의 손바닥 위에서 춤을 추었다(作掌中舞)고 하면서 비연飛燕, 즉 '나는 제비'라는 별명을 붙여주었다.

지존이면서도 무엇 하나 마음대로 할 수 없었던 답답한 황실 생활에서 조비연의 이런 자극적이고 돌발적인 행위는 황제에게 짜릿한 일탈의 쾌감을 선사했을 것이다. 일상의 무료함과 따분함, 국정의 치열함과 시름까지 날려주었을지도 모른다. 뇌를 마비시켜 시름을 잊게 하는 술과 마약처럼 순간의 쾌락을 선사하는 도파민 같은 악녀에게 남자들이 끌리는 이유다. 이후 황후 자리까지 노린 조비연은 반첩여와 황후를 모함하고 성제를 압박했다. 달콤하지만 큰 후유증, 짜릿하지만 모진 뒤탈, 채워지지 않는 공허, 쾌감 뒤의 회한. 이것이 자극적인 도파민 조비연이 남긴 사랑법이었다.

여름날의 화로요, 가을날의 부채로다

조비연의 등장 이후 반첩여는 성제의 은총을 잃었다. 그녀는 장신궁
長信宮에 유폐된 황후를 따라가 보필하며 남은 생을 시와 부를 지으면
서 보냈다. 이때 황제의 넘치는 총애가 냉정한 외면으로 바뀌는 자신
의 신세를 읊은 시가 「원가행怨歌行」이다.

> 새로 자른 제나라 흰 비단 깨끗하기가 서리나 눈 같네요.
>
> 재단해서 합환선 만드니 보름달처럼 둥글기도 하네요.
>
> 당신 품과 소매 속 드나들며 흔들어서 미풍을 일으켰었는데
>
> 두려워요, 곧 가을이 와서 서늘한 바람이 더위를 앗아가면
>
> 상자 속에 버려진 신세 되어 은애하는 마음 끊어질까봐.[11]
>
> 반첩여, 「원가행」

작열하는 태양, 숨막히는 폭염, 무거운 습도에 시달리는 여름, 선풍
기와 에어컨은 체온을 웃도는 혹서의 계절을 견디게 하는 필수품이
다. 그리고 여름 한철, 한 달 이상을 대기해야 겨우 구할 수 있는 품귀
제품이 되어 최고의 몸값을 자랑한다. 그러나 성하盛夏의 8월을 견디
고, 입추立秋의 9월을 지나, 백로白露의 찬이슬을 맞으면서 점차 그 효
용이 사라지기 시작한다. 급기야 밤낮의 길이가 같아지는 추분秋分
즈음에는 집안의 공간을 차지하는 애물단지로 전락한다. 당시 반첩여
의 처지가 딱 그랬다. 임금은 여름 날 시원한 바람을 일으키는 동그랗

---

11) 新裂齊紈素, 皎潔如霜雪. 裁爲合歡扇, 團圓似明月. 出入君懷袖, 動搖微風發. 常恐
秋節至, 凉飈奪炎熱. 棄捐篋笥中, 恩情中道絶.『古文眞寶』「怨歌行」

고 예쁜 부채를 아끼듯 얼마나 나를 애지중지했던가? 그러나 요염한 조비연이 나타나면서 나는 가을날의 서늘한 바람에 밀려 용도 폐기된 가을 부채 같은 처지가 되었구나.

반첩여는 장신궁에서 쓸쓸한 일생을 보냈고, 성제가 죽은 후에는 그의 무덤을 지키다가 40여 세의 나이로 일생을 마감했다. 쓸모없어진 물건이나 남자의 사랑을 잃은 여인을 지칭하는 가을 부채, '추풍지선秋風之扇' 또는 '추선秋扇'이라는 성어는 바로 이 반첩여의 시에서 유래했다.

두 가지 사랑법, 그리고 그 결말

성제는 조비연 자매 외에도 수많은 후궁을 거느렸으나 사십이 넘도록 후사가 없었다. 여기에도 조씨 자매 개입의 의혹이 짙다. 다른 후궁이 성제와 합궁을 하거나 아이를 가진 기색만 보여도 자매가 나서손을 썼다는 것이다. 궁녀 조궁曹宮과 허미인許美人도 아들을 낳자마자 조 자매에게 주살되었다는 소문이 파다했다. "제비가 날아와 황손을 쪼아대네燕飛來, 啄皇孫"12)라는 동요도 널리 퍼졌다. '나는 제비' 조비연이 황제의 후손을 해쳤음을 풍자한 노래였다.

성제는 결국 조합덕의 침상 위에서 급사했으니 죽음조차 조 자매의 치마폭에서 벗어나지 못한 셈이다. 이 일로 조합덕은 스스로 독주를 마시고 자결했다. 조비연은 비록 후사를 낳지는 못했지만, 성제의 조카 애제哀帝의 등극을 적극 지지함으로써 황태후가 되었다. 그러나 애제가 즉위 6년 만에 세상을 떠나고 뒤를 이은 어린 평제平帝마저

---

12) 『漢書』卷097「孝成趙皇后」

왕망에 의해 독살되면서 조비연의 화려했던 시절도 막을 내린다. 왕망이 스스로를 황제로 옹립하여 신新나라(AD 8)를 건국하자, 조비연은 서인으로 강등되어 비참한 생활을 하다 자살로 생을 마감한 것이다. 스스로의 도파민에 중독된 자의 비극적인 최후였다.

성제가 조비연을 통해 추구한 자극과 쾌락은 결국 이렇게 끝나고 말았다. 모두에게 죽음과 패망의 그림자를 남긴 채 말이다. 반면 반첩여는 「원가행」과 선량한 행적으로 기억되는 귀중한 존재로 기억되고 있다. 행복을 주는 과정과 방법의 차이, 세로토닌과 도파민처럼 우리가 과연 어떤 사랑과 행복을 추구해야 하는지 울림을 주는 두 여인의 사랑법이었다.

생기발랄,
적나라한
사랑의 흔적들

발라드에서 랩까지 대중가요의 모든 것 '악부시'

주 왕조에 『시경』이 있다면, 한 제국에는 '악부시'가 있다. 한나라 무제가 음악을 관장하기 위해 설립한 관청 악부는 백성들의 다양한 일상과 삶의 현장 및 그에 따른 감상과 소회를 담고 있는 민가를 채집했다. '보통의, 평범한, 일반적인' 한나라 백성들의 대중가요 악부시는 '진솔한, 건강한, 적나라한' 백성들의 목소리였다.

황제들의 커밍아웃, 궁정의 '동성애'

고대 국가에서 유행했던 동성애의 흔적들은 일부 특권 계층에 국한된 '고급스럽고 낭만적인' 사랑의 영역이자 도피처였다. 먹던 복숭아까지 나눠 먹는 각별한 사이, 동성 애인의 낮잠을 위해 소맷부리를 끊었다는 사연, 이 모두가 황실에서 흘러나온 은밀한 속설이었다.

길거리 헌팅의 시조 「맥상상」

악부시의 매력은 투명하고 솔직한 감성이다. 길거리에서 여인을 유혹하는 헌팅남 태수와 이를 거절하는 당돌녀 나부의 노래 「맥상상」은 그 시대 유쾌 발랄한 구애의 현장을 담고 있다.

발라드에서 랩까지 대중가요의 모든 것
'악부시'

2018년 한국에서 천만 관객을 사로잡은 영화 〈보헤미안 랩소디〉는 잔지바르 이민자 출신의 아웃사이더 프레디 머큐리가 대학생 로컬밴드에 보컬로 합류하여 영국의 전설적인 록밴드 '퀸'의 전설을 창조해 낸 이야기다. 인권, 자유, 경제 신장의 시대인 1970~80년대 대중들은 진부함과 규격을 초월한 독창적 음악 스타일과 상식을 뒤엎는 파격적인 노랫말, 화려한 퍼포먼스로 관중을 사로잡은 퀸에 열광했다. 그런가 하면 2014년 5월 유튜브 20억 뷰view를 돌파한 싸이의 〈강남스타일〉은 역동적이고 코믹한 말춤, 재미있는 노랫말, 쉽고 흥겨운 멜로디로 국내외에서 큰 인기를 얻으며 2012년 9월 미국 빌보드차트 7주 연속 2위의 기록을 세웠다.

　우리가 이런 노래와 음악에 열광하는 이유는 시대의 감성과 대중의 희로애락을 표현하고 문화적 유대와 공감대를 느끼게 하는 음악이 가진 특별한 힘 때문이다. 우리는 이런 노래를 대중가요라 한다.

이런 '보통의, 평범한, 일반적인' 대중의 감성을 전달하는 대중문화의 가치와 효용을 간파하고 민생 안정과 백성 통치의 방편으로 적절히 활용하는 것은 고대 중국의 위정자들에게 주요한 임무 중 하나였다.

한나라의 대중가요, 악부시

전한의 제7대 황제로 한 왕조의 최대 부흥을 이끈 철의 황제 유철 무제는 대중가요의 힘을 인지했고 적극 활용했다.

"누구든 못다 이룬 뜻은 서로 함께 노래를 부르면서 그 아픔을 노래할지다."[1]

『한서』 중 경제 관련 편인 「식화지食貨志」에 실린 말이다. 무제는 백성들의 희로애락과 삶의 애환이 민가에 고스란히 반영되었을 것이라 생각했다. 그래서 기원전 126년 음악 관장 기관인 악부樂府를 설립하여 전국적으로 시가 약 138편을 수집했다.[2]

민가로 민심을 파악한 주나라 『시경』의 정신을 계승한 한나라 악부시들은 백성들의 다양한 일상과 삶의 현장 및 그에 따른 감상과 소회를 담고 있다. 대중가요가 '보통의, 평범한, 일반적인' 대중의 감성과 정서를 표현하듯, 일상생활 속의 슬픔이나 기쁨, 설렘, 질투, 야속

---

1)   男女有不得其所者, 因相與歌詠, 各言其傷. 『漢書』 「食貨志」

2)   악부시는 크게 귀족 악부와 민간 악부로 나뉜다. 송대 곽무천郭茂倩은 용도와 음악 및 시기 등을 고려하여 악부를 12종으로 분류했다. 교묘가사郊廟歌辭(12권), 연사가사燕射 歌辭(3권), 고취곡사鼓吹曲辭(5권), 횡취곡사橫吹曲辭(5권), 상화가사相和歌辭(18권), 청상곡 사淸商曲辭(8권), 무곡가사舞曲歌辭(5권), 금곡가사琴曲歌辭(4권), 잡곡가사雜曲歌辭(18권), 근대곡사近代曲辭(4권), 잡가요사雜歌謠辭(7권), 신악부사新樂府辭(11권)가 그것이다. 이 중 교묘·연사·고취·횡취·무곡 가사는 관악官樂으로서 묘당문학廟堂文學이고, 상화·청 상·금곡·잡곡 가사는 일반 음악으로서 거의 민가다(褚斌杰, 『中國古代文體槪論』, 北京大 學出版社, 1990).

함, 미련 등을 가감 없이 표현한 악부시는 진솔하고 생동감이 넘치며 해학적이고 대담했다.

진화된 감정 표현

시대는 변해도 사랑의 감정은 일정한 규칙을 따르는 것 같다. 만나서 사귀고 익숙해지고 위기를 겪다가 헤어지는 과정에서 겪는 설렘, 기대, 싫증, 아쉬움, 지긋지긋함으로 이어지는 그 불변의 반복들. 그리고 언제나 연애의 시작은 두근거림과 기대감으로 포문을 연다.

> 하늘이시여,
>
> 나와 그대 서로 잘 사귈 수 있도록
>
> 오래도록 쇠하거나 끊어지지 않도록
>
> 산이 닳아 언덕 되고 강물이 마르고
>
> 겨울에 천둥치고 여름에 눈 쏟아지며
>
> 하늘과 땅이 합해진대도, 나 어찌 그대와 헤어질까.[3]
>
> 「하늘이시여上邪」

위의 시는 막 사랑을 시작한 연인들의 맹세다. 연애 초기, 주어도 주어도 아깝지 않고 보아도 보아도 보고 싶은 두 사람은 그 어떤 이성적 판단과 과학적 순리라도 거스를 준비가 되어 있다. 하늘의 별도 달도 따다줄 수 있을 것 같은 불꽃같은 정열로 그 끝을 막고 싶은 마음

---

3) 上邪, 我欲與君相知, 長命無絶衰. 山無陵, 江水爲竭, 冬雷震震夏雨雪, 天地合, 乃敢與君絶. 『樂府詩集』「上邪」

은 하늘이 두 쪽 나고 강물이 마르는 불가능한 날의 도래를 맹세하게 한다. 유한한 생명의 영원한 사랑이라. 천지개벽을 극복하는 변치 않은 사랑의 맹세는 진부한 클리셰지만, 그러나 사랑을 막 시작한 연인에게는 우주며 진리며 신앙이라는 것을 우리는 안다.

질투는 나의 힘

사랑의 또 다른 이름은 소유욕과 집착, 그리고 질투다. 두 사람의 관계가 안정기에 접어들면 상대의 육체뿐 아니라 영혼까지 소유하고 싶고, 그 누구와도 공유하고 싶지 않다.

> 포르르 뜰 앞의 제비, 겨우내 숨었다 여름 맞아 나타나더니
> 형제 두세 명이 유랑하다 잠시 머문다 하네.
> 헌 옷 누가 기워주며, 새 옷 누가 지어주나.
> 어진 여주인 만나 옷감 가져가니 나 위해 옷 꿰매주네.
> 마침 남편 들어오더니 서북쪽 곁눈질 하는데
> 여보시오, 흘겨보지 마소, 물 맑으면 돌이 절로 드러나
> 다닥다닥 얽힌 돌들 보이는 법, 먼 여행길에 집 그리워라.[4]

「염가행艷歌行」

제비는 반가운 손님 소식을 전하는 길조다. 어느 부부의 집에 제비가 따뜻한 봄 향기와 함께 손님을 모시고 오긴 했는데, 오랜 노정에

---

4) 翩翩堂前燕, 冬藏夏來見. 兄弟兩三人, 流宕在他縣. 故衣誰當補, 新衣誰當綻. 賴得賢主人, 覽取爲吾絍. 夫壻從門來, 斜柯西北眄. 語卿且勿眄, 水淸石自見. 石見何纍纍, 遠行不如歸.『樂府詩集』「艷歌行」

지친 시커먼 사내 두셋이다. 아내가 나그네들을 맞아 그들의 해진 옷을 기워주며 심신을 달래주자 왠지 부아가 치미는 남편이다. 그들의 살갗에 닿았던 옷을 만지다니! 못마땅한 남편은 흘끔흘끔 곁눈질로 눈치를 주고, 여정에 지치고 눈치에 힘든 나그네는 이상한 상상, 괜한 오해 말라며 남편을 달랜다. 중간에 낀 아내는 대체 이 상황을 아는지 모르는지 바느질에 여념이 없다. 이토록 어색한 순간, 일촉즉발 곧 뭔가 사단이 날 것만 같다. 여자가 질투의 화신이라면, 남자는 질투의 노예라고 할 수 있을까. 그러나 "질투가 없는 사랑은 진정한 사랑이 아니다"라는 탈무드의 격언이나 "질투는 늘 사랑과 함께 탄생한다. 그러나 반드시 사랑과 함께 사라지지는 않는다"는 프랑스 작가 라 로슈푸코의 말처럼, 이런 경우 질투는 두 사람의 부부애를 더욱 돈독하게 하지 않았을까?

이별의 저주

사람의 감정만큼 간사하고 쉬이 변하는 것이 있을까? 굳은 사랑의 맹세도, 강한 영원의 다짐도 익숙함이란 훼방꾼 앞에선 그 견고함을 잃고 만다. 권태와 싫증, 변심의 이름으로 찾아오는 이별의 방문은 언제나 사랑의 마지막을 비참하게 장식한다.

사모하는 임,
바다 남쪽에 계시니 무엇으로 이 마음 표할까 하다
쌍 구슬 대모 비녀, 옥 장신구 보내드리려던 차에
당신 딴마음 품었다는 소식 듣고, 당장 물건 죄다 불사르고

바람에 재까지 날려 보냈소, 내 이제부터

다시는 그리워 않겠어! 혹여 그립다 해도 당신과는 끝이야!

닭 울고 개 짖어 새벽이 되면 오빠랑 올케도 알게 되겠지.

아아! 가을바람 쓸쓸히 불어대는데

동방에 뜨는 해가 내 마음 알아줄까?[5]

「유소사有所思」

형편상 떨어질 때만 해도 변치 말자 굳건했다. 하지만 사랑의 맹세를 깨고 먼저 변심한 이는 남자였다. 바다 남쪽 먼 곳의 임에게 사랑의 징표인 비녀와 장신구를 보내려던 차에 남자의 변심을 알게 된 여인의 증오가 통쾌하다. 이 여자, 비련과 청승 대신, 과격과 끝장을 선택한다. 사랑의 증표들을 모조리 깨고 부수어 불살라 날리며 그리움의 흔적과 배신의 상처까지 날려버린다. 그깟 배신자는 깨끗이 잊겠다는 거다. 다만 날이 밝으면 식구들이 만신창이가 된 자신의 실연을 알게 될까 그것만이 염려될 뿐이다. 새벽이 밝아오면 부수고 불태운 잔해, 헝클어진 자태, 초췌한 얼굴을 통해 식구들은 그녀의 실연을 단박에 알게 될 것이다. 꾸밈없고 거침없는 시어에 담긴 애증과 분노, 가족에 대한 염려가 곁에서 보고 느끼듯이 생생하다.

아내의 유혹

'남성'이란 생물학적 확률성이 권위를 보장하던 그 시대, 남편이 아내

---

5) 有所思, 乃在大海南, 何用問遺君? 雙珠瑇瑁簪, 用玉紹繚之. 聞君有他心, 拉雜摧燒之, 當風揚其灰. 從今以往, 勿復相思! 相思與君絶! 鷄鳴狗吠, 兄嫂當知之. 妃呼狶, 秋風蕭蕭晨風颸, 東方須臾高知之.『樂府詩集』「有所思」

를 버리는 일은 드문 일이 아니었다. 어느 여인이 새 여인을 맞아 자신을 헌신짝처럼 버렸던 남편을 우연히 길에서 만났다.

> 산에 올라 약초 캐고 내려오던 길에 옛 남편 만났네.
> 단정히 꿇어앉아 전남편에게 물었네. "새 부인 어떤가요?"
> "새 부인 좋다고들 하는데, 옛 사람만 못한 것 같소.
> 용모는 비슷한데 손재주는 당신만 못하오."
> "새 부인 대문으로 들어올 때 옛 사람 쪽문으로 쫓겨났죠."
> "새 부인은 합사 비단 짜는데, 당신은 생사 비단 잘 짰잖소.
> 합사 비단 하루 한 필 짜는데, 당신은 생사 비단 다섯 장쯤 짰었지.
> 합사랑 생사 비단 비교해봐도 새사람이 옛 사람만 못하오."[6]

「산에서 약초를 캐다가上山採蘼蕪」

원수는 외나무다리에서 만난다더니. 산에서 약초를 캐다가 자신을 버린 남편을 우연히 만난 여인의 에피소드다. 그런데 이 여인 참 당돌하고 당당하다. 표정 하나 변하지 않고 새 신부의 안부를 묻는다. 그리고 자신을 쪽문으로 내쫓고 앞문으로 버젓이 새 여인을 들였던 남편의 기억을 되짚어준다. 그에 비해 그 남편 참 뻔뻔하고 지질하다. 쫓아낼 땐 언제고 용모와 손재주를 들먹이더니 비단의 직조 능력과 품질까지 비교하며 옛 부인과 새 여인을 저울질한다. 이 시의 매력은 가부장제의 치사한 권위를 행사하는 못난 남편과 이에 굴하지 않는 품위 있는 아내의 생동감 넘치는 대화의 톤이다. 봉건사회 가정과

---

6)　上山採蘼蕪, 下山逢故夫. 長跪問故夫, 新人復何如. 新人雖言好, 未若故人姝. 顔色類相似, 手爪不相如. 新人從門入, 故人從閣去. 新人工織縑, 故人工織素. 織縑日一匹, 織素五丈余. 將縑來比素新人不如故.『樂府詩集』「上山採蘼蕪」

사회의 중압감을 홍겹고 해학적인 가사로 풀어냄으로써 오히려 삶의 여유와 지혜가 느껴지는 아이러니를 즐길 수 있다.

퀸의 〈보헤미안 랩소디〉나 싸이의 〈강남스타일〉은 평범함과 진부함을 거부하는 시대의 요구, 참신함과 변화를 추구하는 진화의 열망을 충족시키며 대중음악의 새로운 영역을 개척했다. 그런 의미에서 능동과 적극, 반항과 도발, 야유와 조롱이라는 솔직함으로 무장한 한 대의 악부시들도 그 시대 문학이 나아가야 할 바를 제시한 미래주도형 대중가요가 아니었을까?

길거리 헌팅의 시조
「맥상상」

길은 미지의 여행, 탐험의 시작, 출발의 설렘을 간직한 단어다. 판에
박힌 삶으로부터의 일탈은 길에서 시작된다. 첫 단계는 고속도로로
향하는 히치하이킹이다. 모르는 이의 차를 타고 미지의 목적지를 향
해 가는 히치하이킹은 길 위의 자유, 무모한 모험, 미래의 성취를 열
망하는 도전의 욕망을 대변한다.

   길은 또 새로운 만남의 기대, 도발의 유혹도 가능한 공간이다.
1990년대 길에서 마음에 드는 젊은 여성을 유혹해 차에 태우는 '야타
족'이 유행한 적이 있다. 고급 승용차를 몰고 압구정동이나 홍대 거리
를 지나며 마음에 드는 여성에게 "야! (여기) 타"라고 외치던 길거리
헌팅족을 빗댄 말이다. 이 용어에는 당당한 이성 교제를 추구하는 신
세대 젊은이들의 솔직함과 거리낌 없음이 그대로 드러나 있다.

   그러니까 '길'은 설렘, 도전, 탈피의 공간이자 진취와 도발, 무모함
의 상징성을 지닌다. 그래서인지 그 '길' 위의 여인은 어쩐지 더 도발

적이고 매혹적이며 생동감이 넘친다. 한나라 『악부시집樂府詩集』의
「맥상상陌上桑」속 진나부秦羅敷처럼 말이다.

뽕 따러 가세

「맥상상」은 악부시 특유의 솔직한 묘사, 기분 좋은 유머, 담백한 정서
를 담은 발랄한 '길 위의 여인' 이야기다.[7] '맥상陌上'은 노상路上, 즉
길거리라는 뜻이다. 전답 사이에 난 길을 천맥阡陌이라고 하는데, 남
북으로 난 길을 천阡 동서로 난 길을 맥陌이라고 한다. '상桑'은 뽕나
무를 뜻하니, 제목은 '길가의 뽕나무'쯤이 되겠다. 그러니까 뽕을 따
러 길을 나선 나부의 이야기다.

뽕나무는 빠른 성장 속도, 무성한 푸른 잎, 통통한 누에의 왕성한
식성, 붉게 맺히는 열매 오디의 색감, 누에가 토해내는 생사生絲의 경
제력, 비단이 자아내는 화려함 등이 주는 이미지로 식물이면서도 동
물적 욕망과 관능도 내포한다. 고대 중국에서 뽕나무는 생계의 중요
한 수단 중 하나로, 여성들도 참여할 수 있는 중요한 경제 동력이었
다. 『사기』에는 뽕나무와 마麻를 1000무畝씩 재배하는 모습이 기록
되어 있다.[8] 이는 섬유작물의 재배가 국가 경제의 상당 부분을 차지
하고 있음을 설명한다. 쟁기질이나 호미질, 도랑파기, 모내기 등 고도
의 노동력이 요구되던 농사일과 달리, 양잠은 남녀의 활동이 평등하
게 분배되는 작업이었다.[9] 아니, 뽕나무 재배를 제외하면, 누에치기

7) 『악부시집』에서 주로 남녀 간의 에피소드를 담은 「상화가사相和歌辭」에 수록되어 있다.

8) 齊魯千畝桑麻. 『史記』 卷129 「貨殖列傳」

9) 武帝元封元年…… 男子耕農, 種禾稻紵麻, 女子桑蠶織績(『漢書』 卷28下 「地理志」下)의 내
용을 보면, 농경 등에는 남자가 종사했고, 뽕잎을 따 누에를 치는 '상잠桑蠶'은 여성이

나 방직 등에서 오히려 여성의 역할이 두드러졌다.[10]

뽕나무는 경제적 효과만 있는 것이 아니었다. 여성들은 양잠에 종사하면서 규방을 벗어날 구실을 만들 수 있었다. 남성들도 길이나 거리에서 뽕 따는 여인을 보고 악의 없이 희롱하며 지분대곤 했다. 그러면서 뽕나무는 어느새 남녀 간의 은밀한 만남과 밀어를 상징하게 되었다. 이따금씩 잎이 무성한 뽕밭에서 벌어지는 밀회와 야합은 그 내밀한 일탈과 도발을 암시했다.

작업의 정석

「맥상상」의 여주인공 진나부는 전국시대 조趙나라 왕인王仁의 처로 열다섯은 넘었고 스물은 되지 않은 꽃다운 나이의 여인이었다. 남편은 외지에 발령이 나서 홀로 생활하고 있는 상태. 그러나 그녀는 혼자라고 의기소침해하지도, 남편이 보고 싶다고 우울해하지도, 신경쓸 사람이 없다고 게으름을 부리지도 않는다. 부지런히 자신을 가꾸고 살림을 도모한다. 이야기는 나부가 단정하게 차려입고 생계를 위해 뽕을 따러 씩씩하게 길을 나서는 데서 시작된다. 이 고을로 발령이 난 태수가 임지로 가는 길에 뽕 따러 나선 나부를 유혹하면서 벌어지는 상황을 해학과 익살, 발랄한 연극적 대화기법으로 연출했다.

나부의 뛰어난 미모를 서술한 첫째 부분은 시 전체의 분위기를 전

담당했음을 알 수 있다.

10) 是以春秋冬夏, 皆有麻枲絲繭之功, 以力婦教也. 是故丈夫不織而衣, 婦人不耕而食, 男女貿功以長生. 『呂氏春秋』卷26上農(陳奇猷, 呂氏春秋校釋)
夫男耕女織, 天下之大業也…… 夫如是, 匹夫之力盡于南畝, 匹婦之力盡于麻枲. 『鹽鐵論·園池』

달한다.

> 해가 동남쪽에서 떠올라 진씨네 누각에 햇빛이 비치네.
>
> 진씨 집에 어여쁜 딸 있는데, 그 이름을 나부라 했네.
>
> 누에치기를 좋아해서 오늘도 성 남쪽 언덕에 뽕을 따러 나섰는데
>
> 푸른 비단실로 바구니 줄 삼고 계수나무 가지로 고리를 만들고
>
> 한쪽으로 틀어 올린 머리에 귀에는 동그란 진주 귀고리 달고
>
> 녹색 비단 치마 입고 자주색 비단 저고리 걸쳤다네.
>
> 지나는 사람 나부를 보면 짐 내려놓고 턱수염 쓰다듬고
>
> 젊은이가 나부를 보면 모자 벗고 두건 고쳐 쓰네.
>
> 밭 가는 사람은 쟁기질 잊고 밭 매는 사람은 호미질 잊으며
>
> 집에 돌아가 공연히 성내는 것은 단지 (예쁜) 나부를 봤기 때문이지.[11]

　　귀고리를 달랑이며, 한나라 장안 귀부인들의 최신 유행인 비튼 올림머리를 한 나부는 복색도 화려하다.[12] 귀한 비단 소재의 녹색 치마에 자주 저고리는 보석 대비 깔맞춤한 세련된 맵시다. 그런데 이 아리따운 나부를 바라보는 사내들의 갖가지 행태들이 가관이다. 길 가던 사내는 괜히 짐을 내려놓고 수염을 매만지는 척 훔쳐보고, 젊은 녀석은 모자를 벗고 두건을 고쳐 쓰는 체하며 쳐다본다. 쟁기질에 호미

---

11) 日出東南隅, 照我秦氏樓. 秦氏有好女, 自名爲羅敷. 羅敷喜蠶桑, 採桑城南隅. 靑絲爲籠係, 桂枝爲籠鉤. 頭上倭墮髻, 耳中明月珠. 綠綺爲下裙, 紫綺爲上襦. 行者見羅敷, 下擔捋髭須. 少年見羅敷, 脫帽著帩頭. 耕者忘其犁, 鋤者忘其鋤. 來歸相怨怒, 但坐觀羅敷.

12) 왜타계倭墮髻는 한나라 부인들 사이에 유행하던 머리모양으로, 한쪽으로 살짝 비튼 올림머리다. 나부는 전국시대 조나라 여인이지만, 악부시가 수집된 시대가 한나라인 만큼 당시의 유행이 작품에 반영된 것이다.

질 하던 남정네들은 아예 일손을 멈추고 대놓고 쳐다보느라 넋이 빠졌다. 시트콤이나 영화에서 남자들이 미녀를 보고 코피를 주르륵 흘리는 모습만큼 해학적이고 익살스런 장면이다. 이들은 나부를 흘끔거리다가 결국 일을 제대로 못한 채로 귀가하게 되자, 민망한지 트집을 잡는다. 공연히 화를 내며 어질러진 집이며, 우는 아이며, 허술한 밥상 탓을 한다. 못생긴 마누라 얼굴에 더 부아가 치미는 남자들이다. 다들 이렇게 정신을 못 차릴 정도의 나부의 미모라면 뭔가 흥미진진한 일이 생길 것만 같다. 그럼 그렇지, 이 고을 최고의 권력자 태수가 등장한다.

태수 오라버니는 '야타족'

발령을 받아 한껏 부푼 마음으로 관청에 가는 길, 태수의 눈길을 확 잡아끄는 아리따운 여인이 길 저쪽에서 걸어오고 있다. 나는 이 고을의 태수, 내가 찍으면 어떤 여인인들 넘어오지 않을까?

> 태수께서 남쪽에서 말 다섯 마리가 끄는 마차를 세우고 머뭇대더니
> 아전을 보내 뉘댁 아가씨냐 알아오게 했는데
> "진씨 댁의 어여쁜 딸인데, 이름은 나부랍니다."
> "나이는 몇이라 하던고?"
> "아직 스물은 안 되고 열다섯은 훨씬 넘었답니다."
> 태수가 은근히 말을 전하길 "나와 함께 수레를 타고 가지 않겠나?"
> 나부가 나아가 말하길, "태수께선 어찌 그리 어리석나요,

태수에겐 부인이 계시고, 저는 지아비가 있는데 말이죠."[13]

　　나부에게 한눈에 반한 태수는 자신만만하게 아전을 보내 나부더러 다섯 마리나 되는 말이 끄는 이 멋진 수레를 타라고 유혹한다. 마치 압구정동에서 슈퍼카를 자랑하며 여자를 유인하는 '야타족'처럼 말이다. 재력과 지위로 여자의 마음을 살 수 있다고 생각하는 일부 남자들의 단순 속물근성은 예나 지금이나 마찬가지인 모양이다. 태수의 속내를 알아챈 나부는 중간 연락책을 제치고 직접 나서 이 사태를 정리한다. 유부남·유부녀인 태수와 자신의 처지를 콕 집어 상기시킨 것이다. 신세대 여성 못지않게 당돌한 모습이다. 나부의 직언에 태수는 얼마나 민망했을까? 행여 태수가 더 들이댈까 나부는 여지를 아예 차단한다.

거절의 기술, '그녀는 예뻤다'

거절에도 기술이 있는 법이다. 영리한 나부는 '당신이 싫다. 별로다'라는 직설적인 방법보다 더 강력하고 효과적인 거부의 의사를 밝혔다.

　　　　동쪽에 운집한 천여 명 기병의 우두머리가 제 지아비에요.
　　　　어떻게 내 남편인지 아느냐면, 백마 타고 검은 말들을 이끌지요.
　　　　푸른 비단 실로 말꼬리 묶고 황금장식을 말 머리에 둘렀고
　　　　허리에 찬 녹로검은 그 값어치가 천만 냥은 족히 되지요.

―――――
13)　使君從南來, 五馬立踟躕. 使君遣吏往, 問是誰家姝. 秦氏有好女, 自名爲羅敷. 羅敷
　　年幾何, 二十尚不足, 十五頗有餘. 使君謝羅敷, 寧可共載不. 羅敷前置辭, 使君一何
　　愚. 使君自有婦, 羅敷自有夫.

열다섯에 아전이 되었고 스무 살엔 조정 대부가 되더니

서른에는 시중랑이 되었고 마흔 살엔 성주의 반열에 올랐답니다.

생김새는 말끔하고 흰 피부에 덥수룩한 수염이 제법 있는데

점잖게 관아를 거닐며 의젓하게 관청을 다니면

좌중에 모인 수천 명이 입을 모아 우리 남편을 칭찬하지요.[14]

그녀의 거절은 남편 자랑이었다. 지위며, 외모며, 능력까지 태수 당신은 비교도 안 될 만큼 멋진 남자가 내 남편이라는 자부였다. 태수의 과시에 과시로 대응한 것이다. 변 사또의 수청을 거절하는 춘향이 떠오르면서도, 우울하거나 궁상스럽지 않은, 명랑하고 사랑스럽기까지 한 대목이다. 칼을 물고 자결하고 두 눈 부릅뜬 수절의 결의보다 어쩌면 이런 넉살스러운 거부가 더 효과적인 거절의 기술인지도 모르겠다.

열린 결말이지만, 어렵지 않게 그다음을 예상할 수 있겠다. 머쓱해진 태수는 모른 척 길을 떠나고, 나부는 뽕 따러 씩씩하게 가던 길을 콧노래 부르며 간다. 길거리 헌팅의 에피소드를 담고 있는 악부시 「맥상상」은 건전한 마음과 건강한 의리, 명랑한 감상을 이 시대에 전해주고 있다. 뽕 따러 나선 길 위의 당돌하고 생활력 강한 '그녀는 예뻤다'.

---

14) 東方千餘騎, 夫婿居上頭. 何用識夫婿, 白馬從驪駒. 靑絲係馬尾, 黃金絡馬頭. 腰中
鹿盧劍, 可直千萬餘. 十五府小吏, 二十朝大夫. 三十侍中郎, 四十專城居. 爲人潔白
晰, 鬑鬑頗有須. 盈盈公府步, 冉冉府中趨. 坐中數千人, 皆言夫婿殊.

황제들의 커밍아웃,
궁정의 '동성애'

플라톤이 스승 소크라테스를 찬미하기 위해 지은 『향연』은 아가톤의
축연에서 소크라테스와 7명의 지식인들이 사랑의 신 에로스에 대해
대화를 나누는 내용이 주축이다. 그들은 에로스를 통해 육체의 미, 영
혼의 덕, 우주적 경애, 치유의 능력까지 광범위하게 논의한다. 그러나
무엇보다 『향연』에서 가장 흥미로운 지점은 단연 성인 남자와 어린
소년 간의 교감에 초점을 맞춘 사랑의 범주다. 토론자들은 단순한 육
체적 성관계를 넘어 덕의 훈육, 철학적 교류, 감성적 소통을 강조하며
이 특별하고 변형된 사랑의 형태에 대해 다양한 논점을 제시한다. 그
리스·로마 시대에는 귀족 집단에서의 동성애가 심각할 정도로 만연
했다. 일각에서는 '소년들paides을 사랑하지 못하게 하는 법nomos' 제
정이 제기될 정도였다. 사회적 지위와 부, 명예가 보장된 성인 남자와
앳된 소년의 교류는 일부 특권계층에게만 국한된 이른바 '고급스럽
고 낭만적인' 사랑의 영역이었다.

동성애는 고대 중국에도 존재했다. 사치와 향락에 신물이 난 일부 황제나 귀족들은 자극적이고 일탈적인 애정행위를 통해서 색다른 만족감을 얻고자 했다. 그리고 이런 부류들 사이에서 어리고 아름다운 소년을 애완용으로 소장하고 희롱하는 것이 일종의 유희나 오락으로 유행했다.

고서에 남은 동성애의 흔적들

『한비자韓非子』·『전국책全國策』·『사기』·『한서』 등의 기록과 다채로운 용어가 존재하는 것을 보면, 고대 중국에서의 동성애는 생각 이상으로 만연했던 것으로 보인다.

현대사회에서 남성 혹은 여성 동성애자를 지칭하는 게이, 호모나 레즈비언, 동성애자나 양성애자 및 성전환자 등 성적 소수자들을 일컫는 퀴어Queer처럼 고대 중국의 동성애 관련 용어는 그 사연만큼이나 다양했다.

먼저 여색女色에 대응하는 의미의 남색男色, 남자 애인들의 거센 영향력을 뜻하는 남풍男風, 남자로서 특별한 사랑을 받는다는 남총男寵 등이 있다. 성총을 흐리는 요사스러운 무리를 지칭하는 영행佞倖, 애완용 미소년을 지칭하는 연동變童과 폐동嬖童이란 명칭도 있다. 이 밖에도 전국시대 위왕魏王이 총애한 용양군龍陽君의 이름에서 따온 용양, 먹던 복숭아까지 나눠 먹는 각별한 사이라는 분도分桃, 동성 애인의 낮잠을 위해 소맷부리를 끊었다는 데서 유래한 단수斷袖 등 다채로운 용어들이 존재한다.

이와 관련된 고사들은 소수 특권층 남성 권력자들에게 집중되어 있다. 이는 동성애가 이들 권력자들만의 독점적 권리이자 차별적 기호이며 허락된 취미임을 의미한다. 고대 중국의 동성애에는 가부장적 예법과 봉건의 구속, 사회의 통념을 뛰어넘는 특권과 치외법권이 존재했다.

사랑이 어떻게 변하니, 미자하의 복숭아

춘추시대 위나라의 미소년 미자하彌子瑕 사연은 『한비자』 「세난說難」 편에 실려, 상대의 마음에 따라 같은 말이 약이 되기도 독이 되기도 한다는 예시로 제기됐다.

미자하는 위나라 영공靈公이 각별히 총애한 미소년이었다. 영공의 사랑은 치외법권이었다. 하루는 어머니가 위독하다는 전갈을 받은 미자하가 급히 임금의 수레를 타고 나가 어머니를 만나고 온 일이 있었다. 당시 위나라 법에는 임금의 수레를 탄 사람의 발꿈치를 자르는 형벌이 있었다. 미자하의 행위는 임금의 명령을 도용했고, 어가까지 탔으니 중죄에 해당했다. 그러나 영공은 오히려 "발꿈치가 잘릴지도 모르는데, 대단한 효성이로구나!"며 크게 상을 내린다. 또 어느 날은 영공과 정원을 산책하다 복숭아를 따서 먹던 미자하가 너무 맛있다며 먹던 복숭아를 그대로 영공에게 권했다. 미자하에게 콩깍지가 단단히 씐 영공은 "먹던 것도 바치는 갸륵한 마음이여!"라며 기쁘게 받아먹었다. 여기에서 복숭아(桃)를 나눠먹는다(分)는 '분도'가 동성애를 지칭하는 용어가 되었다.

그러나 열흘 붉은 꽃 없고, 십 년 가는 권력 없는 법. 세월을 정통으로 맞은 미자하의 시들어가는 미색에 영공의 총애도 차갑게 식어갔다. 어느 날, 미자하가 아주 사소한 잘못을 저지르자 영공은 노발대발했다. 뜬금없이 과거의 일까지 떠올랐다.

"이놈은 전에 감히 내 수레를 타고 나갔고, 또 먹던 복숭아를 먹인 불손한 놈이 아닌가."

영공은 당장 미자하의 목을 벴다. 총애하던 그때는 분명 갸륵했는데, 마음이 식은 지금 돌이켜보니 몹시 괘씸했던 것이다. 참으로 일관성 없고 뒤끝 작렬하는 영공이었다.

이 고사에서 먹다 남은 복숭아를 건넨 죄라는 '여도지죄餘桃之罪'라는 말이 생겨났다. 이는 같은 말, 같은 행동이라도 사랑을 받을 때와 미움을 받을 때가 확연히 달리 받아들여질 수 있다는 뜻이다. 사실은 단지 미자하가 동성 애인 영공의 지나친 사랑을 받은 죄였을 뿐인데 말이다.

피보다 진했던 등통의 정성

『사기』의 기록에 의하면 뱃사공이던 황두랑黃頭郎 등통鄧通이 황제의 애인이 된 것은 꿈 덕분이었다. 어느 날 문제文帝는 꿈에서 자신의 배를 하늘까지 밀어 신선이 되도록 도와준 뱃사공을 만난다. 꿈에서 깬 문제는 왕궁을 거닐다 등통을 보고 꿈에선 본 뱃사공이 틀림없다고 생각했다. 그래서 하늘이 맺어준 인연이라 여기며 등통을 애지중지했다.[15] 프로이트도 울고 갈 꿈의 해석이었다.

---

15) 사마천이 궁형을 불사하고 완성한『사기』는 상고시대의 황제皇帝로부터 전한 무제에 이르기까지 2000여 년간 인물의 사적을 통해 역사의 흥망성쇠를 조명한 중국통사다. 뱃사공 출신으로 한나라 5대 황제 문제의 사랑을 독차지한 등통의 일화는『사기』중 황제의 성총을 어지럽히는 대표적 인물들을 다룬「영행열전」에 수록되어 있다.

문제의 등통 사랑은 관상마저 바꾸어줄 정도였다. 관상쟁이가 등통더러 '가난뱅이 관상'이라 하자 문제가 등통에게 한 지역의 동 광산을 내주고 '등씨전'이라는 화폐를 마음껏 주조해 쓰도록 한 것이다. 이렇게 최고 권력자의 무한 성은으로 타고난 관상까지 바꾼 등통은 황제의 동성 애인으로서 권력과 부를 한껏 누리게 되었다.

그러나 노 젓기 이외에는 별다른 재주가 없던 등통은 오로지 황제의 비위를 맞추고 아첨을 떠는 데 집중했다. 문제가 종기로 고생할 때, 악취가 진동하는 종기를 직접 입으로 빨아내기도 했다. 이때 문제는 마침 병문안을 온 태자에게도 고름을 빨아보라 시키지만, 태자가 머뭇대자 이것을 애정의 측도로 판단한다. 이후 문제는 태자보다 등통을 더욱 의지했고, 이 일을 태자는 가슴에 새겼다. 얼마 후 문제가 죽고 태자가 경제로 즉위하자, 경제는 바로 등통을 벼슬에서 파면시키고 재산을 몰수하여 거리로 내쫓았다. 이로써 등통은 처음 관상대로 굶어죽을 팔자로 되돌아가게 된 것이다.

실상 문제는 아들인 경제와 함께 '문경지치'라는 한 제국 최고의 번영기를 이룩한 황제였다. 그런 황제의 유일한 실책은 등통에 대한 과한 애정 편력이 빚어낸 참극이었다. 꿈속의 인연으로 관상까지 바꿀 정도로 총애와 영화를 누렸던 황제의 동성 애인 등통. 그의 말로가 관상쟁이의 예언대로 '굶어죽을 관상'이 된 것은 황제의 왜곡된 애정, 태자의 비뚤어진 질투, 그리고 등통의 지나친 과욕이 빚어낼 운명의 사슬을 읽어냈던 관상쟁이의 선견지명이 아니었을까.

황제의 옷소매를 자른 치명적 매력의 동현

황제의 옷소매를 자르게 한 동현董賢의 일화는 『한서』「영행전」에 수록되어 있다.[16]

전한의 13대 황제 애제哀帝는 동현이란 미소년을 사랑했다. 동현은 후궁 소의昭儀 동씨董氏의 남동생이니 애제의 처남이기도 했다. 남매를 동시에 사랑하다니, 애제의 애정편력이 참 특이하기도 하다. 애제는 어전 아래서 시각을 알리는 일을 하던 동현을 보고 반해서 애인으로 삼은 그날부터 함께 기거하며 늘 곁에 두었다. 동현의 기세는 하늘을 찔렀다. 그는 황문랑黃門郎을 거쳐 최고지위인 대사마大司馬까지 올랐으며, 황제의 연인임에도 아내를 얻어 황궁 안에서 거처할 정도로 특급 특권을 누렸다.

눈물 없인 볼 수 없는 두 사람 애정행각의 하이라이트는 낮잠 사건이다. 하루는 둘이 함께 낮잠을 자다가 애제가 먼저 깼다. 정무를 보러 나가야 했던 애제는 자신의 옷소매를 베고 곤히 자는 동현을 차마 깨울 수가 없었다. 그래서 옷소매를 잘라내 동현의 단잠을 지켜준다. 이 정도면 가히 총애의 끝판왕이라고 할 수 있다. 이것이 '단수斷袖', 즉 '옷소매를 자른다'는 뜻으로 '남색 행각'을 의미하는 고사성어의 기원이다. 이렇듯 동현에게 빠진 애제는 정사를 돌보지 않았고, 권력은 점차 왕망을 위시한 외척들의 손에 넘어갔다. 그리고 그토록 애틋했던 둘의 사랑도 애제가 즉위 6년 만에 20대 중반의 나이로 갑작

---

16) 『한서』는 후한後漢의 반고가 사마천의 『사기』에서 영감을 받아 한 고조 유방부터 왕망의 난까지 12대 230년간의 역사를 기록한 중국 정사다. 반고는 「영행전」에서 권력에 기생하여 영달을 도모했던 특권층의 동성 애인들을 기록했는데, 여기에 황제의 옷소매를 자르게 한 동현의 일화가 수록되어 있다.

스레 요절하면서 끝이 난다. 동현은 스스로 목숨을 끊음으로써 옷소매를 끊은 애제의 사랑을 따랐다. 이로써 타인의 시선과 사회의 통념, 국정의 의무까지도 저버린 두 사람의 유별난 애정행각은 '단수'라는 신박한 용어로 남게 됐으니, 둘의 사랑이 참으로 끈질기다 하겠다.

황제들의 커밍아웃

이 밖에도 춘추시대 초나라 공왕共王의 남총 안릉安陵, 전국시대 위왕의 행신幸臣 용양, 한 고조 유방의 미소년 적籍, 한 혜제惠帝가 사랑한 굉閎은 모두 황제의 은밀한 동성 애인이었다. 그들의 특별한 사랑만큼, 표현의 정도도 남달랐다. 위왕은 용양에게 사랑의 맹세를 지키기 위해 다른 미소년이나 여인을 추천하는 자는 사형에 처했다고 한다. 혜제의 경우에는 신하들에게 꿩 깃털 관과 조개 장식 띠, 연지와 분으로 꾸민 굉의 치장을 따라하게 했을 정도였다. 위진남북조 시대 시인이자 죽림칠현竹林七賢의 한 사람인 완적阮籍은 그들의 특별했던 사연과 행각을 다음과 같은 시로 읊기도 했다.

지난날 화려했던 안릉과 용양,

복숭아꽃처럼 싱싱하고 아름답게 반짝였지.

봄처럼 화사한 기쁨 주고, 서리같이 공손한 몸가짐 했으며

흐르는 듯한 눈매로 아름다움 발산하며 담소하면서 고운 향내 뿜었네.

임금과 손잡고 서로 사랑하며 밤새 한 이불 덮고선

원컨대 한 쌍의 비익조 되어 날개 맞대 날고자 했네.

단청에 그 맹세 또렷이 새겨 영원히 잊지 말자 다짐했다지.[17]

완적,「지난날을 돌아보며詠懷詩」

　영화로도 제작된『브로크백 마운틴』은 두 남자 잭과 에니스의 사랑 이야기다. 두 사람은 만년설로 뒤덮인 8월의 광활한 브로크백 마운틴 양 떼 방목장에서 여름 한철 함께 일하며 묘한 감정을 느낀다. 그것은 웅대하지만 무자비한 자연의 법칙을 경험하며 단 두 사람만이 느끼고 공유하게 된 경외감과 불안감이었다. 이 감정은 동지애와 우정을 넘어 점차 육체적·정신적 일체를 열망하는 상태로 발전한다. 그때의 짜릿함은 긴 세월로도, 결혼으로도 대체할 수 없기에 결국 둘은 서로를 다시 찾을 수밖에 없게 된다. 발표 당시 이 작품은 큰 반향을 일으켰다. 표면적으로는 동성애를 다루고 있지만, 내면적으로는 인간의 나약함과 불안이 초래한 심리적 양상도 다루었기 때문이다. 이 영화처럼 현대사회에서 동성애는 유전, 호르몬, 심리, 환경 등 여러 요소가 영향을 미치는 것으로 판명되어, 개인적 취향과 인권, 문화적 다양성의 영역으로 확대되어 수용되고 있다.

　그렇다면 고대 중국 황제들의 동성애도 심리적·환경적 시각을 적용해볼 수 있지 않을까. 정치적 압박, 암살의 위협, 사회적 규범에서 자유롭지 못했던 특권층 남성들에게 동성애는 사회의 통념과 음양의 법칙을 파괴하면서 느끼는 쾌락과 자극의 탈출구였을지도 모른다고 말이다. 그들의 동성 애인들에게는 정상적인 코스로는 도저히 거머쥘 수 없는 사회적 지위와 부, 명예에 도달하는 마법의 사다리이자 사회

---

17) 昔日繁華子, 安陵與龍陽, 夭夭桃李花, 灼灼有輝光. 悅懌若九春, 磬折似秋霜, 流眄
發姿媚, 言笑吐芬芳. 攜手等歡愛, 宿昔同衣裳, 願爲雙飛鳥, 比翼共翱翔. 丹青著明
誓, 永世不相忘.『阮籍集校注』「詠懷詩」

적 약자로서 최고의 지존을 지배한다는 역설적 쾌감의 분출구였을지도 모르겠다. 우리를 고민하게 하는 그들의 특별하고 비밀스러운 사랑 이야기였다.

인간의 발견,
예술의 지향이
부른
격정 멜로

조조 삼부자의 '사랑을 했다'

『삼국지』의 영웅 조조와 그의 아들 조비, 조식이 한 여인을 사랑했다? 후한 말 황건적의 난과 동탁의 반란을 진압하기 위해 위魏·촉蜀·오吳 삼국의 영웅들이 분기탱천하던 삼국시대, 치열한 공방전 중에도 애정 활극은 펼쳐졌으니…… 견희를 둘러싼 조조 삼부자의 관계와 사랑의 역학이 여기 있다.

향수로 훔친 사랑, 가오와 한수

위진남북조 시대는 예교와 명분의 허울을 벗은 덕분에 오히려 넘치는 감성과 꿈틀대는 본능이 물결쳤던 순수의 시대였다. 그리고 '인간의 발견'을 견인한 '중국의 르네상스'였다. 이 시기 자신이 선택한 남자를 차지하기 위해 대담하게 향수 절도 사건을 일으킨 여인이 있다. 그 여인 가오와 한수의 격정 멜로가 궁금하지 않은가?

위진의 아이돌 위개와 반악

위진의 자유로운 감성과 일탈의 물결은 여인들에게도 전염되어 그 시대의 아이돌 위개와 반악의 팬덤을 형성했다. 미남 스타 학자 위개와 '도망시悼亡詩' 신드롬을 일으킨 반악을 향한 팬클럽의 열성이 일으킨 일대 사건의 전말은 이러하다.

고부 갈등의 끝판왕 「공작동남비」

시대 초월, 가문 불문, 동서 공통 최고의 갈등은 역시 고부 갈등! 올가미처럼 얽히고 핏빛으로 물든 시어머니와 며느리의 싸움에서 과연 누가 승자이고 누가 패자일까? 공작이 동남쪽으로 날아간 까닭은 과연 무엇일까?

죽림칠현의 '인간중심 사랑'

자유와 낭만의 상징, 위진의 보헤미안 '죽림칠현'은 형식과 제도에 구애받지 않고, 관념과 도덕을 초월하는 일탈의 아이콘이었다. 그들이 남긴 다양한 일화를 통해 그들이 사는 세상의 '카르페 디엠', '글로벌 러브스토리', '인간중심 사랑'에 담긴 열정, 유머, 파격, 그리고 온기를 느낄 수 있다.

조조 삼부자의
'사랑을 했다'

중국문학을 잘 모르는 사람이라도 후한 말기 위·촉·오 삼국의 영웅 유비, 관우, 장비, 조조, 손권, 공융, 제갈량의 영웅호걸 쟁투기 『삼국지』를 모르는 이는 드물 것이다. 영화나 드라마, 온라인 게임이나 각종 공연에서 『삼국지』의 일화들은 무협·로맨스·시대극·판타지 등으로 다양하게 각색될 만큼 풍부한 스토리와 인물 군상을 담고 있다.

개성과 매력이 넘치는 수많은 인물 가운데서도 조조만큼 입체적이고 독특한 인물도 드물 것이다. 조조의 '간웅奸雄' 이미지는 나관중羅貫中이 소설 『삼국지연의三國志演義』에서 조조를 권모술수와 임기응변에 능한 교활하고 비정한 인물로 묘사한 데에서 비롯됐다. 그러나 실제 역사서인 『삼국지』의 기록이나 조비曹조의 『전론典論』, 유의경劉義慶의 『세설신어』 등 비교적 신빙성 있는 역사적 자료들은 조조를 이렇게 묘사하고 있다. 우수한 인재를 발굴하는 데 뛰어난 헤드헌터, 효과적인 정책을 구현한 걸출한 행정가, 세상을 읽는 수완에 능란한 탁월한 정치가, 시와 문장을 사랑한 감성의 문학가, 구습을 탈피한 혁신적 개혁가, 그리고 고답적 남녀관을 초월한 젠더 혁명가.

그리고 그런 조조의 재능과 감성을 나누어 닮은 두 아들 조비와 조식이 빚어낸 사랑과 문학의 스토리가 여기 있다.

조조, 여성편력인가 젠더 평등인가

조조는 철저한 현실주의자였다. 그는 유가의 탁상공론식 고답 미론을 혐오했다. 그는 본능과 감정을 중시했고, 탐욕과 색욕에 솔직했다. 그러다보니 살아생전 정부인丁夫人을 비롯하여 변후卞后, 유부인劉夫人, 추부인鄒夫人, 하안何晏의 모친 등 수많은 처첩을 거느렸다. 그러나 조조는 개방적인 인물이기도 했다. 그는 신분과 성별에 관계없이 '재주만 있으면 인재를 등용했다(唯才是擧)'. 채문희蔡文姬 등 여성 문인을 발굴했고, 기녀 출신을 황후로 삼거나(변후) 과부를 첩으로 삼는가 하면(하안의 모친), 여군을 양성하고, 여성 일자리를 창출하며, 여성 보호 정책을 실시했다. 그러다보니 조조에게는 유난히 여성들과 관련된 일화가 많다. 그중에는 아들 조비와 한 여자를 두고 경합을 한 재미있는 일화도 있다.[1]

그 여인은 조조의 최대 경쟁 상대인 원소袁紹의 며느리 견희甄姬였다. 원소는 차남 원희袁熙를 태보太保 견감甄邯의 후손인 견회甄會의 여식 견희와 정략결혼을 시켰다. 견희는 옥 같은 피부와 꽃 같은 얼굴(玉肌花貌)의 미인으로 유명했다. 원희와 혼인한 후에도 여전히 그녀를 흠모하는 남자들이 많았는데, 조조와 조비도 그 추종자 중 하나였

---

1) 『세설신어』 「혹닉惑溺」편.

다. 그러던 차에 관도官渡의 싸움에서 원소가 죽고 원희는 유주幽州로 전출되는 사건으로 견희가 홀로 남겨지게 되었다. 그러자 조조는 급히 군사를 이끌고 원소의 집으로 쳐들어가서는 당장 견희를 대령하라 외쳤다. 그런데 돌아오는 답변이 사뭇 당황스러웠다.

"오관중랑五官中郎 조비가 벌써 데리고 떠났는뎁쇼."

아뿔싸! 조비 그놈이 그렇게 급히 서두르더니만, 견희 때문이었구나! 그토록 눈독을 들였던 미인을 바로 눈앞에서, 그것도 다른 사람이 아닌 아들에게 뺏긴 조조는 아쉬움에 무릎을 치며 한탄했다.

"금년에 적을 격파한 것은 바로 그 계집 때문이었는데!"

한 여자를 두고 아들과 아버지가 경쟁했던 웃지 못할 에피소드는 견희의 미색도 중요한 요인이었지만, 조조와 조비 부자간에 형성되었던 묘한 기류도 한몫을 했다. 그것이 무엇이었을까?

조비의 오이디푸스 콤플렉스

조비는 왕위 자리를 놓고 자신과 조식을 저울질하는 부친 조조를 원망했다. 다혈질인 자신보다 문학적 재능이 뛰어난 동생 조식을 총애하는 것도 못마땅했다. 밑바닥부터 온갖 고초를 겪으며 최고의 자리까지 오른 조조의 강인하면서도 잔인한 성품도 조비는 영 부담스러웠다. 성과에 대한 압박, 부친에 대한 두려움, 동생에 대한 열등감. 조비의 비뚤어진 심리는 조조 사후에 극대화되어 드러났다. 조조가 죽자마자 조조의 궁녀들을 농락하는 패륜을 저질렀던 것이다. 영락없는 '오이디푸스 콤플렉스'였다. 오이디푸스 콤플렉스는 동성인 아버지에게는 적대적이지만 이성인 어머니에게는 호의적이며 무의식적으로 성적 애착을 가지는 복합 감정이다. 이 개념은 프로이트가 테베의 왕 라이우스와 여왕 이오카스테의 아들 오이디푸스가 부친을 죽이고 모친과 결혼하게 되는 비극적 운명의 신화에서 모티브를 취한 것이라고 한다.

조조가 점찍었던 견희를 선취하고, 부친의 애첩들을 차지한 조비는 분명 극심한 오이디푸스 콤플렉스에 시달렸음이 틀림없다. 모친 변후조차 아비의 여인들과 놀아나는 조비의 작태에 진저리를 치며 "개돼지보다도 못한 천하의 후레자식!"이라며 독설했다. 변후는 조비의 국상에도 곡을 하지 않았다고 한다. 조비의 지나친 열등감이 모친의 사랑까지 잃게 하였으니 안타까울 따름이다.

카인과 아벨, 조비와 조식

콤플렉스 덩어리였던 조비는 동생 조식에게도 열등감을 느꼈다. 인간이 태어나면서 겪는 첫 번째 경쟁상대는 형제자매라고 한다. 형의 입장에서는 독점하던 부모의 사랑과 지원을 나눌 대상이 출현한 것이요, 아우 입장에서는 태어나보니 부모의 애정과 후원을 차지한 상대가 버티고 있는 셈이다. 야훼의 편애를 질투한 나머지 동생 아벨을 살해해 인류 최초의 살인을 저지른 형 카인, 이삭의 장자 계승권을 팥죽한 그릇에 형한테서 빼앗은 동생 야곱에 관한 『성경』「창세기」의 이야기들은 형제간의 치열한 경쟁 본능을 보여준다.

조조의 두 아들 조비와 조식 역시 한 핏줄 다른 성향의 형제로, 끊임없이 비교와 견제의 경쟁 구도를 구축했다. 사실 조조와 조비, 조식세 사람은 모두 중국문학에서 '삼조三曹'라 칭송받는 유능한 문장가들이다. 213년 봄 고향 초현焦縣의 경치를 읊은 조비와 조식 두 사람의 작품은 모두 뛰어났지만, 그 감성의 결이 판이했다. 조비는 「임와부臨渦賦」를 지어 고향의 뛰어난 풍경을 감탄했다. 반면 조식은 「귀사부歸思賦」를 통해 황폐한 초현 백성의 궁핍함에 대한 안타까움을 읊었다. 조조는 자신의 혈기를 닮았지만 이기적이고 자기감정에만 몰입하는 조비보다 문학적 감수성이 남다르고 타인의 아픔을 공감하는 조식을 편애했다. 그래서 조비는 왕위 계승을 두고 늘 불안해했다. 그래서였을까? 조비는 유난히 성취욕이 강했는데, 특히 권력과 재물, 여자에 대한 집착이 강했다. 조비의 불안증은 건안建安 25년(220) 조조가 병사한 후 문제文帝로서 왕권을 계승한 이후에도 사그라들지 않는다. 그는 여전히 조식을 시기하고 미워했으며 끊임없이 의심했다.

그러던 어느 날, 누군가가 술에 취한 조식이 조비와 조정을 욕한다고 모함했다. 조비는 당장 조식을 업성鄴城으로 소환해 심문한다. 그러곤 일곱 걸음 안에 시를 지으면 목숨만은 살려주겠다고 했다. 동생의 재주를 시기한 형의 유치한 강짜였다. 잠시 당황하던 조식은 곧 호흡을 가다듬더니 한 걸음 한 걸음 떼면서 문장을 읊었다. 이것이 바로 그 유명한 '칠보성시七步成詩', 일곱 걸음에 완성한 시다.

콩을 삶는데 콩대를 태우니 콩이 솥 안에서 우는구나!
한줄기에서 났건만 서로 볶아대는 것이 어찌 이리 급한지.[2]

조식, 「칠보시」

한 핏줄의 형제가 권력 때문에 서로를 볶아치는 상황을 한줄기에

---

2) 煮豆燃豆其, 豆在釜中泣. 本是同根生, 相煎何太急.『曹植集』「七步詩」

서 났지만 땔감이 된 콩대와 삶기는 콩에 비유한 것이다. 이 시를 듣고 조비는 몹시 부끄러워했다. 또 조식을 지극히 사랑하는 모친 변후의 간청도 고려해서, 조비는 다시는 조식의 목숨을 위협하지 않았다.

황제의 여자, 형의 아내를 사랑한 조식

이렇게 개성 강한 조조 삼부자를 매혹시킨 견희는 대체 어떤 여인이 었을까? 우리는 출중한 외모, 뛰어난 두뇌, 올바른 인성까지 지닌 여성을 '엄친딸'이니 '사기 캐릭터'니 하며 '여신'으로 추앙한다. 견희는 바로 당시의 '엄친딸'이었다. 명문가 출신에 아름답고 총명하며 인성까지 갖춘 그녀는 그야말로 만인의 연인이었다. 조조와 조비에 이어 조식까지도 형수인 그녀를 사랑하게 되었으니 말이다. 조식이 조비를 그토록 미워했던 이유에는 조식의 발칙한 형수 사랑도 한몫을 했다. 조비의 총애를 받던 견희는 훗날 명제明帝로 등극하는 조예曹叡와 동향공주를 출산하며 문소황후文昭皇后의 지위까지 올랐다. 그러나 조식의 형수 사랑을 눈치챈 조비의 의심, 조비의 둘째 처 곽씨의 질투, 주위의 음모, 왕위 계승을 둘러싼 정세 등이 복합적으로 작용하여 결국 조비의 손에 죽게 된다. 이때 견희를 흠모했던 조식은 크게 슬퍼하며 불후의 명작 「감견부感甄賦」를 짓는다.

> 놀란 기러기처럼 날렵하고, 유영하는 용처럼 유연하며
> 눈부신 가을국화 같고, 무성한 봄날 소나무 같네.
> 어른어른 구름에 가리어진 달처럼 아련하다가도
> 살랑살랑 부드러운 바람에 날리는 눈처럼 나부끼네.

멀리서 보면 아침노을 위로 떠오르는 태양처럼 빛나고

다가가면 맑은 물결 위로 피어나는 연꽃인 듯 찬란하네.

풍만함과 가냘픔이 적당하며 아담한 키마저 알맞고

어깨는 일부러 조각한 듯하고 허리는 흰 비단 묶은 듯하며

길게 뺀 가느다란 목덜미에 드러난 흰 살결은

향기로운 연지도 화려한 분도 필요 없다네.

높게 틀어 올린 탐스런 머리, 가늘고 긴 아미

두드러진 붉은 입술, 그 입술 속 빛나는 하얀 이

눈길 끄는 또렷한 눈동자, 매혹적으로 옴폭 파인 보조개

아름답고 고운 자태, 고요하고 우아한 거동

부드러운 정취 여유로운 몸짓, 그 어떤 말보다 어여쁘네.

지상에 없는 진기한 복장, 그림에서 나온 듯한 맵시

찬연한 비단옷 펄럭이며, 옥 귀걸이 화려한 패옥 치장하고

황금 비취 머리 장식 꽂고, 빛나는 진주 꿰어 단장했네.

유람할 예쁜 신발 신고, 안개처럼 얇은 명주치마 끌며

그윽한 난초 향 풍기면서 산모퉁이 거니네.[3)]

조식, 「감견부」

일명 「낙신부洛神賦」라고도 하는 「감견부」를 통해 조식은 흠모하던 견희를 낙수 여신 복비에 빗대어 마음껏 묘사하며 음미했다. 복희와

---

3) 翩若驚鴻, 婉若游龍. 榮曜秋菊, 華茂春松, 彷彿兮若輕雲之蔽月, 飄颻兮若流風之迴雪. 遠而望之, 皎若太陽升朝霞, 迫而察之, 灼若芙蕖出淥波. 穠纖得衷, 修短合度, 肩若削成, 腰如約素, 延頸秀項, 皓質呈露, 芳澤無加, 鉛華弗御. 雲髻峨峨, 修眉聯娟, 丹唇外朗, 皓齒內鮮, 明眸善睐, 靨輔承權, 瓌姿艷逸, 儀靜體閑, 柔情綽態, 媚於語言. 奇服曠世, 骨像應圖, 披羅衣之璀粲兮, 珥瑤碧之華琚, 載金翠之首飾, 綴明珠以耀軀. 踐遠遊之文履, 曳霧綃之輕裾, 幽蘭之芳藹兮, 步踟躕之山隅.『曹子建集』「感甄賦」

여와의 딸로 황하의 신 하백의 아내였던 복비. 그녀는 신계의 여인이자 유부녀였지만 인간 남자인 예와 사랑에 빠졌다. 조식에게 형수이자 황후인 견희는 어쩌면 닿을 수 없는 여신 복비와 같은 존재였을지도 모른다. 이룰 수 없는 사랑의 미망을 꿈꿨던 조식은 「감견부」의 여신 낙신을 통해 견희를 구현해냈다. 그리고 신비한 색채와 서정적이고 낭만적인 분위기를 조성하며 불멸의 사랑을 염원했다. 이렇게나마 형수를 사랑하는 현실과 이상의 괴리에 대한 실망과 고뇌를 치유하고자 한 것이다. 이룰 수 없었기에 더 애틋하고, 가질 수 없었기에 더 열망했던 조식의 절절한 사랑의 여운은 이렇게 우리에게 아름다운 문학으로 전해지고 있다.

향수로 훔친 사랑,
가오와 한수

파트리크 쥐스킨트의 소설 『향수』는 냄새에 광적으로 집착한 한 인간이 악마적으로 변해가는 과정을 담은 작품이다. 천재적인 후각의 소유자 그르누이는 지상 최고의 향수를 제조하기 위해 25명의 소녀를 살해하고 그녀들로부터 얻은 독특한 체취로 향수를 만들어간다. 『향수』를 읽다보면 향기, 체취, 냄새 등이 사람과 사물을 어떻게 분간하게 하는지, 인간이 냄새에 얼마나 민감하게 영향을 받는 존재인지 새삼 돌아보게 된다. 천만 개 정도의 색을 분별할 수 있는 눈과 비교할 때, 후각 수용기를 통해 우리는 무려 1조 개의 냄새를 맡을 수 있다고 한다.[4] 그래선지 '아로마 테라피' 요법은 스트레스 완화와 피부 증상 개선에 효과적인 건강 증진법으로 각광을 받고, 향수·향초·방향제 산업은 나날이 호황 추세다. 평소 우리가 무슨 낌새를 알아차릴 때 쓰

---

4)   https://m.post.naver.com/viewer/postView.nhn?volumeNo=17142289&mem-
      berNo=6289885&vType=VERTICAL

는 '냄새가 난다'는 표현도 후각의 막강한 기능을 인식한 것이리라.

　프랑스 작가 마르셀 프루스트가 『잃어버린 시간을 찾아서』를 집필한 동인도 후각과 관련이 있다. 홍차에 곁들여 먹은 마들렌 향에 어린 시절이 떠올라 집필로 이어졌다는 것이다. 여기서 '향기가 기억을 이끌어내는 현상'을 '프루스트 현상'이라고 부르게 되었다. 후각은 오감 중에서도 뇌에 가장 오랫동안 강력하게 기억되는 신체적·정신적·정서적 영향력이 큰 감각인 것이다. 서진西晉의 세력가 가충賈充의 넷째 딸 가오賈午는 바로 이 강력한 냄새의 효과 '향기' 덕분에 사랑을 들키고 정인을 얻는다.

야망과 혈기는 집안 내력

가충은 사마염司馬炎이 265년 위 원제元帝 조환曹奐으로부터 나라를 선양받아 서진을 세울 때의 일등공신이었다. 가충은 정치적 야망이 큰 사내였다. 장인 이풍李豊이 역모 혐의로 주살당하자 조강지처 이완李婉과 미련 없이 이혼하고 세도가 곽배郭配의 딸 곽괴郭槐와 재혼했다. 그런데 지금으로 치면 재벌 2세쯤 되는 이 곽괴란 여자의 성질이 보통이 아니었다. 오만불손 안하무인이었다. 어느 날 가충은 곽괴에게 청천벽력 같은 통보를 전했다. 이풍의 누명이 벗겨졌으니, 전처 이완을 다시 부인으로 들이겠다는 것이다.

　곽괴는 미칠 노릇이었다. 거칠 것 없던 곽괴 앞에 '전처'라는 장애물이 나타난 것이다. 곽괴는 서열 정리를 확실히 해두자는 생각에 화려한 옷과 요란한 장신구로 치장하고는 이완을 찾아갔다. 그러나 곽괴는 수수하나 기품 넘치는 이완을 보고는 자기도 모르게 그 앞에 무릎을 꿇고 인사를 올리고 말았다. 곽괴가 겨우 정신을 수습하고 돌아와 가충에게 자초지종을 말하니, 가충은 "그러게, 내 이완이 현숙한 여인이라 하지 않았소"라며 흐뭇해했다.

그렇다. 곽괴가 좀 충동적이고 돌발적인 건 맞다. 하지만 혼인을 야망의 수단으로 활용하고선, 이제 와 뻔뻔하게 전처를 다시 들이겠다고 하니, 이 환장할 처지에 놓인 곽괴의 입장도 어느정도 이해가 가지 않는가?

살인을 부른 질투

이 다혈질 여인 곽괴가 바로 향수 사건의 여주인공 가오의 모친 되시겠다. 곽괴는 분노조절장애가 있었던 것 같다. 충동적으로 살인까지 저질렀으니 말이다.

가충은 이완과의 사이에 딸 둘, 곽괴와의 사이에는 2남 2녀를 두었는데, 그중 곽씨 소생의 아들 둘은 요절했다. 맏아들 여민黎民이 첫돌도 되기 전에 죽은 것은 어찌 보면 곽괴 때문이었다. 여민은 유모를 유난히 따랐는데, 곽괴는 이것이 영 못마땅했다. 그러던 어느 날, 곽괴는 가충이 정원에서 여민을 안고 있는 유모에게 다가가 입을 맞추는 광경을 목격한다. 실상은 등을 보이고 있던 가충이 유모 품에 안긴 여민에게 입을 맞춘 것이었지만, 곽괴의 눈에는 가충이 유모에게 입을 맞추는 것으로만 보였다. 질투에 눈이 먼 곽괴는 다음날 가충이 집을 비운 사이 유모를 죽여버린다. 그러나 곽괴가 간과한 것이 있었으니, 아직은 유모 젖과 사랑이 필요한 여민이었다. 여민은 유모를 찾으며 며칠을 울다가 죽고 말았다. 얼마 후 차남마저 죽고 곽씨는 끝내 아들을 낳지 못했다. 고약한 성질머리 때문에 가문의 대가 끊길 판이었다.

집안내력, 모전여전, 거침없는 가오

장남 여민이 죽고 차남도 요절하자 가충은 딸들을 정치적으로 활용하기로 한다. 가오는 가씨 집안의 넷째 딸이었다. 가장 예쁘고 총명하며 당돌한 딸이기도 했다. 처음에 가충은 네 자매 중 가장 용모가 뛰어난 가오를 혜제惠帝 사마충司馬衷에게 시집보내려고 했다. 그러나 가오의 나이가 너무 어렸기에 가남풍을 대신 시집보냈다. 이완 소생의 가전賈筌은 제왕齊王 사마유司馬攸와 혼인시켰다. 뛰어난 혼테크 전략이었다.

언니들 덕분에 정치적 정략혼에서 일찌감치 자유로웠던 가오는 위세 당당한 가문, 뛰어난 용모, 부친의 야망가적 기질과 모친의 화끈한 혈기까지 물려받은 거칠 것 없는 세도가의 막내딸이었다. 마음에 드는 것이라면 물건이고 사람이고 수단과 방법을 가리지 않고 차지했다. 그런 가오의 마음을 사로잡은 이는 가충의 직속 부하 한수韓壽였다. 한수는 가충의 집을 자주 드나들었다. 그럴 때마다 열다섯 사춘기 소녀 가오는 젊고 늠름한 한수를 푸른 격자창 너머로 훔쳐보며 연정을 키웠다.

그러나 몰래 하는 짝사랑은 가오에게 어울리지 않았다. 야망가 가충, 다혈질 곽괴의 딸이 아니던가? 가오는 바로 행동에 돌입한다. 절절한 구애와 밀회의 약속을 적어 하녀 편에 한수에게 전달한 것이다. 최고 권력자의 어여쁜 막내딸의 구애를 한수로서도 마다할 까닭이 없었다. 가오의 거침없는 도발로 시작된 둘의 사랑은 거칠 것이 없었다. 가충의 불호령이나 높고 가파른 담장 따위는 아무런 장벽이 되지 못했다. 그날부터 한수는 밤마다 담장을 넘어 가오와 짜릿한 밀회를 즐겼다.

숨길 수 없는 냄새

그러나 사랑과 재채기, 그리고 냄새는 숨길 수 없는 법. 가충은 언젠가부터 딸이 유난히 외모에 신경쓰고 몸단장에 치중하면서 항상 들뜬 것 같다고 느꼈다. 가충의 그 모호한 '느낌'에 결정적인 단서를 제공한 것은 '향기'였다.

가충은 부하들과 회의를 할 때마다 한수에게서 풍기는 기이하고 진한 향수 냄새를 맡았다. 이국적이고 달콤하여 사람을 황홀하게 하는 신비한 서역의 냄새였다. 분명 외국 사신이 무제 사마염에게 바친 것을 무제가 특별히 가충에게 하사한 향수였다. 서진에 하나뿐인 이 향수를 가오가 훔쳐 한수에게 준 게 분명했다. 둘이 보통 사이가 아니란 말도 됐다. 가충은 처음엔 화가 치밀었다. 그러나 가만히 생각해봤다. 어차피 두 딸을 이미 사마씨 황족에게 시집보내 탄탄한 혼테크 전선을 구축해놓지 않았던가. 막내딸 정도는 평범한 집안 출신의 한수에게 보내도 괜찮지 않을까. 게다가 관직 하나 마련해주면 감지덕지한 사위놈이 얼마나 충성을 다하겠는가? 가문이 없으면 가문을 만들면 되지. 가충은 서둘러 가오를 한수에게 시집보냈다.

향기 효과

향수 하나가 불러온 향기 효과는 대단했다. 가씨 집안의 사위가 된 한수는 가충의 치밀한 계획에 따라 벼슬길에서 승승장구하며 황제 근위관인 산기상시散騎尙侍, 장관인 하남윤河南尹을 거쳐 죽은 후에는 표기장군驃騎將軍으로 추증되는 영광까지 누렸다. 가오는 아들 한밀韓謐 덕에 황제의 어머니가 될 뻔하기도 했다. 언니인 황후 가남풍이 슬하에 자식이 없자 한밀을 양자로 삼아 혜제 사마충의 후계자, 황세자로 삼은 것이다.

결국 가오의 향수 절도사건으로 가충은 견고한 위세를, 가오는 사랑의 성취를, 한수는 부귀영화와 지위를, 가남풍은 한 핏줄의 후계를 얻었으니, 모두에게 득이 되는 결말로 마무리된 걸까?

안타깝게도 이들의 향수 소동은 비극으로 마무리된다. 황제 대신 전권을 휘두르며 전횡을 일삼던 가남풍은 '팔왕八王의 난'[5]으로 폐서인이 되어 독주를 마시게 되었고, 가밀은 처형되었으며, 가씨 일족은 몰살당했다. 서진의 향수 소동은 남녀 간에 사사로이 정을 통함을 '향수를 훔친 것'에 비유하는 '투향偸香'이란 용어를 남겼다. 그리고 강렬한 후각 효과로 이렇게 우리에게 인생의 희비극을 전달하고 있다.

---

5) '팔왕八王의 난'은 291년부터 306년까지 이어진 중국 서진의 내란으로 무려 16년 동안 이어지며 온 나라를 도탄에 빠뜨린 사건이다. 황족 사마씨 8명의 왕이 관련돼 이렇게 부른다. 혜제가 죽고 사마월司馬越이 회제懷帝를 즉위시킴으로써(306), 16년의 내란이 일단락되었다. 그러나 여러 왕들이 용병으로 활용했던 흉노·선비 등 이민족이 화북 일대를 장악하며 강성해지면서 이른바 5호16국五胡十六國의 발판을 마련하는 계기가 되었다.

위진의 아이돌
위개와 반악

'방탄소년단'의 인기가 뜨겁다. 개성 넘치는 일곱 소년으로 구성된 '방탄소년단'은 화려한 퍼포먼스, 젊은 층의 심리를 대변하는 랩과 노랫말, 다이내믹한 리듬감, 소통하는 팬 서비스 문화로 한국을 넘어 세계의 사랑을 받는 글로벌 그룹이 되었다. 인터넷으로 판매하는 콘서트 티켓은 판매 개시와 동시에 매진되고, 그들이 나타나는 곳은 언제나 팬들의 환호와 갈채가 넘친다. 팬들은 환호, 선물, 플래카드, 밤샘 대기를 불사하는 관심과 애정을 전하기 위해 어떠한 수고도 마다않는다. 스타를 향한 이런 뜨거운 사랑을 우리는 '팬심'이라고 한다. '팬심'은 팬fan과 마음(心)이 합쳐진 신조어다. 아이돌과 스타를 추종하며 새로운 시대와 문화를 형성하는 이들 조직이 이런 신조어까지 만들어낸 것이다.

그런데 상상할 수 있는가? 스타를 향한 이런 뜨거운 관심이 1500년 전 중국에서도 지금 못지않았음을. 그리고 지나친 관심은 독이 될 수도 있다는 '구경독毒'이란 신조어까지 만들어냈음을.

지금으로부터 1500년 전, 위진 시대는 한나라 400여 년을 지배했던 유가의 형식적인 예법 및 명교의 폐해와 구속을 비판하고 탈피하려는 자유와 일탈의 시대였다. 불안한 현실, 부패한 정치, 진부한 예교에 대한 환멸은 자신의 감정과 자유에 몰입하려는 '임정방달任情放達'이라는 위진 시대만의 독특한 기풍을 형성했다. 그리고 전에 없이 자유로운 사상, 반항적 기풍, 심미적 예술관 등이 성행했다. 남녀관계 역시 '삼종사덕三從四德'이나 '남존여비男尊女卑'의 가부장적 가치관 대신, '친밀(親)'함과 '애정(愛)'을 중심으로 하는 수평적 관계가 형성되었다. 그러다보니 이성에 대한 호감과 관심의 표현도 무척 개방적이고 자유로웠다.

위개와 반악, 팬클럽의 역사를 쓰다

곱상한 외모와 지적인 분위기로 옥인玉人이라 칭송되었던 서진의 학자 위개衛玠의 사례는 위진 시대의 자유롭고 개방적인 풍조를 보여주는 대표적 일화다. 위개는 뛰어난 문장력, 고매한 인품, 출중한 용모의 삼박자를 갖춘 위진의 스타 학자였다. 위개가 떴다 하면 순식간에 구름같이 인파가 모였다고 하니 요즘 아이돌 못지않은 인기를 누렸던 모양이다. 위개의 트레이드마크는 호리호리한 몸매와 창백한 피부였다. 그런 위개를 보고, 동진東晉의 승상 왕도王導는 "어디 비단옷 무게나 견딜 수 있겠는가!"며 핀잔을 주었다. 얇은 비단옷도 견디지 못할 정도로 가녀린 몸이라니, 너무 과장이 아닌가 싶다. 하지만 다음 사건을 보면, 왕도의 평가가 결코 과장이 아니었던 것 같다.

위개가 건업建業을 방문했을 때의 일이다. 그가 거리로 나서자 스타 학자를 보려 수많은 관중들이 몰려들었다. 위개는 길을 막고 옷깃을 잡아끄는 관중들의 열화와 같은 반응에 놀라 혼절했다. 그리고 며칠을 시름시름 앓더니 그만 죽고 말았다. 27세의 전도유망한 젊은 문학도가 추종자들의 지나친 관심 때문에 죽은 이 황당한 사건은 관심도 사랑도 지나치면 독이 된다는 '구경독毒'이라는 신조어를 만들어 냈다. 보는 것(看)만으로도 위개를 죽였다(殺)라는 '간살위개看殺衛玠' 고사의 유래이기도 하다.

또 한 명의 유명한 미남자 반악潘岳은 육기陸機와 함께 서진의 문단을 이끈 뛰어난 문인이었다. 반악 역시 수려한 외모, 빼어난 문장 실력으로 많은 추종자들을 거느렸다. 위진 시대 여인들도 지금의 아이돌같이 선이 고운 얼굴과 호리호리한 맵시를 선호했던 모양이다. 반악은 하얗고 깨끗한 피부와 날렵한 몸매로 시선을 끌었다. 피부가 어찌나 하얀지 백옥으로 된 부채 손잡이와 손이 구분이 안 갈 정도였다고 한다.

하얀 피부에 우수 어린 눈빛의 반악이 나타나면 여인들은 열광했다. 반악이 활을 옆구리에 끼고 번화한 낙양 거리를 나서면, 젊은 처자나 나이든 노파 할 것 없이 몰려들어 그를 에워싸고는 길을 막고 쳐다보았다. 게다가 이들은 자기 쪽으로 얼굴을 돌리게 하려고 과일과 꽃을 던지며 관심을 끌고자 했다. 여기서 과일을 던져 수레에 가득 찼다는 말로 '여자가 준수한 남자를 흠모함'을 비유하는 '척과영거擲果盈車'의 성어가 유래했다. 마치 요즘 스타 아이돌이 사인회나 행사장, 밴에서 나오는 순간, 선물과 플래카드를 열광적으로 흔들며 달려드는 팬들의 모습과 같지 않은가?

순정파 반악의 접시꽃 당신

팬심 유발 미남자 반악이 더욱 매력적인 이유는 아내를 향한 그의 일편단심과 애절한 한 편의 시 때문이다.

　반악의 아내는 아름다웠지만 병약했다. 반악은 그런 아내를 극진히 아끼고 보살피며 사랑했다. 그러던 원강元康 8년(298) 반악이 51세가 되던 해에 요양차 하남의 친정을 다니러갔던 아내는 차가운 주검이 되어 돌아왔다. 크게 상심한 반악은 그 절절함과 애통함을 한 편의 시로 남겼는데, 이것이 바로 「도망시悼亡詩」다. 슬픔의 감정을 애도의 문학으로 승화시킨 반악의 작품 이후 '도망시'는 죽은 아내를 애도하는 시의 대명사가 되었다. 반악의 「도망시」는 총 3수로 구성되어 있다. 다음은 그중 제2수다.

> 창에 쏟아진 휘영청 밝은 달빛 내 방 남쪽 모서리 비추고
> 청명한 바람 따라 가을이 이르니 무더위는 한풀 꺾였구나.
> 매서운 찬바람에 문득 여름 이불 얇다고 느끼는 것이
> 어찌 두터운 솜이불 없어서일까, 이제 누구와 이 겨울 날까.
> 이 겨울 함께할 이 없으니, 밝은 달 눈물로 흐릿해 보이고
> 엎치락뒤치락 베개 곁눈질해 봐도 침상은 텅 비었구나.
> 빈 침상엔 가벼운 먼지 쌓여가고 휑한 방엔 처량한 바람만 이네.
> 한 무제 이부인처럼 혼이라도 있었으면, 어렴풋이 그대 얼굴 보련만
> 그대 남긴 옷깃 부여잡고 길게 탄식하니, 절로 솟는 눈물 앞섶 적시네.
> 눈물로 젖은 앞섶 어찌하리? 설움이 하염없이 솟구치네.
> 홀연 잠 깨면 눈앞에 보이는 듯, 목소리 귓가에 들리는 듯

위로는 양나라 동문오에 아래로는 송나라 몽현의 장자에 부끄럽네.

시로 마음 드러내보려 하나 이 느낌 이루 다 표현할 수 없네.

운명이니 어찌하리! 길게 탄식하며 스스로 비루하다 여길 뿐.[6]

반악, 「도망시」

아내 사후 시간의 추이에 따른 감정의 변화를 보여주는 이 시는 사랑하는 이를 잃었을 때의 공허함과 외로움을 아내 떠난 빈방, 횅한 침상, 아내의 유품 등을 통해 표현했다. 무속의 힘을 빌려 이부인의 혼령을 불러냈던 한 무제의 심정을 공감하는 반악은 꿈에서나마 부인을 보고픈 마음에 잠을 청해보지만 이 역시 실패하고 스스로를 자책했다. 죽은 아내를 그리워하는 것은 반악에 이르러 더 이상 '사내답지 못한 짓'이 아니라, '가장 사내다운 멋짐'이 되었다.

이런 분위기가 위진을 휩쓸었던 걸까? 젊어서부터 죽림칠현을 흠모하며 세속적인 것을 경시하고, 자유롭고 진솔한 감정을 중시하던 손초孫楚 역시 사랑했던 부인을 잃은 상실의 슬픔을 한 편의 시로 남겼다.

시간은 멈추지 않고 달리니 세월은 번개같이 흘러

당신 영혼 먼 하늘로 간 지 어느덧 벌써 1년이 되었구려.

복상 기간이 다 되어 이제 당신의 무덤에 탈상을 고하오.

---

6) 皎皎窗中月, 照我室南端. 清商應秋至, 溽暑隨節闌. 凜凜涼風升, 始覺夏衾單. 豈曰無重纊, 誰與同歲寒. 歲寒無與同, 朗月何朧朧, 展轉眄枕席, 長簟竟牀空. 牀空委清塵, 室虛來悲風. 獨無李氏靈, 髣髴覩爾容, 撫衿長歎息, 不覺涕霑胸. 霑胸安能已? 悲懷從中起. 寢興目存形, 遺音猶在耳, 上慙東門吳, 下媿蒙莊子. 賦詩欲言志, 此志難具紀. 命也可奈何! 長戚自令鄙. 『文選』 「悼亡詩」

당신 위패 보니 슬픔이 북받쳐 가슴을 도려내는 것만 같소.[7]

손초, 「상복을 벗으며」

한 사람만 바라보는 순애보는 백마 탄 왕자에 대한 로망 못지않은 여성들의 판타지다. 애정, 애욕, 애도, 애상, 애수……. 사랑과 애정을 거침없이 드러내는 시대 분위기는 봉건 예교의 압박 아래 철저한 감정절제가 요구되었던 남성에게도 울고 웃고 표현하는 자유와 감정의 발산을 허용했다.

죽음도 불사한 순애보

여기 온몸과 생명을 던지는 궁극의 사랑을 추구했던 남자가 있다. 죽은 아내 에우리디케를 찾아 지하세계를 찾아간 오르페우스처럼, 생명을 송두리째 내어주는 지독한 사랑을 보여준 순찬荀粲이다.

순찬의 아내는 빼어난 미인이었다. 순찬이 예쁜 아내를 애지중지하자, 사람들은 순찬을 못난 놈, 팔불출이라며 핀잔을 주곤 했다. 그런데 혼인한 지 얼마 안 돼 그 예쁜 아내가 열병에 걸렸다. 때는 한겨울이었다. 순찬은 극진히 간호했으나, 펄펄 끓는 아내의 열은 떨어질 줄 몰랐다. 그러자 순찬은 돌연 옷을 벗고 칼바람이 쌩쌩 부는 밖으로 나갔다. 그러고는 살을 에는 듯한 추위를 버티며 한참 서 있다가 돌아와 뜨겁게 메마른 부인의 몸을 안아서 식혀주었다. 밤새 그러기를 수차례. 그러나 순찬의 지극정성에도 불구하고 아내는 세상을 떠나고 말

---

7) 時邁不停, 日月電流, 神爽登遐, 忽己一周. 禮制有敍, 告餘靈丘. 臨祠感痛, 中心若抽.
   『世說新語』「文學9」劉注 引『孫楚集』「除婦服詩」

왔다. 아내를 잃고 육체의 기력과 삶의 의욕이 다한 순찬도 곧 아내 뒤를 따랐으니, 이때 그의 나이 29세였다. 모두들 순찬을 "미색에 빠져 목숨까지 바친 정신나간 놈"이라며 혀를 찼다. 명망 높은 유학자 가문 망신은 다 시킨다며 손가락질을 했다. 그러나 "남녀의 애정을 인정하지 않은 육경六經은 성인의 찌꺼기일 뿐이다"[8]고 부르짖으며 생명을 던져 사랑의 완성을 행한 순찬의 행동은 젊기에 뜨거웠던 사랑의 특권이 아닐까?

위진 사내들의 뜨거운 순애보는 "이 어둠이 다하고 새로운 새벽이 오는 순간까지 나는 당신의 손을 잡고 당신 곁에 영원히 있습니다"라며 사별한 아내에 대한 그리움을 고백한 도종환 시인의 시 「접시꽃 당신」을 떠올리게 한다.

---

8) 粲諸兄並以儒術論議, 而粲獨好言道. 常以爲子貢稱夫子之言性與天道不可得聞, 然則六籍雖存, 固聖人糠. 『世說新語』 「任誕2」 劉注 引 『荀粲別傳』

고부 갈등의 끝판왕,
「공작동남비」

한 방송국에서 1999년부터 10여 년 넘게 방영했던 〈사랑과 전쟁〉은
우리 주위의 부부 불화, 고부 갈등, 시댁·친정·처가의 간섭 등 집안
의 갈등과 문제를 다룬 프로그램이다. 매회마다 결혼이라는 프레임
안에서 벌어지는 불륜, 폭력, 사기, 치정, 배신 등을 소재로 삼은 다양
하고 파격적인 사건과 일화들로 구성되어 있다. TV를 보다 보면, 정
말 실화일까 싶을 정도로 경악을 금치 못하는 경우도 있지만, 대개의
경우 무릎을 치며 공감하면서 결혼이란 결코 부부만의 문제가 아님
을 다시금 깨닫게 된다. 칡과 등나무가 서로 얽히는 것과 같이, 상호
목표나 이해관계가 달라 서로 적대시하거나 충돌하는 상태를 '갈등葛
藤'이라고 한다. 가치관과 환경이 상이한 두 사람이 결혼을 통해 하나
의 공동체로 결합할 때 생기는 문제들을 대변하는 데 이보다 더 적절
한 용어가 있을까 싶다.

　결혼의 갈등 중 최고봉은 단연 시어머니와 며느리의 갈등이다. 한

국 영화 〈올가미〉, 할리우드의 〈블러드 라인Blood Line〉과 〈퍼펙트 웨 딩Monster-In-Law〉 등은 고부 갈등의 극대화 버전이다. 이 영화들은 숨통을 조이는 올가미, 핏빛 찬란한 블러드 라인이 상징하듯 애착장 애 시어머니와 남편 지킴이 며느리의 선혈 낭자한 전쟁극들이다. 이 시어머니들에게서 발견되는 공통점은 아들에 대한 강한 집착과 며느 리에 대한 뜨거운 질투다. 며느리들은 자신의 사랑을 지키기 위해 올 가미로 얽어 압박하는 시어머니에게 핏빛 전쟁을 선포하고 비극이든 해피엔딩이든 퍼펙트한 결혼의 결말을 맞게 된다. 중국 한나라 말기 초중경焦仲卿의 아내 유란지劉蘭芝처럼 말이다.

그녀는 완벽한 며느리

여강부廬江府의 관리인 초중경의 처 유란지는 남편과의 금슬이 유난 히 좋았다. 그래선지 시어머니는 유란지를 유독 미워하고 구박했다. 유란지의 독백으로 시작되어 340여 구句, 1700여 자字에 이르는 장 편서사시 「공작동남비孔雀東南飛」는 마치 한 편의 단막극을 보는 듯 생동감 넘치는 대화와 생생한 묘사로 구성되어 있다.

유란지는 13세부터 실을 잣고 14세엔 옷을 짓고 15세엔 공후를 능 히 연주하고 16세엔 『시경』과 『서경書經』을 줄줄 외웠던, 한마디로 생 활력·음악적 소양·학문적 지식이 뛰어난 완벽한 여자였다. 이런 유 란지를 아내로 맞은 행운남 초중경은 그녀를 애지중지하며 사랑했 다. 시어머니는 그게 그렇게 눈꼴 시릴 수가 없었다. 그래서 시어머니 의 권세로 며느리를 알뜰히 부려먹고 지독히 학대했다. 아들이 타지 근무 중일 때는 밤새 옷을 재단하라고 며느리를 핍박하고 들볶았다.

모진 시집살이를 꿋꿋이 참아내던 유란지는 오랜만에 귀가한 남편을
보고는 설움과 서운함이 폭발한다.

"당신 집 시집살이 너무 힘들어 더 이상은 못 견디겠어요.
어머님께 말씀 드려 잠시 친정에 가 있겠다고 해주세요."
이 말 들은 남편이 어머니 방에 들어가 말하길
"저는 박복한 상이지만 운 좋게 이 여인을 아내로 맞아
상투 틀고 잠자리 함께하며 황천까지 같이하자 약속했습니다.
그런데 함께 보낸 세월 겨우 2, 3년으로 얼마 안 되는데,
무엇 때문에 아내를 그리 박정하게 대하십니까?"
시어머니 아들에게 말하길
"구구절절 참 말도 많구나! 네 처는 예의도 없고 행동도 제멋대로라
내가 속으로 오래 분을 참았는데, 네가 어찌 함부로 말하느냐!
동쪽 집안에 현명한 여자가 있는데, 이름이 나부라고 하더구나.
귀엽기가 세상에 비길 바 없다 하니, 어미가 그 여자랑 짝 지워주마.
네 처는 속히 친정으로 보내야지 그대로 두어선 안 된다."
초중경이 무릎 꿇고 엎드려 고하길 "어머님께 고합니다.
아내를 쫓아내시면 평생 다시는 처를 얻지 않겠습니다."[9]

어머니-남편-아내의 한 치 양보 없는 대화가 세 사람의 치열한 갈

---

9) 君家婦難爲, 妾不堪驅使, 便可白公姥, 及時相遣歸. 府吏得聞之, 堂上啓阿母, 兒已
薄祿相, 幸復得此婦. 結髮共枕席, 黃泉共爲友, 共事二三年, 始爾未爲久. 女行無偏
斜, 何意致不厚? 阿母謂府吏, 何乃太區區! 此婦無禮節, 擧動自專由, 吾意久懷忿, 汝
豈得自由. 東家有賢女, 自名秦羅敷, 可憐體無比, 阿母爲汝求, 便可速遣之, 遣去愼
莫留. 府吏長跪告, 伏惟啓阿母, 今若遣此婦, 終老不復取.『玉臺新詠』「孔雀東南飛」

등과 험난한 앞날을 보여주는 것 같다. 금지옥엽 키운 아들이 눈엣가시 같은 며느리 편을 들자 시어머니는 펄쩍 뛸 지경이다. 그녀는 말을 듣지 않는다면 부모 자식의 인연을 끊겠다고 협박한다. 게다가 후처 자리까지 물색해놓았단다. 이건 뭐 아들에 대한 심각한 애착장애 수준이다. 곤란해진 초중경은 중간에서 타협의 길을 모색한다.

위기의 남편

초중경은 아내에게 잠시 친정에 가 있으면 어머니를 진정시키고 곧 데리러 가겠다고 달랜다. 그러나 유란지는 상황판단이 빠르고 사리판단이 분명한 여자였다. 남편이 결코 시어머니를 이길 수 없음을 알고는 헛된 희망을 품지 않도록 분명하게 자신의 의사를 밝힌다.

> "다시 부른다는 말씀은 하지도 마세요.
> 예전에 동짓달에 우리 집 떠나 이 집안에 시집와서
> 시어머님 받들고 일하며 …… 밤낮으로 일에 쫓기고
> 홀로 온갖 고초 겪어낸 것뿐, 저는 아무 잘못 없습니다.
> 봉양하고 섬기며 큰 은혜 갚았는데도 쫓겨나게 되었는데
> 어찌 다시 돌아오라 하십니까?"[10]

　순간의 위기를 모면하려는 우유부단한 남편에게 유란지는 단호하다. 그녀는 조급해하는 남편에게 혼수로 가져온 물건들은 미련 없으

10)　勿復重紛紜. 往昔初陽歲, 謝家來貴門, 奉事循公姥 …… 晝夜勤作息, 伶娉縈苦辛, 謂言無罪過. 供養卒大恩, 仍更被驅遣, 何言復來還. 위와 같음.

니 사람들에게 나눠주라는 당부도 잊지 않는다. 그런데 나열하는 혼수 물품이 예사롭지 않다. 화려하게 수놓은 비단 속옷, 붉은 명주로 짠 이중 휘장, 귀한 천으로 만든 사각 향낭, 녹색·청색 끈 장식의 크고 작은 상자 6, 70개에 담긴 귀한 물건들은 그녀가 이 혼수를 준비하며 품었을 마음고생을 짐작하게 한다. 아들의 지위와 직업, 가문을 내세워 빽빽한 혼수 품목 요구서를 내미는 요즘의 시어머니와 어찌나 똑 닮았는지. 가장 좋은 옷으로 단장하고 장신구로 치장한 그녀는 거리낄 것도 미련도 없는 시집살이에 우아하고 당당하게 작별을 고한다.

친정의 입장

귀하게 키운 것도 모자라 바리바리 혼수를 장만해 가문 좋은 사위와 백년해로하길 바란 딸이었다. 그 딸이 소박맞고 친정에 돌아오자, 친정어머니는 하늘이 무너지는 것 같았다. 딸의 처지가 가슴 아팠고, 딸의 재주와 용모가 아까웠다. 딸이 다시 행복을 찾길 바랐기에 재혼 자리가 나자 서둘러 수락을 종용했다. 청혼자는 무려 현령의 셋째 아들 아니면, 태수의 다섯째 아들! 모두 말단 공무원인 예전 사위보다 나이며, 지위며, 장래가 훨씬 나았다. 그런데 딸이 이 혼처를 모두 거절하는 게 아닌가. 헤어지지 않기로 한 남편과의 맹세를 지키겠다는 것이다. 이런 미련하고 어리석은 것을 봤나! 친정어머니는 애가 탔다.

그러자 친정오빠가 나섰다. 고위급 인사의 아들들이 청혼하는 판에, 지켜주지도 못한 못난 남편에게 무슨 의리냐며, 부모님에게 불효를 저지를 거냐며 호통치며 재혼을 강요했다. 어머니의 호소와 오라

버니의 압박에 유란지는 결국 집안의 평화를 위해 재혼을 결심한다. 결혼 승낙에 기뻐하는 태수의 모습, 사주단자를 교환하고 성대한 혼수가 전달되는 묘사들은 유란지가 얼마나 누구든 탐내는 괜찮은 여인이었는지를 설명한다. 그리고 재혼 당일이 되었다.

누가 비극의 주인공인가?

애초에 갈등은 시어머니와 며느리의 싸움이었다. 그러나 아들이자 남편으로서의 역할도 참 못 할 노릇이다. 모자와 부부라는 혈연과 애정으로 얽힌 묘한 삼각관계는 모호하고 괴롭기만 하다. 유란지의 혼례식에 찾아온 초중경은 어여쁘게 단장한 그녀를 향해 비참하게 입을 연다.

> "그대 오늘 귀하신 몸 되었으니, 나 혼자 황천길 가려오."
> 신부가 초중경에게 말하길 "무슨 뜻으로 그렇게 말씀하시나요?
> 둘 다 동시에 핍박받은 몸, 당신이나 저나 마찬가지예요.
> 황천에서 서로 만나자는 오늘의 그 말씀이나 절대 잊지 마세요."[11]

초중경은 고관대작의 며느리가 될 아내를 찾아와 죽음을 맹세한다. 이 뜬금없고 황당한 초중경의 선언에 유란지는 함께 죽자는 다짐을 확인한다. 그리고 무거운 마음으로 혼례를 치른 그녀가 먼저 행동을 개시한다.

---

11) 卿當日勝貴, 吾獨向黃泉. 新婦謂府吏, 何意出此言. 同是被逼迫, 君爾妾亦然. 黃泉下相見, 勿違今日言. 위와 같음.

"혼은 떠나고 시신만 남도록 오늘 내가 목숨 끊으리라."

유란지가 치마 잡고 비단 신 벗고선 맑은 못으로 뛰어들었네.

초중경은 이 일을 전해 듣고 긴 이별의 때가 왔음을 느끼고는

뜰 나무 아래서 배회하다 스스로 동남쪽 가지에 목을 매었네.

양가는 서로 합장해주기로 하고 화산 옆에 둘을 합장했네.[12]

유란지는 행동으로 의리를 보여주었다. 연못에 뛰어든 그녀의 죽음을 접한 초중경도 목을 매어 바로 그 뒤를 따랐다. 유란지의 재혼식은 결국 두 사람의 장례식이 되고 말았다. 가족들은 살아서 맺어지지 못한 두 사람이 죽어서라도 함께할 수 있도록 둘의 시신을 거두어 함께 합장했다. 그랬더니 얼마 지나지 않아 두 사람의 무덤에서 송백松柏과 오동梧桐이 자라 가지를 서로 기대고 잎을 맞대었고, 어디선가 원앙이 날아와 마주보며 울었다는 내용으로 이 서사시는 끝을 맺는다.

봉건 예교의 폐단을 폭로하고, 부부의 애틋한 애정을 노래한 이 이야기는 지금까지도 많은 이들의 공감을 얻으며 각종 드라마의 소재로 사용되고 있다. 안휘성 회녕현懷寧縣에 있는 이들 부부의 묘는 후세인들에게 몇 가지 질문을 던지고 있다. 죽어서야 맺어져 한 무덤을 쓰게 된 두 사람의 결말은 비극일까, 해피엔딩일까? 한 남자를 사이에 둔 영원한 연적 시어머니와 며느리의 치열한 싸움에서 승자는 누구이고, 패자는 누구일까? 이 슬프고도 아름다운 비극의 서사시를 음미하며 고민해볼 문제다.

---

12) 魂去尸長留, 我命絶今日. 攬裙脫絲履, 擧身赴淸池. 府吏聞此事, 心知長別離. 徘徊庭樹下, 自掛東南枝. 兩家求合葬, 合葬華山傍. 위와 같음.

죽림칠현의
'인간중심 사랑'

우리는 광고에서 '사람을 생각합니다'· '인간중심 마케팅'· '다시 사
람이다'· '휴먼 테크' 등의 용어를 자주 접한다. 어떤 물건을 제조하
든 어떤 상품을 판매하든 인간의 가치를 최우선으로 둔다는 의미다.
시대마다 형태는 다르지만 인간가치 중심의 용어와 문화는 우리의
삶에 상존해왔다. 인간과 생명에 대한 존중의식은 14세기 후반부터
15세기 전반에 걸쳐 이탈리아에서 확산된 르네상스 운동에 뿌리를
두고 있다. 르네상스는 학문과 예술의 재생과 부활이라는 슬로건으로
인성의 해방과 인간의 재발견, 그리고 합리적인 사유와 생활태도의
길을 열어준 근대문화의 선구다. 그리스·로마 문화를 이상으로 삼은
르네상스는 사상·문학·미술·건축 등 다방면에 걸쳐 새롭고 창조적
인 인간중심의 문화를 창출했다.

   그런데 그보다 천년이나 앞선 중국에서 인간중심의 문화가 이
미 발현되고 있었다. 후한 멸망 후 수나라가 건국되기 이전까지 약

300년(221~589)간의 위진남북조 시대에서였다. 이 시기는 서진을 비롯해, 흉노·선비鮮卑·강羌·저氐·갈羯 다섯 오랑캐의 16개국(五胡十六國)이 병립하며 난전난투를 벌인 혼란의 시대였다. 그러나 정치적으로는 치열한 분열기였지만, 문화적으로는 찬란한 부흥기였다. 유가의 '공용성'이라는 명제 아래 가정-사회-국가 공동체에 매몰되고 예법의 윤리적 구속 아래 억압되었던 개인의 발견과 감성의 발현이 출범하는 시기였기 때문이다. 그래서 사람들은 위진남북조 시대를 중국의 르네상스라고 칭한다.

회피인가 극복인가, 일탈과 파격

사회를 지탱하는 견고한 관념과 체제가 와해될 때, 신앙과 종교는 성행한다. 전란이나 재해 등으로 비정상적인 죽음과 상실이 비일비재하면, 초월의 힘과 내세의 안녕에 의존하는 불멸의 생사관이 만연한다. 명교와 예법의 현실적인 유교 가치관이 개인과 생명 중심의 노장사상의 유구한 정신세계에 자리를 내어준 위진남북조가 딱 그런 시대였다. 왕위 찬탈, 정국의 혼란, 이민족의 침략, 반역세력들의 도발, 천재지변 등이 산재했던 당시, 사람들은 신선·귀신·요괴·요정 등의 초현실적 존재에 열광했고, 사후세계, 불멸의 공간, 초월의 관념에 심취했다. 그리고 윤리적 사고와 준엄한 상규 대신 일탈, 파격, 방달한 언행이 선망을 받는 분위기가 형성되었다.

신화·종교 고사·민간 전설·야사의 괴이하고 기묘한 사건과 인물을 다룬 간보干寶의 『수신기搜神記』·왕가王嘉의 『습유기拾遺記』·조충지祖沖之의 『술이기述異記』·유의경劉義慶의 『유명록幽明錄』 등 지괴

소설의 성행, 파격과 일탈을 일삼은 죽림칠현의 등장, 상식과 상규를 비웃은 명사들의 언행. 이 모두는 문학적 기탁과 초월적 사고, 허를 찌르는 비행을 통해 현실을 회피하거나 극복하려던 위진 문화의 한 단면으로 이해할 수 있다.

위진의 보헤미안 죽림칠현

'보헤미안Bohemian'은 원래 체코의 보헤미아 지방에서 유랑하던 집시를 가리키는 말이다. 이 용어는 오늘날 사회의 관습에 구애되지 않는 방랑자, 자유분방한 예술가·문학가·배우·지식인 들을 통칭한다. 보헤미안 하면, 일정한 거처 없이 떠돌며 자유와 일탈의 물결에 몸과 영혼을 맡기는 방랑자가 떠오른다. 저물녘 노을 진 해변에서 단추를 몇 개 푼 셔츠 차림으로 머리카락 흩날리며 기타를 치는 자유인 말이다.

위진 시기 부패한 정치와 사회를 비웃고 방관하며, 죽림에 모여 거문고와 술, 청담으로 세월을 보낸 죽림칠현은 그 시대의 보헤미안이었다. 완적, 혜강嵆康, 산도山濤, 향수向秀, 유영劉伶, 완함阮咸, 왕융王戎, 이들은 개인주의와 무정부주의를 신봉하며 유가적 예법과 형식을 비웃은 자유로운 영혼이었다. 또한 권력과 명예를 거부하고 예술과 음주에 심취하며 상규에 벗어난 언동을 일삼은 일탈의 아이콘이었다. 그리고 파격적 담론과 과격한 기행을 통해 불안의 리비도를 치유하고자 했던 위진 철학의 상징이기도 했다.

형식과 가식을 백안시한 완적

싫은 사람에게 흰자위가 보이게 눈을 흘겨 떠서 '백안시白眼視'라는 말을 생겨나게 한 죽림칠현의 좌장 완적. 그는 '현재'의 '느낌'에 집중한 '카르페 디엠carpe diem'의 진정한 실천자였다. 중국 사회는 오랜 세월『주례』의 지엄한 강령 아래 '남녀유별'의 가부장적이고 봉건적인 남녀관이 대세였다. 위진에 이르러 유교의 윤리강령이 어느 정도 무너지긴 했다 해도 켜켜이 쌓인 남존여비의 관념이 하루아침에 일소되었을 리는 만무할 터. 완적이 어머니와 이웃 여자의 장례식에서 보여준 행위는 아슬아슬하게 예법의 줄타기를 하던 당시로서는 논란을 일으킬 만한 파격적인 사건이었다.

평소 효심이 지극했던 완적은 모친이 돌아가시자 몹시 괴로워했다. 상심한 완적은 친상 중에는 술과 고기를 금한다는 준엄한 상례를 무시하고 모친의 장례 중에 돼지고기를 삶아먹고 말술을 마셔댔다. 그러고는 통곡 끝에 피를 토하며 혼절한다. 폭식과 폭음으로 몸을 괴롭혀 비통함을 잊고자 한 것이다. 그런가 하면 평소 마음에 품었던 어여쁜 이웃집 처녀가 죽자, 장례식에 찾아가 피붙이를 잃은 듯 통곡했다. 모두 상례와 윤리에 어긋난 불효와 패륜의 행위였다.

유가의 법령이 무너졌다고는 하나, 위진 시대에는 여전히 불효나 불륜을 저지른 자에 대한 공식 추방령인 '청의금고지과淸議禁錮之科'라는 엄중한 법령이 있었다. 그러나 완적에게 세간의 질타나 출세의 위협은 문제되지 않았다. 그때 그 순간의 감정에 대한 집중과 반응만이 중요했다. 진정한 '카르페 디엠'이다. 그런데 완적의 행위에 대한 주위의 반응도 흥미롭다. 분명 지탄받을 행동인데도 사람들은 비난은 커녕, 행위의 '진정성'에 크게 무게를 두고 완적을 칭송했다. 타인의 기준과 세속의 규정을 초월한 순수성에 박수를 보낸 것이다. 그래서 셀럽celebrity은 중요한가보다. 위진 사람들까지 보헤미안 기질에 물들게 했으니 말이다.

이런 일도 있었다. 완적은 이웃 주막의 예쁜 안주인을 보기 위해 매일 찾아가 술을 마셨다. 그러곤 만취해서 안주인 곁에서 곯아떨어지곤 했다. 놀라운 점은 그 남편의 처신이다. 그는 처음엔 완적과 아내 사이를 의심했었다. 그러나 완적이 그저 아내의 미모를 감상하고 즐길 뿐이란 걸 안 뒤로는 신경쓰지 않는다. 유부녀의 미모를 대놓고 감상하는 완적과 이를 용납하는 남편, 이해되는가? 완적은 '아름다운 것'에만 집중하는 진정한 심미주의자임에 틀림없다. 그리고 완적의 취향을 존중했던 주막의 남편은 자유로운 위진의 분위기를 전달하는 시대의 초상이라고 하겠다.

글로벌 러브스토리의 주인공 완함

최근의 글로벌화 현상은 다양한 민족이 한 영토 안에 거주하게 되면서 두드러졌다. 다양한 문화가 교류와 충돌을 반복하며 문화적 혼종성cultural hybridity이 나타나게 된 것도 특징이다. 국가와 영토, 민족과 인종의 경계를 허무는 문화적 개방성, 국제결혼, 다문화가정, 세계시민 의식의 출현은 이러한 분위기에서 보편화되었다. 완함은 위진 시대에 벌써 이를 실천한 인물로, 신분과 종족을 초월한 글로벌 러브스토리의 주인공이었다. 완함이 사랑한 그녀는 고모집의 선비족 하녀였다.

당시 나날이 세력을 확장해오는 선비족은 한족의 자부심에 그어진 한줄기 상처였다. 북방의 오랑캐라며 무시했던 선비족이 어느덧 물자 교류와 통혼을 요구할 정도의 막강 세력으로 성장한 것이다. '중화中華사상'으로 무장한 한족 귀족들은 우월감과 인종차별 의식으로 이를 철저히 외면했다.

그러나 죽림칠현의 멤버로 완적의 조카인 완함은 그런 통념과는 아예 담을 쌓은 인물이었다. 당시에는 칠석날 집안의 옷가지를 햇볕에 말리는 풍습이 있었다. 친척과 친구들이 색색의 휘황찬란한 비단 옷을 내걸며 재력을 과시할 때, 가난한 완함은 누더기 베옷을 장대에 내걸면서도 당당했다. 곤궁한 삶 속에서도 풍류를 잃지 않고 비파를 연주하며 음률을 즐겼던 그가 인종과 신분에 얽매어 사랑에 주저했을 리 없다.

완함은 그녀를 한 인격체로서 사랑했던 것 같다. 완함이 모친상을 치르던 중의 일이다. 고모가 갑자기 먼 곳으로 이사를 가게 되었다. 고모는 하녀를 두고 가겠다고 약속했지만, 정작 떠날 때 그녀를 데려가고 말았다. 그러자 완함은 상복을 입은 그대로 급히 문상객의 나귀를 빌려 타고는 그 뒤를 쫓아갔다. 가난했지만, 그래도 완함은 명문가의 자제였다. 문벌과 가문을 중시하며 명성과 명예를 소중히 여겼던 당시의 분위기에서 상주가 이민족 하녀 하나 때문에 장례식장을 뛰쳐나간 것은 그야말로 패륜적 행위가 아닐 수 없다. 그러나 완함은 유유히 선비족 하녀를 나귀에 태우고 돌아와선 이렇게 외쳤다.

"사람의 씨를 잃어버릴 수는 없지!"

그녀가 임신 중이었던 것이다. 완함에게는 효심으로 모셨으나 이미 고인이 된 어머니보다, 현재 사랑하는 여인과 앞으로 태어날 아이가 더 중요했던 것이다. 그에게는 종족과 출신, 명예와 이목보다 '사람과 생명'이 먼저였다. 완함은 인종과 신분을 뛰어넘어 사랑을 쟁취한 진정한 '인간중심 글로벌 러브스토리'의 선구자였다.

퇴짜도 유머로 승화시킨 사곤

일반 명사들 사이에서도 인간성을 말살시키는 형식과 예법, 전통과 풍습을 벗어버리고 본능과 감성, 현재와 욕망에 충실한 인성회복의 물결이 만연했다. 구애를 거절당했을 때 우리는 흔히 '차였다'거나 '퇴짜 맞았다'라고 표현한다. 그런데 아주 고상하고 고전적인 말로 이를 '투사投梭'라고 한다. 날실의 틈으로 왔다갔다하면서 씨실을 푸는 기구인 '베틀 북을 던진다'는 뜻의 이 용어는 위진 명사 사곤謝鯤과 이웃집 처녀의 일화에서 비롯되었다.

사곤은 노장사상과 『주역周易』에 정통했고, 거문고 연주와 노래 부르기를 즐긴 한량이었다. 사곤은 이웃집의 아름다운 고씨高氏 처녀를 좋아했는데, 처녀를 볼 때마다 말을 걸고 휘파람을 불며 끈질기게 수작을 걸었다. 처녀는 이를 몹시 귀찮아하며 부담스러워했다. 그러던 어느 날 처녀가 베를 짜고 있는데, 사곤이 또 지분댔다. 이때 화가 난 처녀가 베틀 북을 집어던졌는데, 그게 그만 사곤의 앞니 두 개를 부러뜨리고 말았다. 사람들은 "제멋대로 굴더니 이빨까지 부러지고 꼴좋구나" 하면서 놀려댔다. 그러나 사곤은 "앞니가 없으니 휘파람 불기에 더 좋구먼!" 하면서 태연히 휘파람을 불어댔다. '퇴짜'마저도 문학적인 여유와 유머로 승화시킨 사곤이었다.

이런 사곤을 두고 당시 사람들도 의견이 분분했다. 풍류를 즐겼던 동진의 정치가 사안謝安은 "만약 (사곤이) 죽림칠현을 만났다면, 틀림없이 이끌려 죽림으로 들어갔을 것"이라며 그의 분방함을 높이 평가했다. 반면 술로 인한 실책으로 관직이 복야僕射로 강등돼 '삼일복야三日僕射'로 불린 주이周顗는 사곤을 오물덩어리라 비판하며 누가 더 난잡한가를 두고 말싸움을 벌였다. 그렇다면 오늘날 우리는 사곤의 그런 행동을 어떻게 받아들일 수 있을까? 요즈음의 젠더 감수성에서라면 자신의 감정에만 몰입해 타인의 감정까지 통제하려는 스토커로 취급받았을지도 모를 일이다.

혼혈·불교·개방의
시대가 품은
애정만세

막장인가 로맨스인가, 현종과 양귀비의 「장한가」

시아버지 현종과 며느리 양귀비의 세기의 사랑은 과연 막장인가, 로맨스인가? 국제화와 외래문화의 유입으로 혼혈과 개방, 이국적인 문화와 수용의 정서가 흐르는 당나라 사랑의 전설 「장한가長恨歌」를 감상하다보면 그 궁금증에 대한 해답을 찾을 수 있을지도 모르겠다.

성격의 발견과 문학적 취향, 이백과 두보

낭만 서생 이백과 현실 관리 두보는 같은 시대를 다른 감성으로 소화했다. 이백과 두보의 작품에는 자유와 낭만, 형식과 엄격의 코드가 그들의 성격만큼이나 판이하게 흐르고 있다. 이백의 낭만 연애시와 역설 해학시, 두보의 비탄 규방시와 애절 사모곡은 각각 승화와 직시라는 프리즘으로 시대를 투영하고 있다.

시 잘 쓰는 멋진 누나, 설도를 사랑한 원진

열혈 문인 원진은 시 잘 쓰는 멋진 누나 설도를 사랑했다. 성도 기녀 설도는 원진보다 열 살이 많은 연상의 뮤즈였다. 나이와 신분을 넘어 두 사람을 맺어준 매개는 문학에 대한 열정이다. 두 사람이 주고받은 연서들과 전기소설 『앵앵전』에는 연상연하 커플의 애절한 로맨스의 흔적들이 남아 있다.

막장인가 로맨스인가,
현종과 양귀비의 「장한가」

물고기가 미모에 넋이 빠져 가라앉았다는 '침어侵魚' 서시, 기러기가
놀라 떨어질 만큼 예뻤다는 '낙안落雁' 왕소군, 달이 부끄러워할 정도
의 미색을 갖춘 '폐월閉月' 초선과 함께 중국 4대 미녀로, 꽃이 그 용
모에 겸손히 수그렸다는 '수화羞花' 양귀비는 원래 당나라 6대 황제
현종 이융기李隆基의 며느리였다.

중국 유일의 여황제 측천무후의 손자인 현종은 인재 등용, 제도 개
혁, 국방력 재건, 외교 강화로 당唐을 최전성기로 끌어올려 '개원의 치
開元之治'를 이룩한 야심만만한 황제였다. 그러나 양귀비와의 사랑에
모든 것을 헌신한 낭만적인 사내이기도 했다. 현종과 양귀비의 운명
적인 첫 만남은 서안西安의 화청지華淸池에서였다. 737년 현종은 총
애하던 무혜비武惠妃를 잃고 화청지에서 상심을 달래던 중, 아들 이모
李瑁와 함께 방문한 며느리 양옥환楊玉環을 보고 사랑에 빠진다. 현종
의 나이 53세 때에 만난 21세의 양옥환은 풍만한 몸매의 육감적인 여

인이었다. 현종은 아들의 여자를 후궁으로 삼기 위해 비구니로까지 만드는 우여곡절 끝에 그녀를 차지한다. 그리고 입궁시킨 지 6년 만에 황후 다음 지위인 귀비에 봉하고는 오로지 그녀만 사랑했다. 현종은 바로 그 사랑 때문에 '안녹산安祿山의 난'의 빌미를 제공하여 당나라를 쇠퇴시켰다는 혐의와 비난을 받았다. 그러나 추문과 시련 속에서도 지켜낸 그 사랑은 수많은 문학작품의 소재가 되어 그를 변호하고 있다.

그중 백거이白居易의 「장한가」에는 시아버지와 며느리로 만나 세기의 로맨스 주인공이 되기까지 그 사랑과 고난의 여정들이 고스란히 담겨 있다.

개방, 그 위대한 행보

아들의 여자를 사랑한 막장이 로맨스로 승화될 수 있었던 것은 황제라는 무소불위의 권위 덕분이기도 하지만, 당나라의 개방적인 사회적 분위기도 한몫했다고 할 수 있다.

당나라는 혼혈과 개방의 왕조였다. 당 고조高祖 이연李淵의 모친을 비롯해, 당 태종太宗 이세민李世民의 모친 두씨竇氏와 아내 장손씨長孫氏도 모두 선비족의 귀족 출신이었다. 왕족이 혼혈이다보니 사회문화적 분위기도 무척 개방적이었다. 한족과 이민족의 차별이 없었고, 오히려 이민족의 풍속인 호풍胡風을 숭상하는 기류가 형성되었다.

서역과의 교류도 활발해졌다. 한나라 때 개척되었던 실크로드는 당나라에 이르러 가장 번화하여 서역과의 경제·문화 창구로서 크게 활용되었다. 수도 장안에는 페르시아의 상인 및 시리아인, 아랍인, 티

베트인, 베트남인 등 다양한 국적의 외국인들이 드나들었다. 거리는 빠른 템포의 가락에 맞춰 현란한 춤을 추는 관능적인 이국의 무희, 피리를 불며 칼날 위에서 묘기를 펼치는 인도인, 장안을 휩쓴 F/W 시즌 페르시아 스타일 실크 두건, 신비한 이야기가 수놓인 색색의 화려한 양탄자, 일탈을 꿈꾸게 하는 달콤하고 강렬한 이국의 향료로 가득했다.

사람과 물자의 왕래에는 감정과 문화의 교환까지 담겨 있다. 이런 분위기에서 유학적 위계질서의 절대성은 다양성의 인정과 수용이라는 가치관으로 치환되어 다채로운 사랑의 변주를 가능하게 했는지도 모르겠다.

현종과 양귀비의 운명적인 만남

화청지에서 현종이 양귀비를 만나는 순간, 운명적인 사랑은 시작되었다. 눈웃음 하나, 교태 한 번에 세상의 모든 비난도 감수할 만큼 온갖 시름과 고통을 씻어주는 이 여인을 어찌 사랑하지 않을 수 있겠는가?

> 황제가 미색에 빠져 기운 나라, 긴 세월 다스려도 구제 못한다네.
> 양씨 가문의 장성한 딸, 규방에서 자랄 때는 아무도 몰랐지만
> 타고난 미모 가릴 수 없어 하루아침에 뽑혀 황제 곁에 머무네.
> 한번 눈웃음에 홀리는 교태는 육궁에 분칠한 미녀들을 무색케 하네.
> 추운 봄날 화청지에서 목욕하며 매끄러운 온천물에 기름때 씻고
> 부축받아 일어서며 비틀대는 요염함에 바야흐로 총애는 비롯되니
> 탐스런 귀밑머리, 꽃 같은 얼굴, 금귀고리 달랑이는 걸음걸이로세.

연꽃 휘장 안의 열기로 가득한 봄밤, 봄밤 짧다 탓하며 한낮에 일어나

이로부터 군왕은 이른 아침 조회는 보지 않고

환락과 연회로 한가할 틈 없이 춘정 즐기며 온밤 지샜네.

아름다운 삼천 미녀 총애가 양귀비 하나에 쏟아지는데

화려한 방에서 농염한 꽃단장으로 시중드니,

옥루잔치 끝나면 춘정에도 취하네.

형제자매 모두 어여삐 여겨 가문에 광채가 나니

이로 인해 세상 부모는 아들보다 딸 낳기를 중히 여겼네.

푸른 구름 속 솟은 화청궁엔 신선 풍악 바람 타고 들려오네.

하늘하늘한 춤과 노래가 비단과 피리소리에 엉기니

군왕은 보아도 보아도 부족하다고 하네.[1]

　석류 섭취와 온천목욕을 즐겼다는 양귀비의 관능적인 자태와 간살
맞은 애교에 매혹된 현종은 환락과 애욕의 늪에 빠져 점차 정사를 소
홀히 한다. 양귀비는 아름답지만 치명적인 양귀비꽃처럼 현종을 중독
시켰다. 양옥환의 사촌오빠 양국충楊國忠을 비롯한 양씨 일가는 양귀
비의 총애를 믿고 온갖 전횡을 일삼았다. 모두들 잘난 딸자식 하나로
부귀영화를 누리는 양씨 일가를 부러워하면서도 질시했다. 연회와 쾌
락, 아첨과 사치, 애욕과 양귀비에 취한 현종은 사랑의 불치병에 걸린

---

1)　漢皇重色思傾國, 御宇多年求不得. 楊家有女初長成, 養在深閨人未識. 天生麗質難自
棄, 一朝選在君王側. 回眸一笑百媚生, 六宮粉黛無顔色. 春寒賜浴華淸池, 溫泉水滑
洗凝脂. 侍兒扶起嬌無力, 始是新承恩澤時. 雲鬢花顔金步搖, 芙蓉帳暖度春宵. 春宵
苦短日高起, 從此君王不早朝. 承歡侍宴無閑暇, 春從春游夜專夜. 後宮佳麗三千人,
三千寵愛在一身. 金屋粧成嬌侍夜, 玉樓宴罷醉和春. 姉妹弟兄皆列土, 可憐光彩生門
戶. 遂令天下父母心, 不重生男重生女. 驪宮高處入靑雲, 仙樂風飄處處聞. 緩歌慢舞
凝絲竹, 盡日君王看不足.『古文眞寶』「長恨歌」

중증 환자가 되어갔다.

죽음이 우리를 갈라놓을지라도

현종이 양귀비와의 지나친 방사와 환락에 빠져 국정에 소홀하게 되면서 민심은 사나워지고 국운은 기울어갔다. 당나라의 근간이 되었던 율령제律令制의 변질, 균전제均田制의 와해, 부병제府兵制의 붕괴, 지나친 과세 등으로 농민의 유민화가 진행되었다. 이 와중에 이임보李林甫 등을 위시한 문벌귀족들은 재산 축적과 권력 배양에만 전념했다.

그때 서역과 돌궐突厥의 혼혈 출신으로 6개 국어에 능통했던 안녹산이 혜성처럼 등장한다. 현종과 양귀비는 안녹산의 언어 능력과 일 처리 방식이 그렇게 믿음직할 수 없었다. 그래서 당장에 양자로 삼아 유주幽州·평로平盧·하동河東의 절도사를 겸임시켰다. 안녹산은 국가 병력의 3분의 1이나 장악하며 당나라의 실세로 떠오른다. 그러자 안녹산을 견제하던 양국충은 안녹산에게서 모반의 기미가 보인다고 현종에게 보고했다. 유목의 피가 들끓는 안녹산은 변명 대신 반역을 택했다. 천보天寶 14년인 755년, 안녹산은 돌궐 출신 사사명史思明과 함께 거란契丹·철륵鐵勒 등 8000 이민족 부대를 규합해 '양국충 타도'를 기치로 '안녹산의 난'을 일으킨다. 당나라를 세계화시켰던 이민족 우대, 다양성 존중, 문화의 개방이 이런 식으로 양날의 검이 되어 되돌아온 것이다.

현종과 양귀비는 자신의 불룩한 뱃속에는 충심만 가득하노라 아첨하던 안녹산의 뒤통수에 혼비백산하여 서둘러 피난길에 나섰다. 그러나 왕실의 무너진 권위에 호위병들도 반란을 일으켰고, 성난 민심은 양귀비 처형을 부르짖었다. 어쩔 도리가 없었다. 양귀비는 마외馬嵬역에서 사랑하는 현종이 지켜보는 가운데 울면서 목을 매야 했다.

돌연 어양 땅 울리는 악관 북소리에 놀라, 듣던 예상우의곡 멈추네.

구중궁궐에 연기 먼지 일고 수천만 관군 서남으로 진격하니

천자의 기 흔들흔들 가다 멎고 도성문 서쪽 백여 리 마외역에 이르러

친위병도 싸우려 않아, 어이할꼬 양귀비 아미 군마 앞에 스러지네.

떨어진 꽃 떨잠 거두는 이 없고, 취교·금작·옥비녀 나뒹구니

군왕은 얼굴 가린 채 차마 구하지 못하고 고개 돌려 피눈물 흘리네.

누런 흙먼지 일고 바람 쓸쓸한데 구름 사이 잔교 밟아 검각산 오르니

아미산 아래엔 인적 드물고 천자 깃발도 햇빛에 색 바랬네.

촉강 맑고 촉산 푸르건만 황제는 아침저녁 양귀비 생각에

행궁의 달 보며 마음 상하고 밤비 젖은 방울소리에 애만 태우네.[2]

꽃비녀, 금귀고리를 떨어뜨리며 스러져가는 37세의 양귀비를 지켜보는 현종은 가슴이 찢어지는 것만 같았다. 이후 현종은 내내 우울증과 불면증에 시달린다. 양귀비가 죽은 이후의 현종은 숨만 쉴 뿐, 결코 살아 있다고 할 수 없었다.

---

2) 漁陽鼙鼓動地來, 驚破霓裳羽衣曲. 九重城闕煙塵生, 千乘萬騎西南行. 翠華搖搖行復止, 西出都門百餘里. 六軍不發無奈何, 宛轉蛾眉馬前死. 花鈿委地無人收, 翠翹金雀玉搔頭. 君王掩面救不得, 回看血淚相和流. 黃埃散漫風蕭索, 雲棧縈紆登劍閣. 峨嵋山下少人行, 旌旗無光日色薄. 蜀江水碧蜀山靑, 聖主朝朝暮暮情. 行宮見月傷心色, 夜雨聞鈴腸斷聲. 위와 같음.

양귀비는 갔지만, 그리움은 남아

757년 12월 황태자 이형李亨이 황제에 오르자, 현종은 태상황이 되어 장안으로 복귀한다. 양귀비가 목을 맸던 마외역을 지나 돌아오는 길, 현종은 장안과 궁궐의 문화재가 황폐해진 모습을 보고 몹시 괴로웠다. 그러나 무엇보다 현종을 가장 아프게 하는 것은 양귀비의 부재였다. 연못의 연꽃은 양귀비의 얼굴 같고 정원의 버들은 그녀의 아름다운 눈썹 같아 눈물이 앞을 가릴 뿐이다.

> 천하 정세 변하니 황제는 귀로에 마외역에서 걸음 못 떼는데
> 마외 언덕 아래 진흙 속엔 고운 얼굴 간데없이 죽은 자리만 있구나.
> 군신은 마주 보고 눈물로 옷깃 적시며 동쪽 도성 향해 말을 모네.
> 돌아온 황궁 정원엔 태액지의 부용도 미양궁의 버들도 여전한데
> 연꽃 같은 얼굴 버들 같은 눈썹 떠올리니 어찌 눈물 그칠까.
> 봄바람에 복숭아꽃 살구꽃 만발하더니 어느새 가을비에 젖은 오동잎
> 서궁과 남원에 가을 풀 우거지고 낙엽이 섬돌 덮어도 쓸지 않네.
> 이원 자제들은 백발 성성하고 양귀비 모시던 시녀들도 이젠 늙었구나.
> 저녁 궁궐엔 반딧불 처량하여 등불 심지 다 타도록 잠 못 이루는데
> 더딘 쇠북소리 밤 길다 알리고, 은하수 반짝이니 새벽 다가오네.
> 원앙 기와에 서리 맺혀도 함께 덮을 이 없는 싸늘한 비취 금침
> 생사 달리한 지 아득한 몇 년, 꿈속에서 혼백조차 만날 수 없네.[3]

---

3)　天旋地轉回龍馭, 到此躊躇不能去. 馬嵬坡下泥土中, 不見玉顔空死處.
　　君臣相顧盡沾衣, 東望都門信馬歸. 歸來池苑皆依舊, 太液芙蓉未央柳.
　　芙蓉如面柳如眉, 對此如何不淚垂. 春風桃李花開日, 秋雨梧桐葉落時.
　　西宮南內多秋草, 落葉滿階紅不掃. 梨園子弟白發新, 椒房阿監青娥老.
　　夕殿螢飛思悄然, 孤燈挑盡未成眠. 遲遲鍾鼓初長夜, 耿耿星河欲曙天.

「장한가」로 완성된 사랑

양귀비 없는 구중궁궐에서 현종은 그리움과 비통함에 시름시름 앓다 깊은 병이 든다. 그런 현종의 순애보에 응답한 걸까? 초췌해진 현종 앞에 임공도사가 홀연 나타나, 도술로 양귀비의 혼백을 찾아주겠다는 게 아닌가. 임공도사는 우여곡절 끝에 결국 선녀가 된 양귀비를 찾아 냈다.

임공의 도인이 도성에서 머물며 능히 혼백 불러온다더니
전전반측 양귀비 그리는 군왕 위해 방사가 혼백 찾아 나섰네.
허공 가르고 번개처럼 내달아 하늘 끝 땅속 두루 찾는데
위론 벽락 아래는 황천까지 모두 망망할 뿐 찾을 길 없다가
홀연 들리기에 "바다 위 아득한 허공 먼 곳에 선산이 있고,
영롱한 오색구름 이는 누각엔 아름다운 선녀들 있는데
그중 태진이란 선녀가 눈 같은 피부 고운 얼굴이 꼭 양귀비인 듯."
황금 대궐 서쪽 방의 옥문을 두드리고 시녀 소옥·쌍성 시켜
황제의 사자가 왔다 전하니, 화려한 장막 안 혼령이 놀라 깨서
옷 입고 베개 밀고 일어나 서성이다가 구슬주렴, 은 병풍 열면서
구름머리 기울이며 잠깬 듯 머리장식 흩트린 채 내려오는데
바람결에 나부끼는 소맷자락, 예상우의곡 추던 그 모습 같구나.
옥안에 흐르는 눈물 난간 적시기를 배꽃가지 봄비에 젖은 듯
그녀 애정 담뿍 담아 군왕께 사뢰길 "헤어진 뒤 옥음, 용안 못 뵙고
소양전 은총마저 끊어져 봉래궁에서 보낸 세월 오래건만

鴛鴦瓦冷霜華重, 翡翠衾寒誰與共. 悠悠生死別經年, 魂魄不曾來入夢. 위와 같음.

머리 돌려 인간세상 봐도 장안은 안 보이고 짙은 먼지 안개뿐,

옛 물건으로 깊은 정 표하려니 자개 상자 금비녀를 가지세요" 하더니

비녀 반쪽 상자 한쪽씩, 황금 비녀 자르고 자개 상자 나누니

마음 굳고 변치 않는다면 천상에든 세상에든 다시 보리라.

헤어질 때 간곡히 하는 말이 둘만 아는 맹세의 언약이렷다.

칠월 칠일 장생전에 인적 없는 깊은 밤 속삭이던 그 말

"하늘에선 비익조가 되고 땅에선 연리지가 되어

천지 다해도 이 사랑은 영원히 끊이지 말아요."[4]

천상의 선녀가 된 양귀비는 현종 앞에서 춤을 추던 예전 모습 그대로였다. 그녀는 현종에게 사랑의 징표인 비녀를 건네며 둘이 속삭였던 사랑의 밀어, 비익조比翼鳥와 연리지連理枝가 되자는 영원의 언약을 확인했다. 꿈이었을까, 환상이었을까? 양귀비를 만난 후 현종은 그리움에 병이 더욱 깊어졌다. 그러던 762년 5월 2일 현종은 문득 옥피리를 처량하게 불더니, 궁녀를 불러 자신을 목욕시키라 했다. 그리고 다음날 새벽, 눈과 날개가 하나씩이라 암수 한 쌍이 합쳐야만 제대로 보고 날 수 있다는 비익조, 뿌리가 서로 다른 나무가 허공에서 만나 한가지로 합친 연리지가 되자는 양귀비와의 약속을 지키려는 듯 봉

4) 臨邛道士鴻都客, 能以精誠致魂魄. 爲感君王輾轉思, 遂敎方士殷勤覓. 排空馭氣奔如電, 升天入地求之遍. 上窮碧落下黃泉, 兩處茫茫皆不見. 忽聞海上有仙山, 山在虛無縹緲間. 樓閣玲瓏五雲起, 其中綽約多仙子. 中有一人字太眞, 雪膚花貌參差是. 金闕西廂叩玉扃, 轉敎小玉報雙成. 聞道漢家天子使, 九華帳里夢魂驚. 攬衣推枕起徘徊, 珠箔銀屛迤邐開. 雲鬢半偏新睡覺, 花冠不整下堂來. 風吹仙袂飄飄擧, 猶似霓裳羽衣舞. 玉容寂寞淚欄干, 梨花一枝春帶雨. 含情凝睇謝君王, 一別音容兩渺茫. 昭陽殿里恩愛絶, 蓬萊宮中日月長. 回頭下望人寰處, 不見長安見塵霧. 唯將舊物表深情, 鈿合金釵寄將去. 釵留一股合一扇, 釵擘黃金合分鈿. 但敎心似金鈿堅, 天上人間會相見. 臨別殷勤重寄詞, 詞中有誓兩心知. 七月七日長生殿, 夜半無人私語時. 在天願作比翼鳥, 在地願爲連理枝. 天長地久有時盡, 此恨綿綿無絶期. 위와 같음.

어하니, 그의 나이 78세 때였다.

한 편의 영화 같은 「장한가」는 수많은 소설과 희곡으로 각색되었다. 백거이의 권유로 당나라 문인 진홍陳鴻이 전기소설 『장한가전』을 지었고, 원대元代의 백박白樸은 희곡 『오동우梧桐雨』를, 청대淸代 홍승洪昇은 전기傳奇 『장생전長生殿』을 지었다. 1990년 류더화劉德華 주연의 영화 〈천장지구天長地久〉는 '하늘과 땅이 다해도 영원하다'는 「장한가」의 구절에서 제목을 취하기도 했다. 수많은 작품에 모티브를 제공한 현종과 양귀비의 로맨스였다.

『채털리 부인의 사랑』에서 멜러즈가 연인 채털리 부인에게 쓴 편지에 "당신을 내 품 안에 안고 잠들 수만 있다면 이 잉크는 병 안에 머무를 수 있었겠죠"라는 구절이 있다. 현종과 양귀비의 사랑은 이루지 못했기에 먹물이 벼루를 떠나 종이 위에 이토록 아름다운 사랑의 사연을 쓰게 했나보다.

성격의 발견과 문학적 취향,
이백과 두보

우리는 종종 별자리나 혈액형으로 성격, 성향을 파악한다. 가령 A형은 꼼꼼하면서 소심하고, B형은 자기주도적이며 자존심이 강하고, O형은 쾌활한 의리파에, AB형은 개성 넘치는 예술가라는 식으로 말이다. 물론 과학적 근거는 미약한 흥미 위주의 평가이긴 하다. 그러나 〈물고기자리〉나 〈B형 남자친구〉라는 영화가 흥행하고 별자리 관련 서적과 타로 별점이 꾸준히 인기 있는 것을 보면, 타고난 정서적 자질이나 유전적 기질에 따른 성격유형이 있다는 가설은 보편적 공감대를 형성하는 모양이다. 그 기질이 어떤 환경에서 어떤 사람과 교류하고 어떻게 대처하는지에 따라 한 사람 고유의 성격이 형성된다. '기질+환경+의지=성격'의 공식이 성립하는 셈이다. 이렇게 형성된 성격은 표정, 눈빛, 체형, 식성, 습관, 옷차림, 심지어 글씨체나 문장에서도 다양하게 드러난다.

당나라 시가문학을 주도한 이백과 두보의 작품을 감상하다보면, 그

속에 내포된 각기 다른 기질, 성향, 인생, 가치관 등을 발견하게 된다. 11세의 나이 차이에도 불구하고 서로를 존중하며 교류했던 두 사람은 모두 정치적으로 출세를 못했고 그 울분을 음주와 창작으로 달랬다는 공통점이 있다. 그러나 이백과 두보는 같은 시대를 다른 감성으로 소화했다. 대체로 자유로운 형식의 '악부'나 '칠언 절구'에 능했던 이는 이백이었고, 엄격한 규율을 고수한 '율시'에 걸작이 많은 이는 두보였다. 이백이 낭만·명랑·호방의 감상으로 시대의 아픔을 승화시켰다면, 두보는 이성·심각·한탄으로 비참한 현실을 직시했다.

낭만 '시선' 이백

자字가 태백太白인 이백은 701년 중앙아시아에서 한족 출신 상인의 아들로 태어났다. 당나라가 개방적인 대외정책을 펼치던 시절에 상업에 종사했던 이백의 아버지는 외국을 드나들며 큰 부를 축적할 수 있었다. 이백은 무역상을 하는 아버지 밑에서 자란 탓에 정규 교육을 받지는 못했다. 그러나 자유롭게 도교와 독서, 검술 등에 정진할 수 있었고, 거친 유랑생활을 통해 마초 기질과 방랑 감성까지 갖추게 되었다. 또 귀족 자제들과 강남지역을 유람하면서 낭만적 성향을 축적하기도 했다. 현종 밑에서 한림공봉翰林供奉이라는 관직을 맡았을 때에도 공무보다는 장안의 한량들과 어울려 술을 마시고 노는 데 더 몰두했다. 그래선지 이백 주위에는 늘 술친구, 시친구들이 넘쳐났다. 안녹산의 난, 현종의 도피 등 정치적 사건에 연루되어 옥살이를 했을 때에도 그들의 도움으로 방면되어 다시 방랑과 창작에 전념할 수 있었다. 어찌 보면 출생부터 성장, 관직 생활까지 이백의 삶은 현실과 이상의 경계 즈음에서 적당히 줄타기를 하고 있었는지도 모르겠다.

　이백의 일생은 방랑, 자유, 낭만, 여유, 관조의 키워드를 연결하면 완성된다. 정규교육과 관직 생활, 대의명분의 압박에서 자유로웠던 이백의 시에는 그의 삶을 관통한 키워드들이 곳곳에 숨어 있다.

낭만이 흐르는 연애시

먼저 말랑말랑한 연애시가 이백의 감성에 시동을 건다.

　　　약야 계곡 주변에서 연밥 따는 아가씨들

　　　연꽃 사이에 두고 미소 띠며 벗과 속삭이네.

　　　햇빛은 고운 얼굴 물 밑까지 비추고

　　　향기로운 소맷자락 바람에 날리네.

　　　연못 기슭에 뉘 집 젊은이들인지

　　　수양버들 사이 삼삼오오 아른거리다

　　　흩날리는 꽃잎 사이 말울음 남기며 사라지니

　　　이를 보고 주저주저 공연히 애만 타네.[5)]

　　　　　　　　　　　　　　　　　　　이백, 「연밥 따는 아가씨採蓮曲」

　어떤가? 적당히 흐트러져 더 자유롭고 낭만적인 이백의 서정이 느껴지는가? 햇빛 쏟아지는 봄날, 맑은 물 흐르는 계곡으로 쏟아져 나온 아가씨들의 모습이 색색의 꽃망울이 터진 듯 싱그럽다. 사춘기에 접

---

5)　　若耶溪傍採蓮女, 笑隔荷花共人語. 日照新粧水底明, 風飄香袖空中擧. 岸上誰家遊冶
　　郎, 三三五五映垂楊. 紫騮嘶入落花去, 見此躊躇空斷腸. 『全唐詩』 卷163 「採蓮曲」.

어들어 호르몬 분비가 왕성한 열여섯, 열일곱 정도가 이성에 대한 호기심이 가장 강한 나이라고 한다. 감정 기복이 심해지고 돌발행동이 잦아지면서 유난히 웃음도 눈물도 많아지는 시기이기도 하다. 그런 청춘의 봄날, 연꽃 향기로운 계곡에 놀러온 처녀들은 수양버들 사이로 청년들의 기척을 느끼고는 가슴이 뛰고 설렌다. 외간남자라곤 만나본 적 없는 그녀들에게 젊고 건강한 제 또래 청년들은 그 자체가 자극이고 충동이었을 터였다. 아가씨들은 다가갈 용기도 말 걸어볼 숫기도 없으나, 끌리는 마음, 이성의 자극, 궁금한 본능은 도무지 제어할 수 없다. 그러나 야속하게도 젊은이들은 처자들을 못 보고 말을 타고 떠나버린다. 아쉽고 애가 타는 어린 처자들의 감성을 이백은 특유의 예민한 감각으로 읽어냈다. 예의와 체면 아래 숨겨진 천진한 감수성을 간파한 이백은 과연 감성 왕자이자 시의 신선이다.

이백의 아름다운 이별, 웃픈 아이러니

다음은 슬픔의 감성을 각기 미학과 해학으로 그려낸 이백의 두 작품이다.

> 옥계단에 내린 흰 이슬은 깊은 밤 비단 버선 적시누나.
> 방에 돌아와 수정 주렴 내리고 영롱한 가을 달을 바라보네.[6]
>
> 이백, 「옥계단의 원망玉階怨」

(남편이) 일 년 삼백육십 일 날마다 취하여 곤죽이 되어 있으니,

---

6) 玉階生白露, 夜久侵羅襪, 却下水晶簾, 玲瓏望秋月. 『全唐詩』 卷164 「玉階怨」

이백의 마누라라 한들 태상의 아내와 어찌 다르랴.[7]

이백, 「아내에게ㅣ贈內」

첫 번째 시는 이별의 원망을 그렸다. "옥계단·흰 이슬·비단 버선·수정 주렴·가을 달"은 맑고 깨끗하면서도 외롭고 쓸쓸한 이미지를 전달한다. 저 하늘에 걸린 달처럼 그리워도 닿을 수 없는 임에 대한 원망이지만, 이백이라는 감성과 낭만의 여과지를 통과하면서 투명하고 반짝이는 애상이 되었다. 그래서 이백이 쓰면 이별조차도 아름답다.

두 번째 시는 아내에게 바치는 시다. 부인에 대한 구체적인 묘사나 애정 어린 시어는 없다. 그러나 술꾼 남편과 살아주는 아내에 대한 지극한 애정이 느껴진다. 과중한 업무에 남편을 빼앗긴 태상의 아내나 360일 술에 절어 사는 이백의 아내 당신이나 외로운 처지는 별반 차이가 없다, 그러니 너무 비참해하지 말라며 이른바 위로라는 것을 하고 있다. 이때 이백은 진흙처럼 곤죽으로 취한 자신을 유머의 소재처럼 활용했다. 아내에게 잠시나마 웃음을 주고 싶었던 이백의 작은 배려가 느껴진다.

앞의 시는 이별인데 영롱하고, 아래 시는 웃긴데 서글프다. 아이러니다. 누룩이 발효해 좋은 술을 빚듯, 단어는 이백을 통해 낭만으로 발효됐다.

---

7)   三百六十日, 日日醉如泥. 雖爲李白婦, 何異太常妻. 『李白集校注』 「贈內」

현실 통찰의 휴머니스트 '시성' 두보

상인의 아들로 노마드적 기질을 타고난 이백과 달리, 두보는 뼛속까지 학자인 뼈대 있는 명문가의 자제였다. 경조京兆 두씨의 후손인 두보의 자는 자미子美, 호는 소릉야노少陵野老로 본적은 호북성 상양襄陽이다. 남다른 재능의 소유자였던 두보는 젊은 날 자신과 인생에 대해 자부심이 강했고 포부가 남달랐다. 명문가 자제의 공식 코스인 학업, 과거, 입신, 출세의 길을 지향하며 정치적 이상을 품기도 했다. 그러나 실상은 두보의 이상과 달랐다. 어려서 모친을 잃었고, 집안은 몰락했으며, 과거엔 낙방했고, 도적에게 감금된 적도 있는가 하면, 폐병과 당뇨병에 시달렸다. 집현원대제集賢院待制, 우위부주조참군右衛府冑曹參軍, 좌습유左拾遺 등의 수많은 관직을 역임했지만, 냉혹한 정치와 비참한 현실을 뼈저리게 체험해야만 했다. 불운한 두보 인생 최고의 결정타는 어린 아들의 죽음과 안녹산의 난이었다. 남다른 고난과 험난한 인생 역정이었다.

그러나 두보는 개인적 고뇌와 사회적 불합리를 성실성과 인내, 엄격함과 통찰로 버텨나갔다. 두보는 정통 문학을 고수하며 엄격한 형식의 율체律體를 통해 비탄과 울분을 인간에 대한 직시와 공감으로 승화시켰다. 단정한 형식 속에 녹여낸 내밀하고 복잡한 감정은 그를 시의 성인, 곧 시성詩聖의 경지로 이끌었다. 질서와 조화, 절제와 인내의 삶을 관통했던 시의 성인 두보가 그린 사랑과 이별은 어떤 모습일까?

세상에 드문 뛰어난 미인, 쓸쓸한 산골에 고요히 거하네.

"나는 본래 양가의 딸이었지만, 가문이 몰락해 초목에 의지하지요.

옛날 관중에서 난리를 만나, 형제는 모두 도륙을 당했지요.

벼슬이 높으면 무엇하나요, 자기 골육조차 챙기지 못했는데.

몰락하면 외면하는 세상인심, 바람 따라 흔들리는 촛불 같네요.

남편은 경박한 난봉꾼으로, 옥같이 어여쁜 새사람 맞았다죠.

합혼목은 때를 잘 알고, 원앙새는 혼자 자지 않는 법인데

새사람의 웃음만 보일 테니, 어찌 옛 사람의 통곡이 들리기나 할까요?

산에 있으면 샘물은 맑지만, 산을 나가면 샘물은 흐려지죠.

하녀는 구슬 팔러 나갔다 돌아와, 여라 덩굴로 초가집 고치네요.

꽃을 꺾어도 머리에 꽂지 않고, 잣을 따서 한 광주리 채운답니다."

찬 기운에 푸른 옷소매 얇은데, 저물녘에 대나무에 기대어 보네.[8]

두보, 「아름다운 여인佳人」

755년부터 763년까지 약 9년에 걸친 안녹산의 난은 모든 것을 파괴했다. 폐허가 된 국토에서 농민은 유민이 되고, 아이는 고아가 되었으며, 선비는 걸인이 되었다. 그리고 규방의 여인은 벽촌의 아낙이 되었다. 두보는 전란으로 몰락한 가문의 여인이 남편에게 버림받고 산속에 은거하며 생활을 꾸려나가는 모습을 '도륙·외면·경박·통곡·

---

8) 絶代有佳人, 幽居在空谷, 自云良家子, 零落依草木. 關中昔喪敗, 兄弟遭殺戮, 高官
    何足論, 不得收骨肉. 世情惡衰歇, 萬事隨轉燭, 夫婿輕薄兒, 新人已如玉. 合昏尙知
    時, 鴛鴦不獨宿, 但見新人笑, 那聞舊人哭. 在山泉水淸, 出山泉水濁, 侍婢賣珠回,
    牽蘿補茅屋. 摘花不揷髮, 採柏動盈掬, 天寒翠袖薄, 日暮倚修竹.『全唐詩』卷218「佳人」

얇은 옷소매'의 냉정한 시어로 써 내려갔다. 새사람의 웃음과 옛 여인의 통곡, 하녀와 초가집에 동거하는 설움, 낭만보다는 생계에 급급한 여인이 겪은 사랑과 배신을 직설적인 단어, 단도직입적인 표현으로 그려냈다. 그러나 여인의 비참함이 처연한 아름다움으로 느껴지니, 과연 '시성' 두보답다. 그것은 마치 수술 집도의가 마취 없이 피부와 근육, 혈액과 뼈를 헤치고 발병 부위에 다가가듯, 두보의 영감과 지성을 통과한 냉혹한 체험이 은유 없는 생생한 시어로 살아 펄떡이며 우리의 감성에 고스란히 꽂히기 때문이리라.

초라하고 비루하나 거룩한 역설

다음은 두보가 가장 비참하고 괴로운 시절의 경험을 적은 시다.

> 오늘밤 부주에 뜬 달을 아내는 홀로 쳐다보겠지.
> 멀리 떨어진 불쌍한 아이들은 장안의 애비 기억 못하리라.
> 밤안개에 쪽진 머리 축축하게 젖고 옥같이 고운 팔 차갑겠네.
> 언제쯤이면 우리 창가 휘장에 기대어 두 눈에 눈물 자국 말릴까.[9]
>
> 두보, 「월야月夜」

두보가 안녹산의 난으로 유랑하던 53세 때 아내와 아이들을 생각하며 지은 시다. 안녹산의 난으로 890만 호의 인구가 290만 호로 줄어들 정도였으니, 그 참담함을 어찌 설명할까? 두보에게도 더할 수 없

---

9) 今夜鄜州月, 閨中只獨看. 遙憐小兒女, 未解憶長安. 香霧雲鬟濕, 淸輝玉臂寒. 何時倚虛幌, 雙照淚痕乾. 『全唐詩』卷224「月夜」

는 궁핍과 고난의 시간이었다. 가족과의 이별은 난도질당한 상처에 뿌려진 소금처럼 쓰리고 아팠다. 두보는 그 아픔을, 염려하는 심정을 고스란히 드러내고 있다. 철없는 아이들에 대한 그리움, 고생하는 아내에 대한 연민과 걱정에 흐르는 눈물조차 감추지 않는 두보. 그의 시가 이토록 오랜 세월 사랑받는 것은 어쩌면 이빨과 갈기가 빠진 늙은 사자처럼, 사냥 능력과 수컷의 향기를 잃어가는 초로에 접어든 모든 시대 남자들의 서글픈 심정을 대변하기 때문이 아닐까? 이 작품은 초라한 자신을 투박하고도 투명하게 내보임으로써 거룩함마저 느끼게 하는 경지에 이르고 있다.

극과 극은 상통한다고 했던가? 여유와 여백, 낭만과 위트라는 향기로운 감성으로 현실을 보듬은 이백의 낭만주의. 그리고 처절하게 인고의 세월을 겪고 초라함과 비루함의 밑바닥을 통찰해낸 두보의 이성이 빚어낸 극사실주의. 그 둘은 비록 결은 다르지만, 역설적 미학의 세계를 선사하고 있다는 점에서 그 끝이 맞닿아 있다.

시 잘 쓰는 멋진 누나,
설도를 사랑한 원진

"누난 내 여자니까~"를 달콤하게 불러주던 이승기와 '밥 잘 사주는 예쁜 누나'를 사랑하던 정해인은 많은 여성들의 가슴을 설레게 하며 연상연하 커플의 로맨스를 꿈꾸도록 했다. 깊은 연륜과 다양한 경험, 풍족한 경제력으로 정신적 풍요와 삶의 여유가 느껴지는 연상의 여인은 매력적인 존재다. 거기에 예술적 재능까지 겸비하여 창조적 영감을 준다면 도저히 거부할 수 없는 마력을 지니게 된다. 우리는 연상 여인을 뮤즈로 둔 수많은 예술가와 문학가의 이야기를 전설처럼 전해 듣곤 한다. 시인 뮈세 및 음악가 쇼팽과 교감을 나누었던 프랑스 대표 여성작가 조르주 상드, 시인 김소월의 정신적 지주였던 오순, 비틀즈 멤버 존 레논에게 전위예술의 감성을 불어넣은 오노 요코. 모두 천진난만한 감수성을 지닌 연하남에게 창조적 원천과 모성적 안정감을 동시에 주는 연상녀들이다.

당나라 시가혁명을 주도한 젊은 문학도 원진元稹과 재능 넘치는 관기였던 설도薛濤의 관계가 딱 그랬다. 백거이와 함께 '원元·백白'으로 불리며 당나라 신악부운동新樂府運動을 일으켰던 원진. 그는 450여 편의 주옥같은 시를 지은 연상의 뮤즈 설도를 만나 풍요로운 문학적 원천을 공급받았다. 관리와 기녀라는 신분과 열 살의 나이 차이를 뛰어넘어 그들을 이어준 매개는 문학에 대한 열정이었다. 문학 속에서 그들은 과연 어떤 사랑의 밀어를 나누었을까?

짧은 사랑, 긴 여운

원진은 일찍이 부친을 여의고 15세에 명경과明經科에 급제, 교서랑校書郎·좌습유 등의 요직을 거친 인재였다. 장안의 양갓집 규수였던 설도는 성도 지방관으로 부임한 부친을 따라왔다가, 부친이 죽고 집안이 망하자 16세에 기녀가 되었다. 기녀가 된 설도는 문인들에게 여교서女校書[10]란 별칭으로 불릴 정도로 뛰어난 시재로 명성을 날리며 백거이, 장적張籍, 왕건王建, 유우석劉禹錫 등과 교류했다. 그러다가 원화元和 4년인 809년, 성도 감찰어사監察御使로 부임한 원진을 만나면서 나이와 신분을 초월한 사랑에 빠진다.

　두 사람의 사랑은 설도의 명성을 확인하러 기방을 찾은 원진의 글재주 도발로 시작됐다. 원진이 문장을 써서 설도에게 전하자, 설도는 다음과 같이 화답한다.

　"갈아서 윤이 나는 선생의 배(먹과 벼루), 칼끝 감춘 장군의 머리(붓

---

10)　설도가 열여덟 살 때 사천안무사四川按撫使로 부임해온 위고韋皐가 그녀의 시재를 높이 사 조정에 비서성秘書省의 교서랑校書郎직에 임명해달라는 주청을 올렸으나 받아들여지지는 않았다. 그러나 이후 문인들은 그녀를 여교서女校書라 부르며 존중했다.

과 종이), 서책을 자매삼아, 문장의 이랑에서 편히 쉬네."[11]

벼루·먹·붓·종이를 의인화하여 예찬한 「사우찬四友贊」이란 시였다. 아내를 잃고 의기소침해 있던 30대 초반의 혈기왕성한 원진은 40대 초반의 원숙한 설도의 시재에 탄복한다. 그날 이후, 두 사람은 문학적 동지이자 영혼의 동반자로서 깊이 교류하는 사이로 발전한다.

그러나 두 사람은 곧 이별을 겪게 된다. 원진이 실세였던 환관 유사원劉士元의 비위를 건드리는 바람에 강릉부사江陵府使로 좌천된 것이다. 당시 당나라 11대 황제 헌종憲宗은 안녹산의 난을 거울삼아 지방 절도사 세력을 중앙 정부의 통제권하에 두기 위해 환관들을 그 대항 세력으로 적극 활용했다. 그러나 이는 여우를 피하려다 호랑이를 만난 격으로, 오히려 환관 세력을 키워주는 꼴이 돼버렸다. 그런 상황에서 원진이 역관에서 환관 유사원과 묵을 방을 두고 다투었던 것이다. 성도로 부임한 지 불과 몇 개월 만의 일이었다. 짧은 기간에 시문과 영감을 주고받으며 영육의 동반자가 된 두 사람. 설도는 원진을 애절한 한 편의 시로 배웅한다.

연꽃 피었다 진 깊어진 촉산의 가을, 비단 편지 열면 그리움만 가득
규방에선 전쟁터 일 모르니, 달밤에 누대 올라 그대 생각뿐이죠.
부들 새싹 가지런히 돋고, 봄 깊어 떨어진 꽃은 앞개울 메웠는데
그대 아직 오지 않으니 달빛 비친 대문 보며 눈물만 흘리네요.[12]

설도, 「멀리 부치는 편지贈遠二首」

---

11) 磨潤色先生之腹, 濡藏鋒都尉之頭. 引書媒而黯黯, 入文畝以休休. 『薛濤詩全集』 「四友贊」

12) 芙蓉新落燭山秋, 錦子開緘到是愁. 閨閣不知戎馬事, 月高還上望夫樓. 擾弱新蒲葉又齊, 春深花落塞前溪. 知君未轉秦關騎, 月照千門掩袖啼. 『薛濤詩全集』 「贈遠二首」

누이 같고 동지 같던 연인 설도와 헤어지게 된 원진도 안타깝기는 매한가지였다. 구구절절 가슴을 울리는 설도의 연서를 접한 원진은 다음과 같이 화답했다.

> 금강은 매끄럽게 흐르고 아미산 빼어나니
> 그 정령이 탁문군과 설도로 환생한 것인가.
> 언변은 앵무새 혀를 훔친 듯 훌륭하고
> 문장은 봉황의 깃털 나눈 듯 빼어났지.
> 수많은 문인 붓을 놓게 만들고
> 여러 관리 전근 오길 꿈꾸게 했지.
> 이별 후 그리움은 안개 속 넘어
> 창포꽃처럼 피어 오색구름까지 오르네.[13]

원진, 「설도에게 보내며寄贈薛濤」

원진은 분명 그녀를 여인으로서 사랑했을 뿐만 아니라, 문학적 동지로서도 존중했음이 틀림없다. 숱한 시인들과 시문을 나누고, 많은 관료들에게 성도 발령의 소망을 품게 했던 설도의 미모와 언변, 글재주를 이토록 극찬했으니 말이다. 창포꽃 무성한 완화계곡浣花溪에 자리한 설도의 집을 그리워하며, 그녀의 시 "오색구름 신선은 오색구름 수레 모네五雲仙馭五雲車" 구절을 떠올린 원진의 사랑은 영원했을까?

---

13) 錦江滑宮蛾眉秀, 幻出文君與薛濤. 言語巧偸鸚鵡舌, 文章分得鳳凰毛. 紛紛辭客多停筆, 個個公卿欲夢刀. 別後相思隔煙水, 菖蒲花發五雲高.『全唐詩』卷423「寄贈薛濤」

삶이 그대를 속일지라도

이후 10여 년 동안 원진은 통주通州, 괵주虢州 등의 지방을 전전하며 인생과 정치의 쓴맛을 절감한다. 조정의 실세 앞에서도 주눅 들지 않고 비판의 서슬이 퍼렜던 원진도 폄적과 강등의 10년 세월을 거치며 점차 의기를 꺾게 되었다. 그는 환관 세력과 손을 잡으며 세상과 타협해 살아가는 법을 터득해갔다.

이제 원진의 목표는 '세상 구제'에서 '재상 승진'으로 바뀌었다. 819년, 긴 외지 생활 끝에 장안으로 돌아온 원진은 그토록 경멸했던 환관 세력의 좌장 최담준崔潭峻 및 온건파 위홍간魏弘簡과 힘을 합쳐 권좌의 중심으로 접근해갔다. 그런 원진에게 옛 연인 설도는 안중에 없었다. 일편단심 원진을 잊지 못하던 설도에게 원진이 절강浙江 소흥紹興의 명기 유채춘劉采春과 심상치 않은 관계라는 소식까지 들려왔다. 삶의 피폐함과 정치적 환멸이 사랑까지도 변절시켰던 것이다. 설도에게 실연의 슬픔을 달래는 최고의 명약은 시문이었다.

> 꽃이 펴도 함께 즐길 이 없고, 꽃이 져도 함께 슬퍼할 이 없네.
> 그리운 이 어디 있나 묻고자 한데, 때 맞춰 꽃들만 피고진다네.
> 풀잎 뜯어 같은 마음 매듭을 지어 내 임께 보내려고 마음먹는데
> 봄 시름에 속절없이 끊겨버리고, 봄새들만 다시 와서 애달피 우네.
> 바람결에 꽃잎들은 날로 시들고, 맺어질 날 아득하게 멀어만 가네.
> 그대와는 한마음 맺지 못하고 부질없이 동심초로 매듭만 짓네.
> 어찌하나 가지 가득 피어난 저 꽃, 괴로워라 서로서로 그리운 것을

아침에 거울 보며 흐르는 눈물, 봄바람아 너는 내 맘 아는지 몰라.[14)]

설도, 「춘망사春望詞」

설도는 이 시에서 원진과 함께 봄꽃을 즐기며 감정 교류와 지적 소통을 나누었던 시절을 떠올리고 있다. 그리고 다시 맺어지길 바라는 부질없는 그리움을 동심초 줄기를 하염없이 매듭짓는 것으로 대신하고 있다. 그러나 약한 줄기가 자꾸 끊어지는 것이 두 사람의 단절된 운명 같고, 애달피 우는 봄새조차 영원한 이별을 노래하는 것만 같다.

재미있는 점은 설도의 이 시가 해방 직후인 1946년 한국에서 김억 시인이 번역하고, 작곡가 김성태 선생이 곡조를 붙여 〈동심초〉란 가곡으로 창작되었다는 점이다. '사랑'은 시간과 공간을 초월하여 만민 공통의 화학반응을 일으키는 모양이다. 1200년 전의 시가 오늘날 이렇게 사람의 마음을 감동시키니 말이다.

『앵앵전』으로 대신한 고해성사

원진의 변절은 많은 이들의 지탄을 받았다. 그럼에도 시가혁명에 이어 전기소설의 발전을 견인한 그의 공로만큼은 크게 인정하지 않을 수 없다. 당시 당나라는 무역의 성행과 상업의 번영, 국제교류의 활성으로 개방적인 문화와 자유로운 분위기가 만연했고, 삶의 영역이 확장되었다. 이러한 환경의 변화는 문인들의 시야를 넓혀주었고, 이는

---

14) 花開不同賞, 花落不同悲, 欲問相思處, 花開花落時. 攬草結同心, 將以遺知音, 春愁正斷絶, 春鳥復哀吟. 風花日將老, 佳期猶渺渺, 不結同心人, 空結同心草. 那堪花滿枝, 煩作兩相思, 玉箸垂朝鏡, 春風知不知. 『全唐詩』 卷803 「春望詞」

곧 소설의 발달로 이어졌다. 원진의 대표작이자 당대 전기소설을 정착시킨 『앵앵전鶯鶯傳』은 이러한 분위기 속에서 창작된 자전적 소설이다. 일명 『회진기會眞記』라고도 하며 선비 장생張生과 양가집 처녀 앵앵의 사랑의 비극이다. 그 내용은 다음과 같다.

당나라 정원貞元 연간, 선비 장생은 온화하고 예의 바르고 모범적인 사람이었다. 그는 과거를 치르러 가던 길에 포주蒲州의 보구사普救寺란 절에 잠시 머물다 그곳에서 부유한 과부 정씨 부인과 딸 앵앵을 만난다. 장생은 어여쁜 앵앵에게 한눈에 반한다. 때마침 군란이 발생하여, 장생은 의지할 곳 없는 앵앵 모녀를 돕게 된다. 그러면서 앵앵에 대한 연모가 더욱 깊어진 장생은 시녀 홍낭紅娘을 통해 앵앵에게 사랑을 고백한다. 처음에 앵앵은 「대월서상하待月西廂下」라는 시를 보내 장생을 기다리게 하더니 또 갑자기 무례하다며 그를 거절한다. 그러다가 며칠 고민하며 장생에 대한 자신의 마음을 확인한 앵앵이 장생을 찾아와 뜨거운 밤을 보내며 두 사람은 연인이 된다. 자신의 사랑을 대하는 앵앵의 주체적인 자세였다.

이렇게 앵앵과 맺어진 장생은 얼마 후 장안에 가서 과거를 보지만 낙방한다. 가혹한 현실의 장벽을 절감한 장생은 절절한 앵앵의 편지에 자신은 앵앵처럼 뛰어난 여인을 사랑할 자격이 없다며 냉정한 단교斷交의 답장을 보낸다. 얼마 후 다시 포주로 돌아온 장생은 앵앵과 재회한다. 그러나 추구하는 바가 다른 두 사람은 이별을 예감한다. 출세가 목표인 장생에게 돈은 많지만 보잘것없는 집안의 앵앵은 성에 차지 않는 상대였던 것이다. 속이 훤히 들여다보이는 장생에게 앵앵은 일갈한다.

"문란하게 맺어졌으니, 버림받는 것은 당연하겠죠. 원망은 않겠어요."

자신의 사랑에 당당한 앵앵이었다. 이에 반해 장생의 변명은 구차하기 짝이 없다.

"대체로 하늘은 미녀에게 재앙을 내리지 않으면, 반드시 다른 이에게 재앙을 미치게 하는 법이오. 나는 그런 재앙의 씨를 감당해낼 그릇이 못 되오."

좋다고 달려들 때는 언제고, 이제 와서 출세에 도움이 안 될 것 같으니 치사하게 발을 빼는 장생이었다. 그렇게 헤어진 두 사람은 각자 혼인한다. 나중에 마음이 바뀐 장생이 앵앵을 다시 만나려고 시도하지만, 앵앵이 만나주지 않고 소식마저 끊어버린다는 줄거리다.

장생과 앵앵은 원진과 설도의 분신이다. 사랑에 저돌적이었지만 출세를 꿈꿨던 장생에게 평범한 집안 출신 앵앵과의 사랑이 부담이었던 것처럼, 낭만 사랑꾼·열혈 문학도에서 신분 상승으로 방향을 선회한 원진에게도 미천한 기녀 출신 설도와의 사랑이 벗고 싶은 짐이었을까?

사랑, 그 후

원진은 결국 821년 재상의 자리에 오름으로써 출세의 꿈을 이룬다. 그가 고해성사처럼 썼던 『앵앵전』은 후에 宋송나라의 『상조접연화사商調蝶戀化詞』, 금金나라 동해원董解元의 『서상기제궁조西廂記諸宮調』, 원나라 왕실보王實甫의 『서상기西廂記』 등 많은 이들의 심금을 울리는 역작으로 재탄생되었다.

한편 설도는 창포꽃 무성한 완화계 근교에 머물며 그곳의 명물인 종이를 이용해 붉은 종이를 만들어 명사들과 시를 주고받으며 다시

한번 명성을 날렸다. 사람들은 이것을 '설도전薛濤箋' 또는 '완화전浣花箋'이라 불렀다. 그녀가 물을 길었던 우물은 설도정薛濤井, 설도전을 만들던 곳은 완전정浣箋亭이란 유적으로 성도의 망강공원望江公園 안에 있다.

서민과 전족의
경계가 만든
연애의 공식

사랑을 부르는 속삭임, 송사

송대의 대표 문학 송시宋詩가 이학理學을 설파
했다면, 민간의 가사인 사詞는 평이하고 소박한
노랫말로 연정과 구애의 내용을 읊었다. 학문적
시의 규제에 염증을 느낀 문인들은 자유롭고 방
일한 형식과 내용의 송사宋詞를 통해 목마른 창
조적 본능을 충족시켰다.

주숙진과 이청조의 규방 반란

송대는 지엄한 유가의 규율 및 '삼종사덕'과 '금
욕주의'적 가치관이 시대를 지배하고 '전족'이
여성의 정신적·신체적 자유를 구속했던 시대였
다. 그러나 그런 가치관을 조롱하듯 뛰어난 재
능과 아름다운 작품으로 규방의 반란을 꾀했던
여인들이 있었으니, 바로 주숙진과 이청조다.

육유와 당완의 우연과 필연 사이

남송의 우국시인 육유와 사촌동생 당완은 서로
사랑했지만 헤어져야 했다. 그러나 그들은 십
년 후 뜻밖의 장소 심원沈園에서 마주친다. 과연
이 만남은 우연이었을까. 어쩌면 그들의 애타는
염원이 만들어낸 필연은 아니었을까?

대중문화의 붐, 화본소설

인구 증가, 상업 발전, 경제력 강화로 인한 송대
'시민계급'의 탄생은 문학, 사상, 예술 등 문화
와 오락의 지평을 확대시킨다. 그로 인해 양산
된 대중문화 붐은 흥미로운 서사, 맛깔나는 구
성의 읽어주는 소설인 화본소설을 탄생시켰다.

사랑을 부르는 속삭임,
송사

창문을 열어다오, 내 그리운 마리아! 다시 널 보여다오, 아름다운 그 얼굴! 내 맘을 태우면서, 밤마다 기다리네.

이층 창가를 향해 부르는 사랑의 세레나데는 연인의 마음을 사로잡는 낭만적이고 치명적인 사랑 쟁취 일급비결이다. 단조로운 멘트, 직접적인 고백, 그 어떤 속삭임보다 부드러운 노래 한 자락이 상대의 마음을 강타하는 이유는 무엇일까? 그것은 감미로운 멜로디에 실린 애절한 구애의 가사가 귀를 통해 뇌로 들어와 청각중추와 연결된 감정을 조절하는 변연계를 흥분시키면서 드라마틱한 효과를 발휘하기 때문이다. 그러기에 의사나 감정을 전달할 때, 노동이나 단합을 요할 때, 설득하거나 선점을 쟁취하고자 할 때, 그 어떤 주장이나 호소보다도 더 목적 달성의 지렛대 역할을 하는 것이 노래의 힘이다.

송대의 대표적인 문학 장르인 송시와 비견되는 송사의 성행은 바로 이 노래가사의 힘과 관련이 있다. 송사는 송대의 경제적 융성·번화한 도시생활·시민계층의 형성을 기반으로 번성한 문학 장르다. 민간에서 시작된 사詞는 쉽고 소박한 노랫말로 연정과 구애의 내용을 읊었으며, 주로 기방이나 술자리의 흥을 돋우는 데 이용되었다.

그러다가 문인들도 즐겨 창작하게 되면서 점차 전아하면서도 애절한 풍격을 드러냈다. 안수晏殊·구양수歐陽脩·소식蘇軾·육유陸游 등 송시의 대표 시인들이 송사에도 수많은 족적을 남긴 것을 보면, 엄격한 체제, 구체적 의미 전달, 신랄한 비평 등 문학이론에 치중하는 학문적 시의 규제에서 탈피하여, 자유롭고 방일한 형식과 내용으로 예술을 창작하고픈 것이 시인들의 창조적 본능인가 보다.

이학을 설파한 송시, 애정을 노래한 송사

당말과 5대 10국의 혼란을 수습하고 중국의 새 왕조로 등장한 송나라는 현실과 관념의 경계가 뚜렷한 사회를 구축했다. 개방과 국제화 정책으로 획득한 당나라의 풍요로운 경제력을 거울삼고, 패륜·문란·약탈·전쟁으로 얼룩진 5대 10국의 카오스를 반면교사로 삼은 결과였다.

현실 세계는 부요한 경제력을 바탕으로 풍요롭고 건설적인 시민경제가 형성되었고, 정신세계는 유가적 윤리이념과 전장제도로 통제되었다. 백성들은 일상의 희로애락과 감상을 노래했고, 지배계층은 도학과 성리학을 담론하는 학문을 지향했다. 시장에서는 돈과 재물, 향락과 자유가 거래되었지만, 사회는 '남성 중심'·'남녀유별'의 가부장적 질서로 정돈되었다. 평민 남성들은 '시민'으로서 상업과 문화의 자유를 누렸으나, 여성들은 불평등한 젠더관의 영향 아래 여전히 '남성의 타자'로서 머물렀다. 따라서 문인들의 전통문학인 시에는 충효절의의 윤리 담론과 이학적 철학 준론이 넘쳐난 반면, 여성이나 애정을 제재로 삼은 감상적 작품은 극히 제한될 수밖에 없었다.

그러다보니 기쁨·슬픔·이별·만남의 순박한 감정은 자연스레 민간에서 노래의 형식으로 시작되어 기방 문화를 조성하며 송대에 하나의 문학 장르를 형성한 송사로 흘러갔다. 민간예술이었던 사詞는 일정한 내용이나 이념·형식의 제한이 없어, 남녀노소, 신분 귀천을 막론하고 누구나 섬세하고 풍부한 감정을 표현하기에 가장 적합한 특질을 가졌기 때문이다.

품위 있는 학자, 구양수의 사

당송팔대가唐宋八大家의 한 사람인 구양수는 「취옹정기醉翁亭記」로 유명한 문인이면서 한림원학사翰林院學士·태자소사太子少師 등 정부 요직을 거친 정치가이자 『신당서新唐書』 등을 집필한 사학자요, 『역경易經』·『춘추春秋』 등을 연구한 경학가로서 북송의 정치·사상·문학에 커다란 족적을 남겼다. 그는 특히 당대의 화려한 시풍에 반대하여 신시풍을 개척하고, 한유韓愈를 모범으로 고문古文을 부흥시킴으로써 송대 문학의 기초 확립에 크게 기여했다. 글과 도의 합일(文道合一)을 도모했으며, 문장을 짓듯이 시를 쓴(以文爲詩) 구양수. 그의 주특기는 학자의 품위를 전달하는 시와 문장이지만, 예술가로서의 섬세한 애수와 전아한 취향은 사에 고스란히 남아 있다.

지난해 정월 보름날 밤, 울긋불긋 등불 밝힌 길 대낮 같았지.

달이 버드나무 가지에 걸린 그때, 그이와 그 밤에 만났었지.

이번 해 원소절의 밤에도, 달과 등불 예전과 같건만은

지난해 그이는 보이지 않고, 눈물만 옷소매 흠뻑 적시네.[1)]

구양수, 「생사자生查子」

원소절 밤의 흥취를 담은 「생사자」는 가장조나 나단조처럼 음악 성분에 해당하는 곡조의 명칭이다. 일정한 악보인 사조詞調에 가사를 채우기 때문에 사를 '전사塡詞'·'의성依聲'이라고도 한다.

일 년 중 가장 달이 밝은 정월 대보름날은 등불축제를 빌미로 청춘 남녀의 거국적인 즉석 만남이 이루어지는 날이다. 어두운 밤을 무색하게 하는 휘황찬란한 등불처럼, 성리학과 윤리이념의 삼엄한 감시 아래서도 청춘의 뜨거운 연정은 불타올랐다. 짧아서 더 아쉬웠던 그날의 추억은 일 년을 버티는 원동력이었건만, 올해 등불축제에는 나타나지 않는 작년의 그이는 끝내 그리움의 눈물로 옷깃을 흠뻑 적시게 했다.

붕당朋黨 정치를 반대하여 「붕당론」을 쓰고 형식적인 서곤체西崑體를 지양하여 명쾌하고 자연스러운 송시의 새로운 지평을 열었던 구양수의 개척정신은 송사에서 그윽하고 섬세하게 꽃피었다. '취옹醉翁'이라는 구양수의 호는 술뿐만 아니라, 학문과 사랑, 인생과 예술의 모든 것에 취한 그의 타고난 교감능력 때문인지도 모르겠다.

---

1) 去年元夜時, 去年元夜時, 花市燈如晝. 月上柳梢頭, 人約黃昏後. 今年元夜時, 月與燈依舊. 不見去年人, 淚濕春衫袖.『詞選』「生查子」

적벽을 호령했던 소식, 여인을 읊조리다

불후의 명작 「적벽부赤壁賦」로 호방한 기질을 드러냈고, 철학적 담론을 담은 시풍으로 유명했던 소식도 사석에서는 좌담과 유머를 즐기는 인간적인 사내였다. 소동파蘇東坡라는 이름으로 더 알려진 소식은 유가 사상의 논리에 통달했으면서도 도교와 불교의 심오한 세계관에 심취했다. 그는 자신의 지적 철리와 종교적 교리는 시로 설파했고, 인간적 감상과 본능은 사로 노래했다. 그의 사 작품 중에는 여인의 자태나 애정을 노래한 것이 적지 않다.

> 발음이 엇나와 말이 꼬이는 애교스러운 아가씨
> 봄 누각에서 다정한 이 꿈꾼 것도 아닐 텐데
> 아침에 무슨 일로 검은 쪽머리 흐트러졌나.
>
> 오색 밧줄 그네 타며 날렵하게 제비 쫓던 아가씨
> 붉은 창 아래서 잠이 깊어 꾀꼬리 소리도 듣지 못하네.
> 졸음 오는 나른한 날씨는 청명이 가깝구나.[2]

소동파, 「완계사浣溪沙」

지금 제목을 짓는다면 '봄날의 아가씨'쯤이 되지 않을까? 「완계사」역시 곡조명이다. 젊은 여성이 애교를 부리며 내는 혀 짧은 소리는 어쩐지 어색하지만, 서툴고 미숙한 인상을 주어 보호본능을 일으키게

---

2) 道字嬌訛語未成, 未應春閣夢多情, 朝來何事綠鬟傾. 綵索身輕長趁燕, 紅窓睡重不聞鶯, 困人天氣近淸明. 『宋詞三百首』「浣溪沙」

도 한다. 게다가 완벽하지 않은 차림, 흐트러진 머리는 상대의 긴장을 일순간에 풀어버린다. 오색 밧줄의 출렁이는 그네, 붉은 창 안의 수면, 나른한 날씨는 화사한 이미지와 에로틱한 감상을 동시에 불러일으킨다. 그러면서도 발랄하고 유쾌한 기분이 드는 것은 학문과 철학으로 다져진 소동파의 품위와 지성이 내공으로 작용했기 때문이리라. 오감이 공존하는 소동파의 은근한 진정이 세련된 가사를 통해 면면히 드러나고 있다.

화류계의 예인, 유영의 사

그런가 하면 전문적으로 사만 창작하여 그 분야에서 일가를 이룬 유영柳永 같은 문인도 있다. 그는 조정 출입보다 기방 나들이가 잦은 방랑 사인이자 화류계의 예인이었다. 유영은 구양수의 학자적 우아함, 소동파의 고상한 관능에 비해, 좀 더 직접적이고 통속적인 오감 만족의 풍조로 작품을 창작했다. 그리고 '만사慢詞'라는 복잡한 장편을 많이 남김으로써 송사의 다양하고 곡절하며 풍부한 표현 개발에 크게 기여했다.

> 한 손에 잡힐 듯 가냘픈 허리, 나이는 막 비녀 올린 십오 세
> 풍류가 이제 좀 배어들어 수양버들 같은 쌍계머리가 그럴듯 어울리고
> 처음 배운 화장에 그린 듯 깎은 듯 고운 몸매 하며
> 운우를 부끄러워 수줍어하는 마음에 거동 또한 몹시 애교 있으나
>
> 어찌하나 그 마음은 아직 멋진 신랑 먼저 사랑할 줄 몰라

언제나 밤 깊도록 원앙금침에 들지 않노다.

비단치마 벗겨주자 아리땁게 은 등잔 등지고 돌아서서

"당신 먼저 그냥 주무세요" 하는구나.[3]

유영, 「투백화鬪百花」

낭군을 맞은 열다섯 어린 신부가 아직은 부부간의 사랑 행위에 낯설고 쑥스러워하는 첫날밤 심정을 솔직하고 소박하게 그려냈다. 서툰 화장, 어색한 쪽머리, 불편한 비단치마 차림의 어린 아내가 신랑 먼저 주무시라며 부끄러운 듯 등 돌리는 귀여운 거절은 듣는 이의 입가에 미소를 짓게 한다.

함축적 비유는 없다. 직설적 표현과 노골적 대사가 있을 뿐이다. 그러나 평이하나 섬세하고 거침없으나 사랑스러운 표현들은 대중과 기녀들의 기호에 적중했으리라.

유영은 노골적인 염정사로 당시 많은 사인들의 비난을 받았으나, 기녀들에게는 흠모와 찬사의 대상이었다. 오죽하면 기녀들이 유영을 기리는 '조유회弔柳會'를 만들어 해마다 그의 기일에 유영이 지은 가사를 노래했을까. 유영은 그 당시 화류계의 정신적 기둥이자 홍등가의 아티스트였던 셈이다.

격조 있는 관능, 주방언의 사

유영 못지않게 거침없는 표현과 대담한 묘사를 구가한 작가로 주방

---

3) 滿搦宮腰纖細, 年紀方當笄歲, 剛被風流沾惹, 與合垂楊雙鬢. 初學嚴粧, 如描似削身材, 怯雨羞雲情意, 擧措多嬌媚. 爭奈心性, 未會先憐佳婿, 長是夜深, 不肯便入鴛被. 與解羅裳, 盈盈背立銀釭, 却道你但先睡. 『全宋詞』 「鬪百花」

언周邦彦이 있다. 주방언은 오랜 기간 변경汴京의 지방관 생활로 기루의 무희들과 어울리며 온갖 음주가무에 통달한 풍류객이었다. 그 생생한 경험을 사로 풀어낸 그는 북송의 사를 집대성했다는 평가를 받기도 했다.

> 엷은 깁 모기장 바라보니 훤히 비쳐 보이고
> 대자리 무늬는 물결 같아 연꽃이 잠겨 있는 듯
> 일어나 앉은 교태 흐르는 눈엔 잠이 아직 덜 깼도다.
>
> 억지로 망사 옷 매만지고 하얀 팔 치켜들어
> 다시 흰 명주 부채로 부드러운 가슴 가리면서
> 낭군에겐 뭐가 부끄러운지 얼굴 살짝 붉히네.[4]

주방언, 「완계사浣溪沙」

이 작품은 여인의 아침을 그렸다. 무엇을 입고 자느냐는 기자의 질문에 '샤넬 넘버 5'라는 향수 이름을 댄 세기의 섹시 심벌 마릴린 먼로의 대답은 나른한 침상의 관능적 자태를 상상하게 한 더없이 도발적인 답변이었다. 주방언도 그것을 알았던 걸까? 주방언의 사에서 잠이 덜 깬 민낯의 여인은 그 자체로 청순하면서도 요염하다. 비단 커튼, 망사 저고리, 명주 부채로도 가리지 못하는 풍만한 가슴은 농염하지만, 부끄러운 듯 붉게 달아오른 얼굴은 청신하다. 물결처럼 흐트러진 잠자리는 간밤의 애정만사를 떠올리게 한다. 그러나 분방한 가사

---

4) 薄薄紗櫥望似空, 簟紋如水浸芙蓉, 起來嬌眼未惺忪. 强整羅衣擡皓腕, 更將紈扇掩酥胸, 羞郎何事面微紅. 『周邦彦詞集』 「浣溪沙」

는 정교한 운율, 규칙적 배열, 뛰어난 기교에 실려 격조를 잃는 법이
없으니, 읽는 이도 기품 있게 가사를 읊조려본다.

　송대의 예인들이 형식과 규율의 준령을 뛰어넘는 방법이 이토록
아름답고 우아하며 능수능란한 방식이었다니, 우리도 송사의 물결에
동참해봄 직지 않은가?

주숙진과 이청조의
규방 반란

동그라미 그리려다 무심코 그린 얼굴, 내 마음 따라 피어나던 하얀 그때 꿈을 / 풀잎에 연 이슬처럼 빛나던 눈동자, 동그랗게 동그랗게 맴돌다 가는 얼굴.

〈얼굴〉이란 노래의 가사다. 1975년 심봉석 작사, 신귀복 작곡, 가수 윤연선이 노래한 국민노래다. 사랑을 하면 둥근 달을 보아도, 찻잔을 보아도, 떨어지는 꽃잎을 보아도 연인의 얼굴을 떠올리게 마련이다. 무심코 그린 동그라미에 나도 모르게 그린 눈, 코, 입은 어쩌면 그렇게 나의 애인을 꼭 닮았는지. 초록 이파리에 맺힌 이슬같이 영롱하게 빛나는 눈동자, 하얗고 동그란 그 얼굴.

이 노래를 읊다보면 중국 송대 주숙진朱淑眞이 지은 「권아사圈兒詞」가 떠오른다. 규방에 고립된 적막한 처지에서 임을 향한 그리움과 불운한 시대 고독한 여성 천재의 외로움을 뛰어난 감수성으로 그려낸「권아사」는 어찌나 우리의 노래 〈얼굴〉을 닮았는지. 예나 지금이나 무심코 그린 동그라미는 무의식에 깊숙이 자리한 그리운 누군가의 얼굴을 떠올리게 하는 모양이다.

자연, 전통, 문화가 키워낸 문학소녀

주숙진은 지금의 절강성 항주인 전당錢塘 사람이다. 중국의 8대 고도 중 한 곳인 항주는 중국의 전통문화를 대표하는 문화의 도시이면서 드넓은 호수 서호의 수려한 풍경과 전당강의 풍부한 수원을 자랑하는 자연의 산지다. 전통의 품격과 자연의 풍광, 세련된 도시의 문화가 공존하는 전당은 영민하고 독서를 사랑하는 주숙진을 학문과 감성이 풍부한 문학소녀로 성장시켰다. 거문고 연주를 즐기고 시 짓기에 능숙했던 주숙진이 17세 때 대보름날 관등 행사에 참여한 후 지은 「원야元夜」를 읽다보면, 그녀가 얼마나 풍부한 감성과 명석한 지성을 지닌 여인인지를 알 수 있다.

달빛 가린 오색 등불, 깊은 규방 휘장 안 맑은 거문고 소리
화려함 다투듯 연이은 행렬, 온 성 가득 비춰·진주 부딪치는 소리
웃음소리 북소리 피리소리 섞인 거리마다 등불 화려하게 불타는데
시니 차례 눈물 삼키며 돌아본 창엔 어윈 배화가지만 비치네.

빗물에 먼지 씻은 듯, 찬 구름 사이 드러난 둥근 달 선명해라.
십 리 이은 비단옷 행렬에 풍성한 봄, 집집마다 달린 휘황한 등불
향기로운 거리엔 보마·장신구 소리, 가마·수레 끄는 소리

높은 주렴 걷은 서늘한 하늘엔 북두칠성 뚜렷하구나.

촛불에 은꽃 핀 듯한 불빛, 북소리 피리소리에 봄밤 소란한데

새 기쁨 맞아 시름 사라지고 옛일에 놀란 기억 꿈속에 묻네.

방금 만난 그이 벌써 애틋하여 몽롱한 달빛만 봐도 좋네.

등불 감상하며 취해보지만, 내년에도 만날 수 있으려나.[5]

주숙진,「원야」

  1년 중 달이 가장 밝다는 정월 대보름에 사람들은 꽉 찬 둥근 달을
보고 풍요와 무병장수를 빌며 음식을 나누고, 여러 가지 놀이와 행사
를 즐겼다. 이날은 공동체의 안녕을 기원하며 어둠·질병·재액을 떨
쳐내는 다양한 오락과 유흥이 허락된 특별한 날이었다. 수많은 남녀
가 한자리에 모여 마음껏 눈빛 교환과 감정 교류를 할 수 있는 공인된
날이기도 했다. 휘영청 밝은 보름달 아래 호화로운 등롱의 끊임없는
행렬은 청춘 남녀의 가슴을 들뜨게도 설레게도 했을 것이다. 풍성한
달빛과 화려한 불빛, 주고받는 남녀의 뜨거운 눈빛에 취한 시어는 그
녀의 애수에 찬 감성과 대담한 애정관을 대변해준다. 옛정은 잊고 새
사람을 만나 애틋하게 새 정분 쌓기를 꿈꾸는 이 예민하고 솔직한 소
녀는 자신이 좋아하는 거문고 연주와 시 짓기를 하면서 행복한 소녀

---

5) 闌月籠春霽色澄, 深沈帘幕管弦清, 爭豪競侈連仙館, 墜翠遺珠滿帝城, 一片笑聲連鼓
    吹, 六街灯火麗升平, 歸來禁漏逾三四, 窗上梅花瘦影橫.
    壓塵小雨潤生寒, 云影澄鮮月正圓, 十里綺羅春富貴, 千門灯火夜嬋娟, 香街寶馬嘶瓊
    響, 輦路輕輿響翠軿, 高挂危簾凝望處, 分明星斗下晴天.
    火燭銀花觸目紅, 揭天鼓吹鬧春風, 新歡入手愁忙里, 舊事驚心憶夢中, 但願暫成人
    繾綣, 不妨常任月朦朧, 賞燈那得工夫醉, 未必明年此會同.『中國歷代婦女作品精選』
    「元夜」

시대를 보낸다.

외로움이 숙성시킨 문예가

그녀의 작품이 소녀 감성을 뛰어넘어 원숙해진 계기는 19세에 사랑하는 정인이 아닌, 부모가 정해준 남자와 혼인하면서부터다. 남편은 부유한 시민계급인 무역상이었다. 감수성이 예민한 시인과 이재에 밝은 상인의 결합은 어땠을까? 시민경제가 발달한 송나라에서 상업과 무역에 종사하던 주숙진의 남편은 장사 수완이 뛰어난 능력 있는 사업가였다. 그러나 그는 시인 아내의 시적 재능과 정취를 이해하지 못했다. 재물과 돈으로 환원되지 못하는 문장과 시문에 빠진 아내가 뜬구름을 잡는 것만 같았다. 반면 주숙진은 예술의 감성을 이해하지 못하는 남편이 생경하고 낯설었다. 부부는 관심사와 성격, 취향이 너무나도 달랐다. 더구나 남편은 거래 때문에 외부 출타가 잦았으니, 적막하고 외로운 주숙진은 더욱 연주와 창작에 몰두할 수밖에 없었다.

전족으로 채운 마음의 족쇄

송나라는 부유한 상인 및 하급군인, 독서인 등으로 구성된 시민계층이 사회의 주요 구성원으로 성장하여 경제적으로는 진에 없이 개방적이고 풍요로운 시대였다. 그러나 사회적으로는 한족의 정체성 회복을 위해 유가의 예악규율 및 전장제도典章制度가 사회질서를 통제했던 보수적이고 완고한 시대였다. 보수의 시대에 유리한 쪽은 정치와 규율 행사에 기득권을 지닌 남성이었다. 송대의 가치관을 견인했던 성리학의 예법과 규범은 여성들에게 '삼종사덕'의 미덕과 '금욕주의적' 가치관을 강요했다.

그 상징적 결과물이 바로 전족纏足이다. 전족은 기형적으로 작게 고정시켜 만든 발과 뒤뚱거리는 걸음걸이로 남성을 성적으로 만족시키려는 야만적 전통의 산물이다. 처음에는 궁정과 환락가에서 시작되었다가 '더 작고 더 부드럽고 더 순종적인' 여성 신체에 대한 환상을 부추기면서 급기야 일반가정에까지 보급되었다. 전족은 '정절'과 '금욕'이 구체화된 족쇄로, 여성의 정신적·신체적 소유권이 남성과 가문에 예속되어 있음을 의미했다.[6]

남성들의 병적 심미관을 충족시키며 한낱 소유물로 취급되었던 송대 여성에게 연애·결혼·출산의 자유가 있을 리 만무했다. 사랑의 감정은 시대를 초월하지만, 사랑의 행위는 시대에 종속되었다. 전족에 갇힌 여인의 발처럼 말이다.

문학으로 도피한 자유의 감성

이런 강압적인 분위기 속에서 주숙진은 악기 연주와 글쓰기로 탈출과 자유를 모색한다. 부모와 남편이 신체적 자유는 제한할 수 있었으나, 그녀의 재능과 감성까지 통제할 수는 없었다. 그녀는 사의 창작에도 두각을 나타냈다. 「권아사」를 보면, 동그라미라는 규제의 틀을 그리움이라는 자유의 감성으로 채운 주숙진의 재능이 놀랍고도 안타깝다.

기댈 곳 없는 그리운 마음 동그라미 그리며 달래봅니다

6) 陳東原, 『中國婦女生活史』, 台北, 臺灣商務印書館, 1994, 129~140쪽.

하고픈 말은 동그라미 밖에, 그리운 마음은 동그라미 안에

동그라미 하나는 나, 동그라미 두 개는 당신이지요.

당신 마음엔 제가 있고, 제 마음엔 당신이 있듯이

달은 기울다가 둥글어지고, 달은 둥글다가 기울지요.

완전한 동그라미는 만남이요, 반원은 이별이랍니다.

동그라미 두 개를 가깝게 그린 제 의도를 당신은 아시겠죠.

말로 다 못하는 그리움에 그리고 또 그리는 동그라미.[7]

주숙진, 「권아사圈兒詞」

주숙진의 남은 인생과 죽음에 대해서는 그녀의 재능만큼이나 그 후일담이 무성하다. 주숙진이 전 애인을 못 잊어 결혼생활 중에도 지속적으로 교류했다거나, 남편이 첩을 들여 불행한 나날을 보냈다고도 하고, 전 애인과의 불륜이 들통나는 바람에 강물에 뛰어들었다고도 한다. 진위가 어찌되었든, 애절한 곡절과 사연을 겪은 것만 같은 애잔한 시어와 가사가 그런 추측을 부풀렸으리라. 그녀의 불행한 시절과 삶이 우리에겐 이토록 애절한 시어와 아름다운 가사로 남았으니, 인생, 참 아이러니하다.

이청조를 키운 팔 할은 고난

이청조李淸照는 주숙진과 함께 송대의 쌍절雙絶로 추앙된다. 그녀는

---

7) 　相思欲寄無從寄, 畵個圈兒替, 話在圈兒外, 心在圈兒裡. 單圈兒是我, 雙圈兒是你, 你心中有我, 我心中有你. 月缺了會圓, 月圓了會缺, 整圈兒是團圓, 半圈兒是別離. 我密密加圈, 你須密密知我意. 還有數不盡的相思情, 我一路圈兒圈到底. 『斷腸集』 「圈兒詞」

여성들의 창작활동이 극히 제한적이었던 당시에도 남성 학자들을 능가하는 뛰어난 재능과 비범한 재기로 뭇사람들의 칭송을 받던 천재 작가였다. 이청조는 소동파의 제자이자 고문학자였던 부친 이격배李格非의 영향 아래 학구적이고 문학적인 분위기에서 성장했다. 그녀는 결혼생활도 원만했다. 금석문金石文을 연구하는 남편 조명성趙明誠과는 학문적·문학적·예술적으로 소통하는 동지이자 경쟁자였다. 그러나 고난은 문학을 성숙시키는 법. 북송 말-남송 초의 다사다난한 국운의 소용돌이 속에서 남편과의 사별, 재혼, 가정 폭력, 이혼, 구금, 빈곤 등을 겪은 이청조는 고난의 경험만큼이나 성숙한 작품으로 생애의 굴곡을 견디어나갔다. 그녀는 특히 여리고 쓸쓸한 듯한 사풍詞風으로 유명하다. 출신·혼인의 행운과 인생의 불운을 문학적 원숙으로 승화시킨 이청조. 초년에서 만년까지의 작품을 통해 시간의 추이에 따른 그녀의 감정선을 따라가 보련다.

찬란한 청춘의 고뇌

「여몽령如夢令」에는 젊은 날의 이청조가 흐드러진 정취와 풍류로 터득한 삶의 관조가 담겨 있다.

> 어젯밤에 성긴 비 내리고 거센 바람 불었다지.
> 깊이 잤건만 남은 술기운이 가시지 않네.
> 주렴 걷는 시종에게 물어보니,
> 오히려 해당화는 여전히 피어 있다고 하네.
> 아는가, 모르는가?

푸른 잎은 살졌어도 붉은 꽃은 야위었을 것을.[8]

이청조, 「여몽령如夢令」

심한 숙취로 느지막이 일어난 작가는 늦은 아침풍경에 자신의 청춘을 투영했다. 비바람을 견뎌내고 서 있는 해당화는 청춘의 고뇌와 갈등 속에서도 굳건히 버티는 젊음이다. 그러나 무성하고 살진 내공을 얻은 대신 여위고 스러진 미색을 슬퍼하는 한탄은 찰나의 젊음, 촌음의 청춘, 짧아서 더 찬란하고 아쉬운 정경과 감상을 모두 그러모은 넋두리 같다. 정원의 상황을 묻는 작자에게 대답하는 무심한 시종처럼 인생도 태연하게 간단없이 흘러가리라.

깊어진 세월의 흔적

예민한 감수성으로 흘러가는 청춘을 아쉬워하던 이청조에게 찾아온 첫 번째 시련은 발령난 남편과의 헤어짐이었다.

향로에 불 꺼져 썰렁하고 붉은 이불 물결치는데
일어나 느릿느릿 머리 빗질 하네.
화장대 위 먼지 가득하나 그대로 두시오.
해는 벌써 주렴 고리 끝에 걸려 있는데
이별 뒤의 쓰라림 두려워, 수많은 사연 말하려다 마네.
요사이 수척함은 술병 탓도, 가을 애수 탓도 아니라오.

---

8) 昨夜雨疏風驟. 濃睡不消殘酒. 試問捲簾人, 却道海棠依舊. 知否? 知否? 應是綠肥紅瘦. 『李淸照詩詞選』「如夢令」

말도 마시오, 이번에 떠난 것은

천만 번 석별의 노래 「양관」을 불러도 만류할 도리 없었다오.

무릉에 간 듯 임은 먼 곳에, 나의 집은 먼지만 가득

오로지 집 앞에 흐르는 강물만이

온종일 응시하는 나의 마음 알리라.

온종일 바라본 그곳엔 또 더해지리, 한 가닥 새로운 수심이.[9]

이청조, 「봉황대 위에서 추억을 읊조리다鳳凰臺上憶吹簫」

선화宣和 3년(1121) 내주萊州 태수로 발령이 난 남편과 떨어져 지내며 지은 작품이다. 이청조의 주파수는 어지간히 남편에게 맞춰진 모양이다. 여자로서의 존재와 활기는 목욕과 치장으로 표출되건만, 보여줄 이 없기에 게으르고 나태해진 화자의 태도가 공감을 일으킨다. 문학적 동지이자 애정의 유일한 대상인 남편의 부재를 술과 가을 경치로 달래려는 이청조의 풍류가 멋들어진다. 청소도 치장도 뒷전, 하염없이 강물만 바라보며 물결에 수심과 그리움을 더해보는 그녀는 확실히 송대의 이상형인 규방의 살림꾼보다는 예민한 예술가가 더 어울리는 여인임이 틀림없다.

삶에 지친 애수의 감상

수도 개봉開封이 금나라에 함락되면서 북송이 멸망한 이후 이청조의

---

9) 香冷金猊, 被翻紅浪, 起來慵自梳頭. 任寶奩塵滿, 日上簾鉤. 生怕離懷別苦,多少事
   欲說還休. 新來瘦, 非於病酒, 不是悲秋. 休休, 這回去也, 千萬遍「陽關」, 也則難留. 念
   武陵人遠, 煙鎖秦樓. 惟有樓前流水, 應念我, 終日凝眸. 凝眸處, 從今又添, 一段新愁.
   『李淸照詩詞選』「鳳凰臺上憶吹簫」

삶은 고난의 연속이었다. 건염建炎 3년(1129) 강령江寧에 머물던 이청조는 남편 조명성이 남경에서 병사했다는 소식을 접한다. 집안도 몰락하여 의탁할 곳 하나 없이 떠도는 신세가 된 이청조. 그녀는 얼마 후 남편의 친구 장여주張汝舟와 재혼하지만 100일도 되지 않아 가정폭력으로 이혼한다. 금의 침입, 북송의 멸망, 남편과의 사별, 재혼, 가정폭력, 빈곤 등 숨가쁘게 밀어닥치는 역경에 그녀는 지쳐갔다.

> 바람 멎고 흙내 향기로운데 꽃은 이미 시들었고
> 날 저물도록 머리 빗기도 귀찮네.
> 만물은 의구한데 사람은 그렇지 않아 일마다 어긋나니
> 말하려 해도 눈물이 앞을 가리네.
>
> 듣자 하니 쌍계에 봄은 아직 만연하다 하니
> 가벼운 배라도 띄어보고 싶으나
> 두려워라 쌍계의 거룻배가
> 내 많은 시름을 실어낼 수 있으려나.[10]

이청조, 「무릉춘武陵春」

이청조가 53세 때 지은 사다. 나라와 남편, 일상을 잃고 만신창이가 된 시인의 감수성은 하루하루를 시름과 무기력에 빠져 사는 일상을 이토록 처연하게 그려냈다. 변함없이 찾아오는 봄도 관심 없고 빗질조차 귀찮으니 그저 눈물만 쏟을 뿐이다. 파릇파릇 만물이 소생하는

---

10) 風住塵香花已盡, 日晩倦梳頭. 物是人非事事休, 欲語淚先流. 聞說雙溪春尙好, 也擬汎輕舟. 只恐雙溪舴艋舟, 載不動許多愁.『李淸照詩詞選』「武陵春」

봄내음에 기운을 내어 뱃놀이라도 해보려 하지만, 몸조차 일으켜 세울 수 없을 정도로 짓누르는 시름의 무게에 마음도 몸도 지쳐버린 심정을 토로했다. 가벼운 거룻배가 혹여 시름의 무게에 가라앉을까 배도 타지 못하는 처지를 묘사한 이청조의 감각이 놀라울 따름이다. 고난의 세월과 비참한 운명도 무너뜨릴 수 없는 것은 이청조의 빛나는 창의력과 감수성이었나 보다. 보이는 것과 느끼는 것이 이토록 혼연일체가 된 노랫말이라니. 부르는 이도 듣는 이도 그날의 정경과 그녀의 시름에 젖어본다.

육유와 당완의
우연과 필연 사이

절강성에 소재한 소흥은 물의 도시다. 당대 서예가 왕희지王羲之, 대문호 루쉰魯迅의 고향이기도 한 소흥은 운하가 가로지르는 그림 같은 거리와 수려한 수목이 빚어내는 빼어난 경관을 자랑한다. 비릿한 물 냄새와 어우러져 운하를 유영하는 배, 옛 모습을 간직한 고풍스러운 유적은 수많은 예술가와 문학가를 키워낸 낭만적 애수와 문학적 향기를 절감하게 한다.

그러나 무엇보다도 이곳 소흥의 정취를 풍부하게 하는 것은 송대의 정원 심원沈園이다. 정원 입구에서 방문객을 맞는 다정한 연인의 동상, 끊어진 인연을 상징하듯 둘로 갈라진 바위에 새겨신 '단斷'과 '운雲'이라는 글씨, 사랑 서약의 풍경이 달랑대는 소리는 이곳이 애틋한 사랑의 사연이 담긴 곳임을 짐작하게 한다. 한 개인의 정원에 불과했던 이곳이 사람들의 발길이 끊이지 않는 관광지로 유명해진 이유는 이룰 수 없어 더 애틋했던 사랑의 주인공들 때문이다. 남송南宋의 우국시인 육유陸游와 그의 연인 당완唐婉은 그 애절한 사랑의 시어를 이곳에 남겼다.

격렬한 애국 시인 육유

일생 1만 수의 시를 남긴 중국 시사상詩史上 최다작의 시인 육유. 그는 송을 압박하는 금나라에 강렬히 저항하는 우국 저항 시인이었다. 육유가 태어나고 성장한 시기는 북송이 금나라에 의해 멸망하고 남송 정권이 들어선 시기였다. 만주에서 발흥한 여진족이 세운 금나라는 10세기 초만 해도 거란족이 세운 요遼의 지배를 받았다. 그러나 12세기 초 북만주 하얼빈哈爾濱을 근거로 점차 세력을 확장하며 요나라를 격파하더니, 1127년 급기야 북송까지 멸망시켰다. 수도 개봉을 함락하고 황제 흠종欽宗 및 태상황太上皇 휘종徽宗을 인질로 잡아가는 '정강의 변靖康之變'을 일으킨 결과였다. 이에 흠종의 동생 조구趙構는 임안臨安(현 항주)으로 천도하여 남송 정권을 수립하고 고종高宗이 되었다.

이러한 국운의 소용돌이 속에서 육유는 언젠가는 금을 물리치고 나라를 구하겠다는 포부를 늘 간직했다. 당시 조정에는 주화파主和派와 주전파主戰派가 첨예하게 대립하고 있었다. 주화파의 영향을 받은 황제 탓에 주전파였던 육유는 걸핏하면 강등당하거나 귀양살이를 했다. 이처럼 불의와 매국 앞에서는 그토록 단호했던 육유가 더욱 매력적인 이유는 정인에게 보였던 섬세하고 다정한 반전의 감성 때문이다. 수많은 애국시와 우국시를 통해 우국충정과 비통함을 토로했던 육유가 연인에게 보낸 사랑의 애가를 읽다보면 같은 사람의 작품인지 의심할 정도로 예민한 감성과 풍부한 애수에 감탄하게 된다.

시집살이가 탄생시킨 디저트 '삼부점'

육유가 사랑한 이는 사촌누이 당완이었다. 문학적 취향과 인생의 가치관이 비슷했던 두 사람은 육유가 스무 살 되던 해에 혼인했다. 둘은 마냥 행복했지만, 육유의 어머니는 입장이 달랐다. 그녀는 아들의 과거 낙방도, 대를 이을 후사가 없는 것도 모두 당완 탓이라 여겼다. 그래서 며느리를 구박하며 호시탐탐 쫓아낼 기회를 노렸다. 그러다 자신의 60세 생일날, 며느리를 애먹일 억지스러운 주문을 한다. 당완에게 수수께끼 같은 음식을 만들도록 요구한 것이다.

"달걀이지만 달걀이 아닌 것 같고, 가루음식이지만 가루음식이 아니며, 노르스름하게 튀겼으나 입에 넣으면 말랑말랑하고, 소금을 넣되 먹으면 달며, 국자와 그릇에 달라붙지 않고, 씹지 않고 넘길 수 있는 음식을 만들어 오너라."

이건 뭐 요즘 TV 프로그램 〈냉장고를 부탁해〉의 게스트들이 셰프에게 '맛있고 영양 많으면서도 살찌지 않는 음식'이라든지, '우울하고 슬플 때 환하게 기분을 바꾸어줄 요리' 등을 요구하듯 황당하고도 까다로운 주문이 아닐 수 없다. 이 요구에 당완은 어떻게 했을까? 15분 인에 기적처럼 요리를 만들어내는 셰프처럼 당완도 미션을 완수했을까?

시모의 황당한 요구에 잠시 고민하던 당완은 곧 요리에 착수했다. 우선 달걀의 노른자만 분리해 전분과 물을 섞어 휘저은 후 체에 받쳐내고, 이를 다시 돼지기름으로 달군 솥에서 휘저어 죽처럼 만든 다음,

소금을 살짝 뿌려서 내었다. 맛은 어땠을까? 그날 손님들의 입맛을 사로잡았던 노란색의 말랑 달콤 짭조름한 이 요리는 그릇·국자·이에 붙지 않아 '삼부점三不粘'이라 불리며 오늘날까지 중국 디저트계에서 사랑받고 있다. 소금을 넣으면 단맛이 살아나고 노른자와 전분이 만나면 점성이 강해져 쫄깃한 성질을 내는 것을 파악할 정도로 과학적 지식도 충분했던 당완! 까다로운 미션까지 완수하며 손님까지 사로잡은 당완이 시어머니는 더욱 얄미웠다.

우연일까 필연일까, 심원의 재회

그날 이후 시모의 심술은 더욱 심해졌다. 날로 거세지는 그 등쌀에 육유와 당완은 결국 이혼을 한다. 그러자 육유의 어머니는 기다렸다는 듯이 육유를 왕씨 여인과 재혼시켰다. 곧이어 당완도 문인 조사정趙士程과 재혼했다. 외면적으로 보면 두 사람은 각자 안정된 가정을 꾸린 것 같았다. 그들이 심원에서 우연찮게 재회하기 전까지는.

　육유와 당완이 헤어진 지 10년이 되는 어느 화창한 봄날이었다. 그동안 나라꼴은 더 심란하게 돌아갔다. 1142년 고종의 비호 아래 주화파의 수장 진회秦檜가 주전파의 명장 악비岳飛를 독살시켰고, 송나라는 금나라를 신하의 예로 섬긴다는 굴욕적인 화친까지 맺었다. 그날도 심란했던 육유는 어수선한 마음을 달랠 겸 벗들과 소흥의 심원에 봄꽃 구경을 하러 갔다. 육유가 모처럼 꽃향기와 풀냄새에 취해 있을 바로 그때였다. 우연이라 하기엔 너무도 필연 같은 상황이 펼쳐졌다. 육유는 눈앞의 광경을 믿을 수 없었다. 오매불망 애타게 그리워하던 그녀, 마음속으로 수없이 그리고 되뇌던 그 얼굴, 세월이 무색한 익숙한 그 모습, 첫정이자 끝사랑인 나의 누이 나의 정인 당완이 맞은편에서 걸어오는 게 아닌가. 당완도 당황하기는 마찬가지였다. 그녀는 옛 정인의 모습에 반갑고도 서러운 마음을 감출 수 없었다.

그러나 곁에는 당완의 남편 조사정이 있었기에 결국 두 사람은 가벼운 인사만 한 채 헤어져야 했다. 짧은 순간이었지만, 조사정은 둘 사이에 흐르는 심상치 않은 기류를 눈치챘다. 이어 펼쳐지는 슬픔과 눈물의 자초지종은 육유가 전남편이라는 사실이었다. 조사정도 어지간히 도량이 넓은 쿨한 남편이었던 것 같다. 아내의 옛사랑 육유에게 술과 안주를 보내 극진히 대접하며 그들의 지난 추억을 배려한 것을 보면 말이다.

잘못된 만남

심원의 재회 이후, 육유는 심란했다. 묻어두었던 옛사랑의 파고가 다시금 밀려왔다. 그는 결국 그 복잡한 심경을 한 편의 시에 담아 당완에게 전한다. 제목은 「채두봉釵頭鳳」, 봉황장식 비녀라는 뜻이다.

그대 고운 손으로 황등주 따라줄 때
성안 가득한 봄기운에 버드나무 우거졌었는데
사나운 동풍 불어 사랑의 기쁨 날리니
쓰린 마음 안고 헤어진 지 몇 해던가?
내 탓일세, 내 탓이야, 내 잘못이었네.

봄은 여전한데 사람만 부질없이 여위고

눈물 흔적 붉은 비단 손수건에 배었네.

복숭아꽃 지는 한가로운 연못가 정자에

산같이 굳은 언약 여전하나, 연서는 부칠 길 없네.

막막하고 막막하고 막막할 뿐이네.[11]

육유, 「채두봉」

비녀는 연인들이 사랑을 맹세할 때 주고받는 사랑의 증표다. 육유는 비녀 대신 편지를 보내 여전한 그리움을 표현했다. '내 잘못이고', '막막하다'를 반복하는 탄식은 이별 후 육유가 겪었던 끝없는 방황과 괴로웠던 심정을 고스란히 전하고 있다. 이 애절한 고백은 격렬한 애국시인 육유에게 당완과의 사랑이 얼마나 깊고 뜨거운 의미였는지를 보여준다. 눈물과 한숨으로 얼룩진 편지를 받은 당완의 심정은 어땠을까? 그녀의 답시와 그 후의 행보가 이를 답하고 있다.

세상사 야박하고, 인정도 사납네요.

비 내리는 황혼녘 꽃은 쉬이 지고

새벽바람이 불어와 눈물 자국 말리죠.

마음 적어 보내려다 난간에 기대어 되뇌는 혼잣말

힘들고, 힘들고, 힘듭니다.

남남인 우리 지나간 옛날

병든 마음은 그네 줄처럼 오락가락합니다.

---

11) 紅酥手, 黃藤酒, 滿城春色宮牆柳. 東風惡, 歡情薄, 一懷愁緒, 幾年離索, 錯! 錯! 錯!
春如舊, 人空瘦, 淚痕紅浥鮫綃透. 桃花落, 閑池閣, 山盟雖在, 錦書難託, 莫! 莫! 莫!
『陸放翁全集』 「釵頭鳳」

뿔피리 소리에 이 밤은 깊어만 가는데

누가 물어볼까 두려워 눈물 삼키고 기쁜 척

감추고, 감추고, 감춥니다.[12]

당완, 「채두봉에 답하며答釵頭鳳」

당완 역시 그간 힘들고 괴로웠던 마음을 감추며 살았던 심정을 답신에 담아 보냈다. 아닌 척, 괜찮은 척, 평온한 척했던 당완의 숨겨진 괴로움과 슬픔은 육유와의 재회와 서신이 기폭제가 되어 폭발했다. 인적 드문 새벽과 한밤 어둠 속에서 곱씹던 연정의 아픔을 이제 더 이상 감출 수도 감추기도 싫었다. 고된 세상사와 야속한 인정 속에 견뎌온 세월, 애절했던 그리움, 상실의 비애, 그리고 그간 지탱했던 모든 힘과 혼을 한 편의 시에 모두 쏟아낸 당완. 그녀는 더 이상 버틸 힘도, 미련도 없었는지 시름시름 앓다가 얼마 안 가 숨을 거둔다. 당완의 한스런 세월과 쓸쓸한 죽음이 자신 탓인 것만 같은 육유는 스스로 "60년간 1만 수의 시를 썼다"고 했듯, 그 참회와 죄책감을 문학으로 속죄했다. 그리고 40여 년이 지난 어느 날, 다시 심원을 찾은 육유는 그날을 기억하며 당완을 향한 한 편의 시를 남긴다.

해는 성 위로 기울고 피리 소리 애잔한데

심원엔 예전 연못과 누대의 모습 없구나.

다리 아래 푸른 봄물에 마음만 상하는데

모여 놀던 기러기도 놀라 그림자 비추네.

---

12) 世情薄, 人情惡, 雨送黃昏花易落. 曉風乾, 淚痕殘. 欲箋心事, 獨語斜闌. 難! 難! 難!
人成各, 今非昨, 病魂曾似秋千索. 角聲寒, 夜闌珊. 怕人尋問, 咽淚妝歡. 瞞! 瞞! 瞞!
『詞苑叢談』卷7「答釵頭鳳」

못 다 한 꿈, 향기 되어 사라진 지 사십 년

심원의 버들도 늙어 솜털조차 날리지 않으니,

이 몸이 죽으면 회계산 흙이 되어,

오직 그대 남은 자취 눈물로 애도하리.[13]

육유, 「심원沈園」

75세에 이른 육유가 다시 찾은 심원은 청운의 꿈과 젊음의 향기가 사라진 자신처럼 노쇠한 버드나무와 빛바랜 누대로 세월의 흔적을 보여준다. 다리 아래 흐르는 푸른 물은 젊은 날의 추억을 싣고 떠나는 것 같아 마음이 상할 뿐이다. 그날 심원의 재회는 과연 우연이었을까?

"우연은 없다. 마음 밑바닥의 무의식적 욕망이 필연을 우연처럼 보이게 할 뿐."

『바람의 그림자』의 저자 카를로스 루이스 사폰의 말이다. 이제 우리는 봉황 장식 비녀로 맺은 당완과의 사랑의 언약이 육유의 가슴과 읽는 이의 감상 속에 영원하리라는 것을 알 수 있다. 사촌과 부부로 맺어졌던 둘의 인연은 이혼으로 끝나는 듯했다. 하지만 무의식 속에서 서로를 갈망하던 육유와 당완의 열망이 심원에서의 우연한 재회를 이끌었고, 이것이 이토록 아름다운 문학적 필연으로 남았기 때문이다.

---

13) 城上斜陽畫角哀, 沈園非復舊池臺. 傷心橋下春波綠, 曾是驚鴻照影來. 夢斷香銷四十年, 沈園柳老不飛棉. 此身行作稽山土, 猶弔遺蹤一泫然. 『陸放翁全集』「沈園」

대중문화의 붐,
화본소설

드라마나 영화의 소재는 시대의 감성과 요구를 투영하고 환원하는
힘이 있다. 사회 갈등에 휩싸인 어수선한 한반도에 강력한 리더십의
지도자를 제시했던 〈명량〉, 이기주의의 시대 살신성인의 애국심으로
심금을 울렸던 〈암살〉과 〈밀정〉, 미세먼지와 경제 둔화로 인한 답답한
몸과 갑갑한 마음을 유쾌한 웃음으로 풀어줬던 〈극한 직업〉 등 영화
들의 흥행과, 부패와 타락의 인사이더 카르텔을 향한 아웃사이더 신
부의 엄중한 심판이 통쾌했던 드라마 〈열혈사제〉의 높은 시청률의 비
결은 시기적절하게 대중의 욕구와 심리를 포착하고 그 가려운 곳을
시원하게 긁어주는 소재의 활용과 수제의 선정에 있다.

'시민계급'이 탄생했던 송대 작품에서도 소재와 주제의 변화가 뚜
렷했다. 시민계급이 신흥 자본가이자 주요 소비층으로 부상했기 때문
이다. 시민계급은 관료나 귀족이 독점하던 문학·사상·예술 등에 대
한 수요를 급격히 증대시켰다. 상인과 수공업자들이 주·조연으로 점

포나 시장을 배경으로 한 작품에 등장하기도 했다. 그리고 우스갯소리로 진료하다 눈이 맞고, 선거를 치르다 불꽃이 튀기며, 비행기 조종을 하다가도 연애를 한다는 한국 드라마 공식처럼 송대 상인들도 물건을 팔다가, 상품을 교역하다가, 무역을 성사시키다가 '사랑'에 빠지곤 했다. 표구장이의 딸과 옥 세공기술자의 연애담『연옥관음碾玉觀音』, 부유한 상인 딸의 납치와 감금 서스펜스『다정한 승선 씨鬧樊樓多情周勝仙』, 늙은 점포 주인의 아내와 젊은 점원의 불륜 드라마『심지 곧은 장승志誠張主管』, 땡중 스토커의 악성 댓글로 누명 쓴 여인의 치정 법정극『땡중의 쪽지簡帖和尙』까지. 어떤가? 이 정도면 이재에 민감하고 현실에 밝은 송나라 시민들이 기꺼이 돈을 주고 볼 법하지 않은가?

시민의, 시민에 의한, 시민을 위한 '화본소설'

상공인, 농민, 하급 군인 등 서민을 대상으로 한 이런 이야기들은 귀에 쏙쏙 박히는 대사, 생생한 표현, 단순한 문체가 관건이다. 더구나 그들 중에는 글을 읽을 줄 모르는 이도 대다수일 터. 이럴 때 필요한 사람이 이야기꾼이다. 송대에는 시장이나 좌판 근처에 손님을 끌어들이기 위해 와사瓦舍나 구란勾欄 등의 오락장소를 설치했다. 그리고 이곳에서 잡극雜劇, 인형극 등을 공연하곤 했다. 그중 이야기꾼의 맛깔 나는 대사, 풍부한 감정 표현, 생생한 묘사를 통해 전달되는 '설화說話'는 단연 인기 만점이었다. 설화인은 탁월한 목소리 연기로 청취자의 무한 상상을 이끌어내는 라디오드라마의 성우나 무성영화의 변사처럼 대중의 마음을 사로잡아야 했다. 위의 작품들은 청중을 앞에 두고 이야기, 즉 설화 공연을 하던 이야기꾼들의 대본으로 후에 화본 話本소설로 발전하게 된다. 이야기꾼들은 역사서나 야사의 내용을 발췌하여 각색하거나 문언소설을 구어체로 변형시켜 통속적이고 흥미로운 이야기로 극화시켰다. 이 이야기의 대본인 화본이 바로 백화白話 단편소설의 출발점이 된 것이다.

계산 없이 사랑하고, 거침없이 복수하다,『연옥관음』

자수 솜씨 최고 기능보유자 수수秀秀와 옥 세공의 명인 최녕崔寧, 두 남녀 기술자가 보여주는 사랑의 기술『연옥관음』은 어떤 내용일까? 이야기꾼의 입을 빌려 들어보자.

표구장이 거공璩工의 딸 수수는 어여쁘고 자수 솜씨까지 뛰어난 아가씨였지요. 이 마을의 호색한 함안咸安 군왕 한세충韓世忠이 가만둘 리가 있나요? 당장 수수를 관부 소속 노비로 삼았지요. 매인 몸, 서러운 처지에 놓인 수수는 거기서 옥 세공사 최녕을 만나 서로를 의지하다 사랑에 빠지게 됩니다. 어느 날 한세충이 최녕이 만든 옥 관음보살상을 황제에게 진상하여 칭찬을 듣죠. 그러곤 기분이 좋아선 노비 기한이 끝나면 최녕과 수수를 혼인시켜 주겠다고 약속합니다. 상전의 뜻에 따르겠다는 최녕과는 달리 수수는 코웃음을 칩니다. 노비면 뭐 욕망조차 주인 뜻을 따라야 하나, 피 끓는 청춘한테 노비 기한 타령 웬말이냐는 거죠. 그런데 일이 벌어지려니까 하늘이 돕는다고. 마침 관부에서 불이 납니다. 이 우왕좌왕 어수선한 틈을 타 수수가 도발을 합니다.

"우리 합칠까요?" 어허, 화끈한데요? 대놓고 자자는 거잖아요. 욕망에 솔직한 수수입니다. 수수의 적극적인 대시에 샌님 최녕은 당황합니다. "어찌 감히?" 웃전 명을 거역하느냐는 거죠. 아이고! 사내가 참 못났다! 수수는 세게 나갑니다. "그럼 당신이 날 막 만졌다고 소리지르면 되겠네." 이번엔 성추행범으로 몰겠다고 하네요. 말 안 들을 거면 엿 먹으라는 거 아닙니까. 아! 이 여자 안 되겠구나, 최녕은 체념하듯 말합니다. "까짓것, 우리 도망갑시다."

과연 수수는 사랑의 승부사일세. 수수의 적극적인 리드로 도주한 두 사람은 옥 세공 가게를 열어 그럭저럭 생계를 꾸려갑니다. 그렇게 알콩달콩 두어 달이 지난 어느 날이었습니다. 재수도 오지게 없지. 심부름 온 관부의 곽립에게 발각됐지 뭡니까. 둘은 관부로 끌려갑니다. 그런데 모진 심문을 당하던 최녕이 치사하게 나옵니다. 성추행범으로 몰아 자기는 어쩔 수 없었다며 모든 책임을 옴팡 수수에게 뒤집어씌운 겁니다. 사랑 앞에선 우유부단, 권력 앞에선 책임회피. 지질하기 이를 데 없소이다. 이렇게 최녕은 쏙 빠져나가고 억울하게 수수만 매 맞다 죽습니다. 사랑에 속고 배신에 죽은 수수는 억울해서 그냥 저승길에 갈 수가 없었죠. 여자가 한을 품었다 이겁니다. 한여름에 우박 내리는 게 이상기온 얘기가 아니다 이겁니다.

자, 억울한 수수는 귀신이 되어 최녕을 찾아갑니다. 그러곤 산 사람인 척 같이 살죠. 최녕은 수수가 귀신인 줄 꿈에도 몰라요. 하지만 곽립이 최녕에게 수수가 죽었다고 하면서 귀신인 게 들통나죠. 그러나 예전의 수수가 아니다 이겁니다. 수수는 곽립을 콱 목 졸라 죽입니다. 이를 보고 기겁한 최녕, 살려달라 애원합니다. 허! 참 씁쓸하네. 그러나 직진 수수 아닙니까? 이왕 죽은 몸, 갈 데까지 간다, 이겁니다. 수수는 자신의 순정을 산산조각 찢은 최녕의 사지를 갈가리 찢어 죽입니다. 그러곤 유유히 저승길로 떠나죠. 어이구, 화끈하다. 내가 다 속 시원하네그려!

이해타산도 앞뒤 계산도 없었던 수수의 사랑은 원한도 복수도 거침이 없지 않았소? 반면에 요리 피하고 조리 처신했던 최녕이란 작자는 망신살에 오급살까지 아주 골로 갔다 이겁니다. 이 얘기 듣고 뭐 느끼는 거 없소? 엥? 여자 조심하라고? 에이, 이 양반 얘기를 콧구멍으로 들었나? 사랑 앞엔 묻지도 따지지도 말자 이겁니다, 내 얘긴. 직진 수수처럼 말이오.

남편의 점원을 사랑했네, 『심지 곧은 장승』

이번에는 젊은 안주인과 점원의 불꽃 튀는 얘기 『심지 곧은 장승』으로 불을 좀 붙여볼까요?

큰 점포를 두 개나 경영하는 개봉 상인 장원외張員外는 육십이 넘은 홀아비 부자 노인이지요. 그런데 이 노인네가 염치도 없게 매파더러 젊고 예쁘고 돈도 많은 여자를 짝으로 찾아달라지 뭡니까. 매파들은 왕초선王招宣의 갓 스무 살 넘은 첩 소부인小夫人을 타깃으로 삼지요. 소부인은 말이죠, 복사꽃 같은 얼굴에 낭창낭창한 몸매가 끝내주는 여인입죠. 왕초선의 총애를 받다가, 말실수 한 번으로 쫓겨나는 신세가 됐다지요. 암튼 반반한 얼굴만큼 생활력도 만만치 않아요. 그 와중에도 왕초선의 집에서 진주로 꿴 백팔염주를 훔쳐 나왔다죠. 그러곤 서둘러 혼처를 구하지요. 젊지, 예쁘지, 재산도 제법 지녔지, 처지는 급하지. 매파는 소부인에게 접근합니다. 큰 점포를 경영하는 개봉

제일의 상인 장원외와 엮어주겠다고 말이죠. 나이는 얼버무립니다. 뭐 먹을 만큼 먹었다고.

그런데 말입니다. 첫날밤에 자신보다 서른네 살이나 많은 백발성성한 장원외를 본 소부인은 경악을 합니다. 속았구나 한탄하지만, 뭐 어쩝니까? 쭈그렁 영감탱이랑 쭈그러져 사는구나, 체념합니다. 그런데 일이 재미있게 돌아갑니다. 점포엔 젊고 인물 좋은 장승張勝이 있다 이겁니다. 새파란 점원과 늙은 주인의 젊은 아내. 불꽃 팍, 뭐 그렇고 그런 거죠. 소부인은 선물에 금전에 적극적으로 장승에게 대시합니다. 헌데 장승은 쭈뼛쭈뼛 갈등하며 한발 물러섭니다. 웃전 부인에다 유부녀 아니냐는 거죠. 바보 아닙니까? 그렇지만 뭐 저도 사내인지라 소부인이 열 번 찍자 장승도 결국 넘어갑니다. 장승은 이 참에 점포를 그만두고 소부인이 빼준 염주 몇 알을 밑천으로 가게를 열죠. 그리고 집 나온 소부인과 함께 산다는 얘기. 같이는 살아도 소부인 손끝 하나 안 건드렸다는 미담. 꼿꼿하고 정직한 장승 전설. 여기서 끝.

에이, 이러면 너무 싱겁죠. 안 그래요? 진짜 얘기는 지금부터요. 점포를 꾸리며 소부인과 살아가던 장승은 어느 날, 옛 주인 장원외를 길에서 딱 마주칩니다. 그런데 추레한 차림의 장원외가 하는 말이 기가 막힙니다. 장원외가 염주 절도죄를 뒤집어쓰고 패가망신했다는 것, 그리고 소부인은 목매달아 죽었다는 겁니다. 말이 돼요? 지금 장승이랑 버젓이 살고 있는 소부인이 죽었다는 게. 허둥지둥 돌아가 소부인을 추궁하는 장승입니다. 몇 번을 부정하던 소부인은 결국 귀신임을 시인하지요. 기겁을 하면서 목숨만은 살려달라는 장승을 보는 소부인의 심정은 어땠을까요? 이 한 몸 사라져주리다. 그녀는 담담히 저승길로 떠납니다. 떠날 때는 말없이. 허! 사랑이 뭐길래!

다들 장승을 칭찬합디다. 재물과 색욕의 유혹에 넘어가지 않은 의인이라고. 분수를 알고 도리를 지킨 선인이라고. 주인 보디발의 아내가 유혹하자 거절한 요셉과 같은 인자라고. 제목도 그래서 심지 곧은 장승 아니겠소. 그런데 내 생각은 좀 다르오. 아니 여자가 목숨도 걸고 사랑한다는데, 의인이 뭐고 선인이 뭐며, 인자가 다 뭐랍니까? 난 무조건 소부인 편이오.

한 여자는 귀신이 되어 복수하고 한 여자는 귀신이 되어 떠나고, 어떤 얘기가 더 재밌었소? 앞의 얘기는 속 시원하고, 뒤의 얘기는 애절하고, 그래도 두 개가 다 재밌었죠? 그런데 내가 『성경』속 보디발을 어떻게 아냐고? 아, 거참 되게 깐깐하시네. 그러니까 이야기 아니오. 귀신도 살아나는 판에 이게 뭐 대수라고. 재밌으면 된 거 아니오?

궁금하면, 오십 전

이것 말고도 재밌는 얘기가 무궁무진하다오. 『다정한 승선 씨』는 상인의 딸 주승선周勝仙과 연인 범이랑范二郎의 눈물 없이 볼 수 없는 순애보랍니다. 부친의 교제 반대에 기절한 주승선, 이를 죽은 줄 알고 장례를 치른 가족, 되살아난 주승선을 귀신이라 착각하고 죽이는 범이랑, 꿈에서나마 인연을 맺는 두 사람. 딱 중국판 로미오와 줄리엣 버전 아닙니까? 『땡중의 쪽지』는 땡중이 흠모한 여인 양씨楊氏의 복수 치정극이랍니다. 양씨가 악질 중놈이 퍼뜨린 헛소문에 이혼당하고 바로 그 중에게 재가합니다. 이 여인은 끈질기게 음모를 밝혀 땡중을 단죄하고 남편의 곁으로 돌아간다는 내용이에요. 스토커와 악성 댓글 경고 메시지가 묵직합니다. 『달변의 여왕 이취련快嘴李翠蓮記』얘기는 또 어떻고요. '여자는 재주가 없는 게 미덕'이던 시절, 달변가 이취련의 고군분투 성장기랍니다. 평범한 아줌마를 거부하고 이혼녀 딱지를 감수하면서까지 자신의 삶을 개척한다는 워킹우먼 자기 계발서쯤 된다고 할까요?

어떻소? 더 자세한 내용이 듣고 싶지 않소? 상인, 수공업자, 하급 군인, 소시민 다 오시오. 장사하시는 분들이니 상도의는 아시죠? 궁금하면, 오십 전 딱 챙겨서 이 이야기꾼을 찾아오시오. 아님 말고.

유목과
농경의
혼종 시대,
혼종의 사랑

칭기즈칸의 정복이 부른 나비효과, 잡극의 탄생

칭기즈칸의 중원 정복은 뜻하지 않은 나비효과를 부른다. 한인 관료 차별정책과 과거제 폐지로 위신과 직업을 잃은 문인들이 창작에 몰두하면서 '잡극'이라는 문학 장르가 탄생한 것이다. 이 시대의 사랑 이야기는 노래, 동작, 대사로 표현되는 잡극을 통해 더욱 실감나게 극적으로 승화했다.

처녀 숭배, 그 빛과 그림자—『몽골비사』와 「뮬란」

유목민의 후예가 제국의 신민이 되었을 때, 분방한 초원의 여인들을 순종하는 규방의 여인으로 훈련시키기 위해 원 제국은 또 하나의 여신 신화를 탄생시킨다. 전쟁 같은 사랑의 주인공이던 여전사들은 처녀 숭배와 여신 신화를 통해 문화의 돌연변이로 재탄생된다.

칭기즈칸의 정복이 부른 나비효과,
잡극의 탄생

세계 역사상 가장 넓은 대륙을 정복한 칭기즈칸. 그는 위대한 정복자라는 이름에 걸맞게 아시아 및 인도, 유럽까지 점령하며, 별개의 대륙이었던 서양과 동양을 '세계사'라는 하나의 역사로 통합시켰다. 중국은 칭기즈칸이 1215년 금나라의 수도 중도中都(북경)를 함락함으로써 이 '세계사'의 대열에 합류하게 되었다. 그리고 1279년 칭기즈칸의 손자인 쿠빌라이 칸이 원나라를 건국함으로써 중국 최초의 '이민족 통일 제국'의 역사가 탄생한다.

유목 민족이던 몽골 왕조가 '원'이라는 국가 프레임에 적응하는 과정은 전통과 규율, 민속과 징책이 충돌하고 융합하는 과성이기도 했다. 그런데 효과적인 국가 시스템 구축의 명분으로 제시한 계급제도가 한족 문인들의 자존심과 생계를 여지없이 무너뜨렸다. 일단 신분이 몽골족-색목인(투르크·이란·유럽인)-한인(화북 한인 및 고려인)-남인(한족 문인)의 서열 중 최하위로 하락했다. 게다가 입신양명의 유일한

활로인 과거제도까지 폐지되었다. 이런 상황에서 한족 문인들의 멘탈과 살림은 붕괴 수준이었을 터였다. 그러나 강력한 신분차별제도가 위대한 문학을 꽃피우는 밑거름이 되었으니, 인생처럼 역사도 새옹지마가 아닐까 싶다. 위신과 직업을 잃은 문인들이 생계유지를 위해 쓴 '잡극'이 원대를 대표하는 문학 장르가 되었기 때문이다. 반전 묘미의 연극처럼 원대 잡극 성행의 일등공신은 역설적이게도 몽골의 중국 정복·한족 지배라는 문인들의 비극이었다.

잡극 VS 연극

원대 잡극은 경제 번영과 도시 발전을 발판으로 크게 발전했다. 연극을 애호하는 몽골 왕족과 문화 욕구가 증가한 대중이 주요 소비층이었다. 원 제국은 사상 규제와 종교 차별에는 엄격했던 반면, 문화와 예술에는 비교적 관대했다. 덕분에 잡극의 내용과 형식은 소비층의 취향에 맞춰 나날이 진보했고 점차 원대의 주력 장르로 자리매김했다.

잡극은 서면 문학을 입체 예능으로 전환시킨 종합예술이다. 연극의 3대 요소가 해설·지문·대사라면, 잡극의 3대 요소는 창唱·과科·백白이다. 즉 노래·동작·대사로 구성되니 어쩌면 오페라에 가깝다. 발단-전개-절정-결말의 4막 구도를 남주인공 말末·여주인공 단旦·악역 정淨·익살꾼 축丑·단역 잡雜이 연기한다.

당시 잡극계를 주름잡던 대표 작가는 관한경關漢卿, 마치원馬致遠, 백박白樸, 왕실보王實甫 등이다. 이들의 작품은 각각 억울하게 죽은 두아의 서릿발 같은 원망 「두아원竇娥寃」, 흉노 왕에게 시집간 왕소군이 읊는 한나라 궁궐 가을의 추억 「한궁추漢宮秋」, 비에 젖은 오동잎에 애절하게 떠올리는 현종과 양귀비의 애정 비극 「오동우梧桐雨」, 원진 원작·왕실보 각색의 앵앵과 장생의 리메이크 버전 「서상기西廂記」 등이다. 나라 잃은 슬픔, 불합리한 사회에 대한 비판, 불평등한 체제에의 분노 등을 내용으로 삼은 작품도 많지만, 최다 관객·최대 인기를 누린 작품들은 단연 남녀 간의 사랑이라는 지극히 통속적이고 본능적인 주제였다.

「구풍진」의 조반아는 걸크러시

'걸크러시'는 '소녀Girl'와 '반하다Crush on'를 합친 단어로, 여자가 봐도 반할 만큼 멋진 여성을 뜻한다.[1] 청순가련형의 의존적인 전통적 여성상에 반하는 대범하고 독립적이고 주도적인 현대 여성의 이상이기도 하다. 전매특허인 찢어진 청바지와 짧은 머리, 강렬한 화장은 규범과 타인의 시선에 종속되지 않는 자기 존중의 도발적 표현이다. 그래서 '여성'이라는 생물학적인 규범에 갇힌 여성들은 시대의 편견에 저항하고 젠더의 불평등에 도전하며 자아각성의 도전을 자극하는 걸크러시에 열광한다.

관한경의 잡극 「구풍진救風塵」에 이렇게 쿨한 걸크러시 언니가 등장한다. 원제목은 「조반아풍월구풍진趙盼兒風月救風塵」. 풍월은 바람과 달로 남녀 간의 사랑을 뜻하고, 풍진은 먼지로 세상의 온갖 어지러운 일이나 시련을 이른다. 즉 조반아의 '사랑의 수렁에서 건진 친구' 이야기다. 연애담으로 시작하지만 조반아가 활약하면서 복수극으로 변모한다. 우리는 종종 드라마에서 왠지 밉상인 주연보다 멋진 조연

---

1)   Naver 사전 참조.

을 보고 반하는 경우가 있다. 그럴 때면 주조연이 뒤바뀐 거 아니냐며 혀를 차곤 한다. 분노를 유발하는 주연 송인장宋引章의 고난을 번번이 해결해주는 쿨한 조연 조반아에게 더 끌리는 걸 보면, 잘 차려진 밥상에 숟가락만 얹는 '청승가련 수동의존 진상민상'의 법칙은 동서고금을 막론하는 진리인가 보다.

조건결혼의 허와 실

여주인공 송인장은 기녀로, 수재秀才 안수실安秀實과는 연인 사이, 돈 많은 건달 주사周舍와는 부부 사이, 기녀 조반아와는 의자매를 맺은 사이다. 딱 봐도 알듯이 송인장의 인생은 '자기'보다는 '관계'가 주도한다. 안수실과 사귀지만 주사와 혼인하고, 조반아가 구해주는 식이다. 1, 2막은 다음과 같이 전개된다.

가난과 접대 생활이 지긋지긋한 송인장은 음주가무 20년, 기방 출입 30년 차 자타공인 파렴치한 주사의 청혼을 수락한다. 과거 낙방이 특기인 가난한 연인 안수실에 비해, 인성은 쓰레기지만 돈 많은 그와 혼인하면 꽃길이 펼쳐질 것만 같기 때문이다. 조반아가 극구 반대하지만, 송인장은 주사와의 혼인을 강행한다. 조반아는 인생을 남자와 돈에 거는 송인장을 경멸하며 "성실한 남편 중엔 난봉꾼 없고, 난봉꾼 중엔 성실한 남편이 없는 법. 주사와 혼인하면 너는 곧 매 맞고 쫓겨날걸!"이라고 질책한다. 과연 주사는 혼인과 동시에 돌변한다. 살림과 가사에 서툰 송인장을 학대하고 식상해하며 비열한 본성을 드러낸 것이다. 송인장은 조반아에게 구원을 요청한다. 가난을 혼인으로, 고난을 인맥으로 해결하려는 송인장의 딱한 인생이 전반부에 해당한다.

3, 4막은 언니의 복수극이다. 의동생의 고통에 '센' 언니는 분노한다. 우리의 조반아는 의리의 조반아 아닌가? 억울한 송인장의 사연에 조반아가 나섰다. 조반아의 1단계 작전은 사랑하는 척 주사 유인하기였다. 그녀는 갖가지 패물을 싣고 주사를 찾아간다.

조반아: 저는 원래 주사 당신을 짝사랑했지요. 결혼하신 분이라도 상관없어요.

주사: 비단과 패물을 지닌 선녀로구나! 가난뱅이 집안의 청승 떠는 송인장과는 비교도 안 되는 상대일세. 내 당장 송인장과 이혼할 테니, 그대는 혼인 각서나 써주오.

조반아: 각서라뇨! 당신께 드릴 저 수레 가득한 술과 음식, 비단과 패물을 보고도 저를 못 믿으시나요? (조반아 노래한다.)

꽃송이 같은 내 몸뚱이, 죽순 같은 내 나이에

비단 같은 혼인 위해 은자 몇 덩이 바치며

십중팔구 나쁜 사람이래도 상관없고요,

두 번째 부인, 세 번째 첩이 된다 해도 가리지 않겠어요.

후회하지 않게 해드릴게요.

주사의 심리를 파고드는 조반아. 역시 그녀가 한 수 위였다. 주사는 조반아의 재물과 미모에 빠져 송인장에 이혼장을 넘긴다. 이 언니는 뒤처리도 깔끔하다. 속은 것을 안 주사가 이혼장을 찢으며 이혼 무효를 주장하자 "그게 원본인 줄 알았어?"라고 원본을 흔들며 통쾌한 한 방을 선사하는 조반아다. 결국 송인장과 안수실을 맺어주며 복수극을 마무리한다.

타인의 조력으로 인생을 꾸리는 송인장에게 언니의 의리를 지킨 조반아. 주조연이 뒤바뀔 만하지 않은가? 「구풍진」의 의리녀 조반아는 기가 드센 언니가 아니라, 자존감·자의식·자신감이 센 언니였다. 그러니 조반아에게 반하나 안 반하나?

시대의 초상, 원대의 여인

잡극에 나타난 강인한 여성의 표상은 '원 제국'의 국가 프레임 안에 노마드적 속성이 수용되면서 형성된 것이다. 몽골족은 유목 종족이다. 기마와 수렵, 이동과 전투가 일상인 유목생활에서 남자는 물론, 아이와 여자도 기동성과 생활력을 기본으로 갖춰야 했다. 규방의 조력자에 머물던 정착 사회의 여인들과 달리, 몽골 여인들은 생활과 전투 현장의 직접적인 운영자요 전사였다. 이런 변방의 몽골족이 중원의 한족을 지배하게 되면서 가치관은 흔들렸다. 실용은 관념을 능가했고, 적극성이 순응성을 뛰어넘었다. 여성에 대한 인식도 마찬가지였다. 다소곳한 요조숙녀도 좋지만 능동적이고 자발적인 여성의 매력도 부각되었다. 조반아의 대범한 언행은 바로 문화·습속·가치관이 혼종하던 시대의 산물인 셈이다. 당시 잡극에는 이런 문화의 흔적들이 투영되어 있다.

연애와 혼인의 지각 변동 「배월정」

「배월정拜月亭」에는 또 어떤 문화 변형의 흔적이 남아 있을까?
　　몽골이 금의 수도 중도(북경)를 침략했을 때의 일이다. 금나라의 병

부상서 왕진王鎭은 부인과 딸 서란瑞蘭을 데리고 떠난 피난길에서 중원 출신 장세륭蔣世隆과 그의 여동생 서련瑞蓮을 만난다. 칠흑 같은 어둠 속에서 각기 딸과 여동생의 이름을 부르던 두 가족은 묘하게 얽힌다. 세륭은 서란을 자기 동생인 줄로, 왕부인은 서련을 딸인 줄 착각하고 각각 떠난 것이다. 동행하게 된 세륭과 서란 사이에 사랑이 꽃피고, 둘은 장래를 약속한다. 그러나 왕진이 찾아와 무일푼 서생 장세륭을 못마땅해하며 서란을 데려간다. 왕진은 세륭의 여동생 서련을 입양한 상태라, 서란과 서련은 의자매가 된다.

동생과 정인을 모두 잃은 장세륭은 발분 수학하여 장원급제한다. 장원급제한 젊은 인재가 세륭인 줄 꿈에도 모르는 왕진은 그를 서란의 남편감으로 점찍는다. 하지만 서로의 신분을 모르는 두 남녀는 옛정인과의 의리를 지키기 위해 거절한다. 왕진은 둘의 자연스러운 만남을 위해 연회를 열고, 이 자리에서 서로를 알아본 두 사람은 결합한다.

눈치챘는가? 전란 속 애틋한 남녀의 사랑 이야기를 관통하는 코드는 국제결혼과 혼전동거다. 금나라 백성인 여진족 서란과 북경 출신인 한족 장세륭은 난리 통에 만나 혼전에 동거부터 시작한다. 몽골 지배와 침략 전쟁이라는 비일상적 상황이 연애와 혼인의 패턴까지 뒤흔든 것이다. 당시에는 몽골 황족이 한족 관료와 혼인하거나, 지위와 특권을 지닌 몽골 관리에게 시집가는 한족 여성들의 사례가 적지 않았고, 매매혼이나 약탈혼도 자주 발생했다. 금의 여진족, 중원의 한족, 원의 몽골족이 한 영토에서 접촉하면서 발생한 러브스토리들은 연애와 혼인의 새로운 공식을 추구한 글로벌·리버럴한 원대의 표상이다.

처녀 숭배, 그 빛과 그림자
─『몽골비사』와 「뮬란」

장미꽃이 만발한 계절의 여왕 5월의 신부는 수많은 미혼 여성들의 로망이다. 눈부신 햇살과 싱그러운 풀 향기의 축복 아래 펼쳐지는 예식은 신부를 동화 속 여주인공의 환상으로 인도한다. 그러나 결혼식의 클라이맥스, 예식의 완결, 궁극의 방점은 티끌 하나, 오점 한 점 없는 순백의 웨딩드레스다. 요즘은 젊음의 발랄함을 강조하는 짧은 미니드레스나 전통 의상을 변형한 클래식한 디자인의 한복형 예복, 혹은 몸매를 그대로 드러내는 섹시한 파티형 드레스 등 다양한 버전이 종종 등장하기도 한다. 그러나 컬러풀한 혼례복은 좀처럼 찾아보기 힘들 정도로 눈부시게 하얗고 설레도록 깨끗한 웨딩드레스는 신부 그 자체의 대명사이기도 하다.

그것은 아마도 순백의 웨딩드레스가 내포하는 순결의 상징성 때문이리라. 이 상징성은 곧 신부의 무결점 처녀성을 의미한다. 선호選好의 보편화는 상식이 되고 상식의 축적은 신화를 탄생시킨다. 외부의 개입이 발견되지 않는 신체, 불순한 흔적 하나 없는 무구無垢의 경지를 사람들은 '처녀성'이라 칭찬하다가 '신성'으로 숭배하게 되었다. 불의 여신 헤스티아, 전쟁과 지혜의 여신 아테나, 중국 고대 창조의 여신 여와女媧와 서왕모西王母 등의 처녀신 숭배는 이러한 인류의 집착이 만들어낸 산물이라고 할 수 있다. 그리고 유목민의 후예가 제국의 신민이 되었을 때, 분방한 초원의 여인들을 순종하는 규방의 여인으로 만들기 위해 원 제국은 또 하나의 여신 신화를 탄생시킨다.

전쟁 같은 사랑

몽골 사회에서 여성들은 생활력과 전투력, 순발력을 갖춘 양육자·여전사·동반자로서 가정과 사회에서 남성 못지않은 막강한 영향력을 발휘했다. 몽골 제국 건설 서사시『몽골비사』나 영웅 서사시『장가르』·『게세르』 등에는 몽골 여인들의 활약상과 멋진 그녀들을 차지하려는 남자들의 '전쟁 같은 사랑'의 역사가 담겨 있다.

칭기즈칸 역시 투쟁과 약탈의 '전쟁 같은 사랑'의 산물이다. 아버지 예수게이가 메르키드족의 귀족 칠레두의 신부였던 후엘룬을 빼앗아 얻은 자식이기 때문이다. 생존의 법칙이 관습의 준수보다 우위를 차지했던 몽골 유목민의 삶에서 혈통 좋은 여인을 차지하기 위한 쟁탈전은 비일비재했다. 여덟 살에 정혼했던 칠레두와 후엘룬이 성인이 되어 정식으로 성혼하는 날, 부푼 희망과 꿈을 안고 부족을 향해 말달리던 미래의 부부는 괴한의 습격을 받는다. 후엘룬을 차지하기 위한 예수게이 일당의 공격이었다.

이때 후엘룬은 칠레두에게 자신을 버리고 목숨을 구할 것을 권유한다. 도주하는 칠레두의 뒷모습을 지켜보며 후엘룬은 짧았던 사랑과 결혼에 목놓아 울며 안녕을 고한다.

> "내 신랑 칠레두는 바람을 거슬러 머리칼을 흩뜨린 적도 거친 들에서 배를 주린 적도 없었는데 지금은 어찌하여 두 갈래 머리채를 한 번은 등 뒤로 한 번은 가슴 앞으로 날리며 한 번은 앞으로 한 번은 뒤로 하며 가 는가?"

『몽골비사』 56절

찾으러오겠노라는 칠레두의 약조에도 불구하고 후엘룬은 쓸쓸해 마지않았을 터. 그러나 후엘룬은 승자의 원리, 초원의 질서가 뼛속 깊 이 흐르는 야생의 여인이었다. 그녀는 곧바로 예수게이를 새 남편으 로 충실히 받아들이고, 테무친(칭기즈칸), 카사르, 카치온, 테무게 네 아 들과 딸 테물렌의 어머니로서 보르지긴 집안을 이끌어 나간다. 예수 게이가 여덟 살 된 테무친의 정혼자를 구하고 돌아오던 길에 타타르 족에게 독살되어 부족에게 버려진 처참한 신세가 되었을 때에도 후 엘룬은 흔들리지 않는다. 스물여섯 꽃다운 나이에 과부가 된 후엘룬 은 꽃이 아닌 늑대의 어미로서 자신의 정체성을 정의한다.

여장부로 태어난 후엘룬 부인이 어린 아들들을 기르는데, 모자를 단단 히 눌러쓰고 허리띠를 바싹 졸라매고 오난강을 위아래로 뛰어다니며 산 앵두, 머루를 따서 낮으로 밤으로 허기를 달랬다. 담력을 갖고 태어난 어 머니가 복 받은 아들들을 기를 때 잇개나무 꼬챙이를 잡고 오이풀, 수리 취를 캐서 먹였다. …… 원칙 있는 어머니가 산나리를 먹여 기른 아들들은 절도 있는 현자들이 되었다.

『몽골비사』74절

그렇다. 예수게이가 약탈을 불사하고 차지했던 후엘룬의 진짜 저력은 위기의 순간에 더욱 빛을 발했다. 부족에게 내쳐지는 참담한 상황과 앵두와 머루, 오이풀 등 풀 따위로 연명해야 하는 비참한 삶에서도 그녀는 테무친을 부족의 수장, 세계 제국의 건설자 칭기즈칸으로 키워냈던 것이다. '전쟁 같은 사랑'은 이렇게 영웅을 탄생시키는 밑거름이 되었다.

초원의 불문율, 그들만의 기억법

성년이 된 테무친은 어릴 적 정혼한 부르테를 신부로 맞이한다. 아름답고 현명한 부르테는 테무친의 간난신고를 함께 견뎌준 미래 제국수장의 더할 나위 없는 배필이었다. 테무친은 그녀를 존중하며 사랑했고, 부르테는 그를 보필하며 존경했다. 그러나 어김없어서 잔인한초원의 논리는 업보처럼 테무친을 찾아온다. 1183년경 테무친이 모친 후엘룬의 후원, 부르테의 지지, 아우들의 협력, 옹 칸의 정치적 후원을 발판으로 보르지긴 가문을 넘어 몽골고원의 강자로 부상할 즈음이었다. 그때 부르테가 메르키드 부족의 장수인 칠게르에게 납치당하는 사건이 발생한다. 과거 예수게이가 후엘룬을 납치했던 사건에대한 메르키드 부족의 복수였다. 피는 피로 갚는 보복만이 야생의 원리이고 초원의 질서였다. 테무친은 바로 부친의 안다(盟友)[2]였던 옹

---

2) 몽골어 안다aHJ는 친구 이상의 존재로 의형제나 맹우를 뜻한다.

칸의 비호와 의형제 자모카의 도움으로 메르키드 부족을 공격한다. 목표는 단 하나, 사랑하는 아내 부르테를 되찾는 것이었다. 어둠을 틈타 메르키드 부족을 초토화시킨 그는 부르테의 이름을 목놓아 부르며 모든 게르를 뒤지고 다닌다.

> 메르키드 사람들이 셀렝게강을 따라 밤중에 도망해 갈 때…… 부르테 부인도 그들 도망하는 사람들 속에 있었는데, 테무친이 "부르테! 부르테!" 하며 외치고 다니는 소리를 듣고 테무친의 소리라는 것을 알고…… 달려와서는 밤인데도 테무친의 고삐와 밧줄을 알아보고 잡았다. 달이 밝았다. 보는 즉시 부르테를 알아보고 서로 힘차게 끌어안았다. 테무친은 옹 칸과 의형제 자모카에게 "찾을 것을 찾았다. 밤을 새우지 말자! 여기서 멈추자"고 했다.
>
> 『몽골비사』110절

두 사람의 재회가 눈에 선명히 그려지지 않는가? 칠흑같이 캄캄한 밤, 쫓고 쫓기는 아비규환의 시청각 사각지대에서 오직 목소리 하나에 의지해 서로를 찾아낸 두 사람의 뜨거운 포옹이 감개무량하다. 테무친은 이미 승기를 잡은 터, 끝까지 밀어붙이면 메르키드족을 섬멸할 수도 있었다. 그러나 그는 "찾을 것을 찾았으니, 여기서 그치자"며 부르테를 찾은 것으로 상황을 종료시킨다. 이 남자, 이렇게 멋져도 되는가! 이게 끝이 아니다. 당시 부르테는 적장의 아이를 임신한 상태였다. 그러나 그는 전혀 개의치 않았다. 그 아이에게 귀한 손님이라는 뜻의 '주치'라는 이름을 지어주고 어엿한 장자로서 인정했다. 갇힌 틀 안에서 고민하는 것이 아니라 규제의 틀을 깨고 새 룰을 만든 테무친.

이러한 아량과 에너지, 그리고 사랑의 힘이 테무친을 몽골고원의 패자, 세계 제국의 리더 칭기즈칸으로 만든 것은 아닐까?

유목이 중원을 만났을 때

몽골 종족을 통합한 테무친은 1206년 100만 인구의 예케 몽골 울루스를 세우면서 정복전쟁에 더욱 박차를 가했다. 1209년에는 서하西夏를 정복하고, 1215년에는 금을 함락했다. 그리고 1279년 손자 쿠빌라이 칸이 원나라를 건국한다.

유목 부족들을 통합하여 중원까지 제패한 원 제국은 다민족 국가이자 문화 혼종의 사회였다. 봉건예교와 도덕 강령의 영토에 유목의 피가 수혈되면서 중원은 다채롭고 활기찬 공간이 되었다. 반면 정착의 토양에 발 딛은 기마 종족들은 유구한 한족의 문화가 낯설면서도 존경스러웠다. 유목과 중원의 이념과 삶의 방식이 융합하는 과정에서 남녀의 역할 변화는 자연스러운 수순이었다. 남자들은 투쟁이나 사냥 대신 정부와 관청의 탁자를 둘러싼 정치판도에 더 촉각을 세우게 되었다. 이제 전장에 나갈 필요가 없는 초원의 여장부들은 규중심처의 숙녀가 되어 교육이나 방직에 더 많은 시간을 할애하게 되었다. 이렇게 원나라는 균형과 조율의 과도기를 겪고 있었다.

특히 몽골 왕조는 한족의 동요를 막고 그들 위에 절저히 군림해야 한다는 강박에 시달렸다. 그래서 종족을 4등급으로 나누고 한족을 가장 낮은 계급에 두어 경계했다. 그러나 지독한 규제와 압박은 실은 한족의 뛰어난 문화적 전통과 우수성에 대한 질시와 열등감의 발로였다. 힘있는 자의 열등감은 폭력적 결과를 초래한다. 원나라에서는 이

것이 '정절'과 '처녀성'에 대한 지나친 집착과 강조로 나타났다. 유목 종족이라고 예의나 절도를 모르지 않으며 결코 야만스럽지 않고 충분히 문명화되었다는 일종의 과시였던 셈이다. 초원을 누비며 말을 달리고 고원에서 사냥을 하며 게르에서 야생의 아이들을 키워내던 용맹하고 거침없는 노마드 여인들은 이제 신체와 정신이 꼼짝없이 갇힌 신세가 되었다. 규방과 처녀성이라는 그 견고한 철옹성에 말이다.

처녀 숭배에서 여신 강림으로

원나라 말기의 학자 도종의陶宗儀의 수필 『철경록輟耕錄』에는 당시 절정으로 치달았던 '처녀성' 강조의 풍조가 드러나 있다.

> 한 사람이 아내를 얻었는데 첫 관계의 징표가 없었다. 그러자 원가잠이 「여몽령」 장단에 맞추어 노래했다. "오늘밤 성대한 연회는 필시 한바탕 꽃망울을 찾는 것일 뿐. 봄은 이미 가버린 지 오래니, 붉은색이 짙은지 옅은지를 무얼 그리 따져 묻나? 보이지 않네, 보이지 않네, 여전히 그대에겐 흰 비단뿐."[3]

적장의 아이까지 포용하던 초원의 야생남은 사라졌다. 첫날밤 잠자리의 핏자국 하나로 처녀성을 따지는 치졸한 꼰대만 남았다. 순결과 정조를 강조하는 히스테릭한 풍조가 원 제국 전체를 장악했다. '순결'에 대한 이런 미개한 병적 집착은 결국 고전과 문학의 내용까지 바

---

3) 一人娶妻無元, 袁可潛贈之[如梦令]云: "今夜盛排筵宴, 准拟尋芳一遍. 春去已多時, 問甚紅深紅淺. 不見不見, 還你一方白絹." 『輟耕錄』 卷28.

꿔놓고야 말았다. 우리에게 디즈니 애니메이션 〈뮬란〉으로 더 친근한 「목란시木蘭詩」는 원래 위진 시대 북위 효녀 목란이 부친을 대신해 남장을 하고 전장에 나가 싸운 용맹한 전쟁 참여시다. 그런데 이 용감하고 기특한 효녀가 원나라에서는 어떻게 돌변하는지 보라.

> (목란이) 고향땅에 돌아와 아버지께 문안 여쭙고 군복을 벗고 여인의 모습으로 돌아가니 호위하던 병사들이 놀라 돌아가 이를 천자에게 아뢰자 (천자는 목란을) 다시 궁궐로 불러들였다. ……(천자께서) 목란을 후궁으로 들이려 하시니, "신하가 임금의 배필이 되는 예는 없습니다"라고 하며 죽음을 불사하고 이를 거절하였다. 그러나 권력으로 압박하자 결국 자결하였다. 이러한 연고로 '효열孝烈'이라는 시호를 받게 되었다.

하남河南의 목란 사당 비문에 새겨진 원나라 문인 후유조侯有造의 「효열장군 비문孝烈將軍祠像辨正記」 일부다. 목란 이야기가 워낙 핫하고 흥미로워 역대로 많은 개작과 각색을 거치며 재생산되었지만, 천자가 수청하고 목란이 자결로 절개를 지킨다는 전개는 원대에 생뚱맞게 등장한 스토리다. 부친 대신 남장 종군까지 한 목란에게 천자의 수청을 거절한 '절개'까지 요구하며 이중의 압박을 가하다니, 이는 극단적인 남성 이기주의 그 이상도 이하도 아니다. 목란은 급기야 '처녀성'이라는 수의를 입고 '여신'의 경지까지 승천한다.

> 바람을 호령하고 비를 거느리며 때때로 푸른 빛 규룡을 타시며 여와와 함께 달리는데, 그 기세가 구주를 덮네. 산과 못이 그득하고 넓으며, 짐승과 해산물이 풍족하며, 곳간은 가득 차고 곡식은 무르익었네. 기와

집은 비늘처럼 늘어서 있고, 백성은 희희낙락 배를 두드리며, 해마다 큰 풍년이 드니 삼가 신위를 모시네.

이는 하북河北의 목란 사당 비문에 새겨진 달세안達世安의 「효열장군기漢孝烈將軍記」의 내용이다. 이제 목란은 비바람을 조종하고 규룡을 운전하며 산물을 좌지우지하는 능력을 지니게 되면서 만인이 숭배하는 여와급으로 신분이 고속 상승한다. 전장을 누비던 여전사가 일기와 작황을 주관하는 여신이 되기까지 대체 무슨 일이 벌어진 걸까? 국가라는 프레임이 적용된 원나라 90년은 많은 것을 변화시켰을 터였다. 야생과 훈육, 도전과 순종, 이동과 정착, 전투와 담론의 과정에서 여전사는 숙녀로 태어나기 위한 산고를 겪으며 때로는 타협을, 때로는 투쟁을 벌였을 터였다. 원대에 '정절 숭배'와 '처녀 여신'의 신화로 재생산된 목란 이야기는 어쩌면 그런 과정에서 탄생한 문화적 돌연변이일 수도 있겠다. 아니면 정복민인 몽골 왕조의 피정복민인 한족 문화와 예법에 대한 콤플렉스가 낳은 사생아일지도 모르겠다.

어쨌거나 몽골이 중원을 만났을 때의 지적 쇼크와 문화 충돌에 관한 이 흥미로운 기록들은 풍부한 이야깃거리와 사회심리학의 흔적을 반추할 수 있는 여지를 주었으니, 이 또한 즐겁지 아니한가.

자본과
진보의 시대,
에로티시즘의
탄생

마더 콤플렉스가 키운 천재 극작가 서위

인생을 관통하는 키워드가 '여인'이었던 서위. 여성 콤플렉스와 출생의 비밀, 정략결혼, 정신분열, 살인, 체포와 투옥 등 막장 드라마의 수순을 밟은 서위의 인생 드라마는 그를 천재 극작가로 키워냈다. 그의 작품 속에는 모친, 계모, 아내의 존재와 얽힌 사연들이 그림자처럼 함께했다.

무엇을 생각하든 상상 그 이상, 『금병매』

16세기 명나라 말 문학계를 충격에 빠뜨렸던 『금병매』는 발표 당시 외설스럽고 야한 음서로 취급되었다. 그러나 인간의 본능과 욕망, 진정한 사랑과 인생, 사회의 비리와 부정 폭로를 통과한 심오한 통찰은 『금병매』를 무엇을 생각하든 상상 그 이상으로 재평가할 수밖에 없게 한다. 이제 19금 진짜 어른 입문서의 세계로 떠날 시간이다.

중국의 『데카메론』, 『삼언』『이박』

『삼언』『이박』은 성애와 유혹, 관능과 불륜, 애정과 집착, 치정과 살인, 탐욕과 사기 등을 유쾌하며 위트 있게 묘사한 『데카메론』의 중국 버전이다. 그리고 풍자와 욕설, 비유와 속어로 명대의 현실을 풀어 담은 중국의 『인곡人曲』이다. 우리는 적나라한 삶의 백태를 서민의 언어로 써내려가면서 젠더 평등, 육체 긍정의 진보적 관념을 견인한 이 작품들을 선구 문화라 부른다.

B급 감성, 황색 저널의 반란 『괘지아』와 『산가』

욕망을 통제하던 시절에 욕망을 욕망하는 노래 『괘지아』와 『산가』. 노래 속 무람없는 욕망과 행실들은 수만 년 전부터 우리 DNA에 면면히 흐르는 원시의 본능을 일깨운다. 황색 문학, 도색 문화는 역시 시대 불문, 성별 무관, 신분 타파, 종교 초월의 법칙이 적용된다.

예술의 뮤즈, 구국의 선구 되다─'진회팔염'

명말청초 혼란과 봉건의 시대를 풍미했던 여덟 기녀, 마상란·유여시·동소완·진원원·구백문·고미생·변옥경 그리고 이향군의 '진회팔염秦淮八艶'. 시대만큼이나 파란만장했던 그녀들의 삶과 사랑의 여정이 진회하秦淮河를 따라 흐르고 있다.

마더 콤플렉스가 키운 천재 극작가
서위

'사느냐 죽느냐 그것이 문제로다'로 갈등과 선택이라는 인생 명제를 던진 「햄릿」, 사랑의 모순과 환상을 투영한 낭만희극 「한여름 밤의 꿈」, 비극적 사랑의 극치 「로미오와 줄리엣」은 모두 윌리엄 셰익스피어(1564~1616)가 쓴 연극 대본이다. 배우를 꿈꾸다 극작가가 된 셰익스피어는 희·비극을 포함한 38편의 희곡을 무대에 올림으로써 페스트로 위축되었던 1590년대 영국 문화계를 부흥시킨 장본인이다. 생동감 넘치는 대사, 촌철살인의 풍자, 아름다운 문학적 표현들이 풍부한 그의 희곡작품들은 지적 욕구와 오락적 흥미를 충족시키며 지금까지도 많은 이들의 심금을 울리고 있다. 특히 「햄릿」·「리어왕」·「오셀로」·「맥베스」로 이어지는 4대 비극은 처절한 비극 속에 인생의 적나라한 생로병사와 희로애락을 녹여낸 명작으로 손꼽힌다.

비슷한 시기 지구의 반대편에서 활동했던 명나라 잡극작가 서위徐渭(1521~93)는 셰익스피어에 비견될 만한 천재 극작가였다. 시·문장·그림에 각각 일가를 이루었던 서위의 천재적 재능이 바로 4대 잡극『사성원四聲猿』에서 꽃피었기 때문이다. 옛것을 답습하지 않는 독창적 문장과 유려한 서술 기법, 기발한 상상으로 개성적인 문풍을 확립했던 서위는 어떤 인물일까?

본능·개성·자유의 트로이카

서위가 활동했던 가정嘉靖·융경隆慶·만력萬曆의 3대는 명대 희극문학의 전성기였다. 명대 중엽 정치투쟁의 격화, 도시경제의 발전, 양명학陽明學의 성행, 진보문학의 등장은 서위의 문학세계에 크게 영향을 끼쳤다. 특히 왕양명王陽明과 이지李贄의 사상과 삶은 서위에게 크나큰 울림이었다. 왕양명은 인간은 도덕적 자각능력인 양지良知를 갖고 태어나므로 누구나 성인聖人이 될 수 있다는 양명학을 제시했다. 그는 만민평등과 실천을 강조하는 지행합일知行合一을 주장하여 상인, 수공업자, 서민층의 정신적 리더로 부상했다. 한편 혁신 사상가 이지는 공맹孔孟의 케케묵은 굴레와 모든 형식으로부터의 해방을 부르짖었다. 이지는 실용주의·능력주의를 호소했고『수호전』과『금병매』등의 서민문학이야말로 진짜배기라 소리 높였다. 그러다가 혹세무민의 죄로 투옥되자 칼로 목을 그어 자결한 시대의 이단아였다.

이런 흐름들은 배고픈 이념의 세계보다 배부른 재물의 시장이 사회적 장악력을 지니게 된 데서 기인한다. '마음이 곧 이치(心卽理)'라며 개체와 본능을 인정한 왕양명. '나, 여기, 지금'의 현실적 삶과 인간평등의 진보적 인권 개념을 주창한 이지. 그리고 그들의 사상을 추종하는 혁신의 분위기가 명대 중후기 사회를 유유히 흐르며 본능과 개성, 자유의 트로이카 시대를 형성했다.

영혼의 양육자

서위는 이런 분위기 속에서 사상과 문학, 예술의 자양분을 얻어 예술가로서는 최고의 성취를 보였다. 그러나 삶에 있어서는 불운의 아이콘이었다. 그의 일생은 출생의 비밀과 입양, 정략결혼, 정신분열과 우울증, 자살미수, 근친살인, 수감 등 모든 막장 드라마의 수순을 밟은 것 같았다. 그리고 이 배후에는 서위 인생의 무대에 등장하며 끈질긴 인연을 이어간 여인들이 있었다. 그들은 생모-계모-아내-후처-재취다.

먼저 출생부터 사춘기까지의 삶을 지배한 여인은 생모와 계모 묘씨 부인(苗宜人)이다. 서위는 지방관이던 부친 서총徐鏓과 하녀 사이의 서자였다. 서총이 첫 부인 동씨董氏를 상처한 후 두 번째 부인으로 맞은 묘씨의 몸종이 그의 생모였다. 서총은 서위가 백일도 되기 전에 세상을 떴고, 슬하에 자식이 없던 묘씨가 서위를 거두어 키웠다. 그녀는 서위를 온 정성을 다해 훈육했다. 냉정하게 보자면, 묘씨는 서위의 상전이고 피 한 방울 섞이지 않은 계모였다. 신분의 질서가 엄연하고 적자嫡子의 원칙이 당연한 세상에서, 그것도 남편과 몸종의 사생아를 친자식 이상의 애정으로 키우기란 쉽지 않은 일이다. 그런데 그 어려운 걸 묘씨가 해냈다. 그녀는 서위의 태생적 우울을 예술가의 씨앗으로 보았고, 까칠한 신경질을 문학적 예민함으로 이해했다. 교육계의 거장 페스탈로치가 기립 박수를 칠 묘씨의 훈육과 다독임으로 서위의 낮은 자존감은 회복되었고 재능은 꽃을 피웠다.

오죽했으면 서위가 그녀를 추모하며 쓴 묘비명에 다음과 같이 절절한 애도를 표했을까.

> 큰어머니는 나를 보살폈고 사랑해주었으며 늘 나를 교육시켰다. 나를 위해 온갖 수단 방법을 다 동원했고 거금을 아끼지 않으셨으며 온 심혈을 기울이셨다. 그런 사연들은 수백 장의 종이에도 다 쓰지 못할 것이요, 온몸을 부수어 뼈가 가루가 될 때까지 해도 갚을 수 없을 것이다. …… 비통하고 비통하다! 마음을 추슬러 눈물을 거두고 묘비명에 다음과 같이 새기노라. "저의 혼백은 따르고 싶으나 아들은 어찌 여기 있고, 당신 혼백은 여기 남고 싶어하는데 어머니는 어찌 거기 계시는지요. 아들의 혼백은 어머니 계신 곳에 갈 수 없는데 이 슬픔 어찌하오리까?"[1]

이건 뭐 죽지 못해 죄송하다는 거 아닌가. 거의 새엄마 예찬이다. 그리고 계모에 대한 사모곡이라고 하기엔 좀 과하다 싶다. 사실 서위에 대한 묘씨의 애정은 서위의 특별함을 알아본 그녀의 뛰어난 안목과 인자한 성품 때문이라고만 하기에는 이상하고 묘한 감이 없지 않다. 어쨌든 계모와 서자 관계 아닌가.

그런데 돌이켜보면 묘씨는 슬하에 자식이 없었고, 남편의 전처였던 동씨의 두 아들과도 알력이 있었으며, 남편은 세상을 뜬 고립무원의 상황이었다. 그런 와중에 자신을 따르는 영민한 서위의 불우한 처지가 동병상련의 감정을 불러일으켰는지도 모르겠다. 그러니 서위의 교육과 지도에 열중한 것은 어쩌면 외로웠던 묘씨의 왜곡된 편집적 집착의 한 단면으로 볼 수도 있겠다. 그래서였을까? 묘씨는 서위 나이

---

1) 『徐文長文集』 卷27 「嫡母苗宜人墓碑銘」

10세 때 생모를 내쫓는데, 표면상의 이유는 서위의 교육에 생모의 존재가 방해가 된다는 것이었다. 그러나 그 깊은 속내에는 서위에 대한 독점욕과 집착이 도사리고 있었을 수도 있겠다. 묘씨는 서위가 14세 되던 해 그의 박명한 팔자에 깊은 생채기 하나를 더 남긴 채 세상을 떠난다.

깊고 푸른 여인의 향기

청년기, 어린 시절의 상처가 남아 있는 20세의 서위를 따뜻하게 품어 준 여인은 열네 살의 어린 신부 개군介君이었다. 양강현陽江縣의 하급 관리 반극경潘克敬의 외동딸 개군은 번번이 과거에 낙방하는 서위를 매번 순진무구한 연정으로 안아주었다. 그녀 역시 계모 밑에서 자라선지 나이답지 않은 성숙함과 속깊은 배려심이 있었다. 이때는 비록 데릴사위 처지였지만 서위 인생에서 어쩌면 가장 충만한 시기였을지도 모르겠다. 이 시기 서위의 예술가로서의 씨앗이 싹을 틔웠기 때문이다. 그는 진보 정치가 심련沈鍊 및 희곡과 그림의 대가 진학陳鶴 등과 교류하며 지경을 넓혀갔다. 과거의 실패도, 얹혀사는 수치도 느끼지 않게 하는 치유의 시간이었다. 그러나 그녀는 19세에 아들 하나를 남기고 결핵으로 세상을 떠난다. 차라리 몰랐더라면 좋았을 것. 서위는 그녀를 묻으며 짧아서 더 아쉬웠던 그녀와의 시간을 이렇게 묘비에 남겼다. "삶은 짧지만 죽음은 긴 법, 그대여 여기 양지바른 소나무 아래서 나를 기다려주오."[2]

---

2) 生而贅其夫, 死而不識其姑; 女雖彗魂, 悵然其跼躅. 生而綴其珮, 死而歸於其妹; 女則廉魂, 釋然而勿憖. 生則短而死則長, 女其待我於松柏之陽. 『徐文章文集』「亡妻潘墓志銘」

버려진 경험이나 상실의 아픔이 있는 자는 유독 이별을 받아들이기 힘든 법이다. 과거의 지독한 외로움과 고통의 기억이 트라우마가 되어 현재의 쓰라림을 확대 해석하게 하기 때문이다. 그녀가 죽고 40세가 넘어 장씨張氏와 재혼한 후에 지은「꿈에 逃夢」란 시를 보면 개군이 서위의 삶에 얼마나 눈부시게 등장했고 비참하게 사라졌는지를 알 수 있다.

때까치 날개 펼쳐 날아가듯 제비 머물지 않듯 가더니
오늘밤 꿈에 나타났으니, 어찌 애초에 날아가버리지 않은 것에 비하랴.
얽매인 수컷 불쌍히 여기고 악한 짝을 비웃는 건가.
그 마음 새벽안개 속에 퍼지듯, 멀리 새 우니 눈물이 비오듯 하네.[3]

서위,「꿈에」

꿈은 무의식의 발로다. '악한 짝'이라 지칭한 후처 장씨와의 불화가 금슬 좋았던 개군을 못 잊었기 때문일까? 동지 같고 누이 같던 아내에 대한 유난했던 추억은 내내 그의 여린 감성에 무의식으로 도사리고 있다가 꿈으로 문득 나타나 영혼을 울리는 연가로 탄생되었다.

서글픈 조울의 희생양

불운으로 점철되었던 서위의 인생은 30대 중후반이 돼서 반짝 빛을 보는 듯했다. 총독 호종헌胡宗憲의 후원으로『백록표白鹿表』와 병서

---

3) 伯勞打始開, 燕子留不住, 今夕夢中來, 何似當初不飛去? 怜鸚雄, 嗤惡侶, 兩意茫茫墜曉煙, 門外鳥啼淚如雨.「逃夢」其一.

를 저술하여 명성을 떨치고, 왕씨王氏 여인과 재혼까지 하게 되었으니 말이다. 그러나 이 짧은 절정은 비극이란 그의 무대를 더욱 부각시킬 뿐이었다. 호종헌의 자살과 왕씨와의 파경으로 서위는 다시 지독한 불운의 궤도에 들어선다.

그는 아무래도 열등감·좌절·상실로 뚫린 마음의 빈자리를 여인으로 메우려 했던 것 같다. 42세 때 세 번째 부인으로 장씨張氏를 맞은 것을 보면 말이다. 아마도 서위가 경험한 유일한 안정감과 인정, 창작열이 여인들과의 관계에서 형성되었기 때문이리라. 그러나 거듭되는 좌절과 9전 9패의 과거 낙방, 입신출세의 못다 이룬 욕망에 괴로웠던 예민한 천재 예술가의 뇌는 온통 코르티솔과 도파민 과다 상태였던 모양이다. 못으로 귀를 찌르고 망치로 고환을 내리치는 자해로도 모자라, 결국 장씨를 살해하기에 이른 것이다. 이 사건으로 서위는 사형선고를 받고 7년간의 옥고를 치르게 된다. 절친 장원변張元汴의 노력으로 석방된 뒤 20년간은 투병과 여행, 창작을 반복하는 참회의 시간이었다.

상실의 기억, 살인의 추억

명대 중후기를 휩쓸었던 양명학 등 진보적 개념과 이 다섯 여인은 서위 인생 무대의 기승전결을 가로지르는 씨줄과 날줄이 되어 그의 문학과 예술, 사랑, 파멸 그 모든 것을 이루었다. 그리고 그 결과물은 최고의 잡극집 『사성원』으로 탄생되었다. 지옥 법정에 선 조조를 통한 현실고발 역사패러디 「광고사狂鼓史」 이외에 미색에 홀린 승려의 파계담 「옥선사玉禪師」, 부친을 대신한 딸의 참전 시나리오 「자목란雌木

蘭」, 남장 여자 황숭아黃崇嘏의 장원급제 출세기 「여장원女狀元」에는 그가 경험하고 교류했던 여성들에 대한 동경과 존중, 이상과 지향이 담겨 있다.

스스로 첫째는 서예, 둘째는 시, 셋째는 문장, 네 번째는 그림이라 할 정도로 모든 방면에서 다재다능했던 천재 예술가 서위. 그가 경험했던 차별·억압·불합리·구속·젠더 의식은 천재의 신경증적 예민함을 통과하며 수작秀作으로 탄생되었다. 악처는 철학자를, 고난은 예술가를 키워내는 모양이다. 사생아, 양자, 남편, 살인자의 배역을 천재적 예술가의 역할로 승화시킨 서위. 그 인생의 마지막 커튼콜에는 끝이 꺾이고 한처럼 쌓인 눈을 짊어진 대나무에 자신을 비유한 다음과 같은 독백이 흐르지 않았을까?

> 그려낸 눈 속 대나무 너무도 드문드문 처량하니
> 마디와 맑은 잎 가려지고 덮이며 가지 끝은 꺾여서라네.
> 나와 비슷한 점이 하나 있다면
> 천 길 높이로 쌓인 한 없애기 어렵다는 점이지.[4]

서위, 「설죽雪竹」

---

4) 畫成雪竹太蕭騷, 掩節埋清折好梢. 獨有一般差似我, 積高千丈恨難消. 『徐渭集』其三 「雪竹」

무엇을 생각하든 상상 그 이상, 『금병매』

삶에 대한 갈망은 여러 가지로 해석될 수 있다. 지적 충만, 마음의 안정, 영적 성숙, 예술 체험, 육체적 만족 등으로 말이다. 현실과 신비의 경계가 모호했던 고대에는 신과 영혼, 신앙과 관념이 삶을 지배하는 주요한 지향점이었다. 그러나 수공업과 상업이 채집과 농경을 대체하면서 사람들은 현실적이고 실증주의적인 가치관에 눈을 뜨게 되었다. 그것은 신과 종교 본위의 지향을 인간에 대한 존중으로 전환시키면서 인본주의 정신을 발현시켰다. 이렇게 신과 관념, 인내와 순종의 자리를 인간과 육체, 금전과 욕망이 대신하는 현상은 문학의 성질도 바꾸어놓았다. 육체와 본능을 대놓고 까발리는 문학, '에로티시즘'이 등장한 것이다.

고루한 남편 보바리에게 만족 못해 여러 남자와 정사를 벌이는 엠마의 애정행각이 노골적인 『마담 보바리』, 성불구 남편 대신 사냥꾼 멜러즈와의 육체적 관계로 진정한 사랑에 눈을 뜬다는 채털리 부인의 성욕 치유기『채털리 부인의 사랑』. 두 작품은 발표 당시 지나친 성애 묘사로 금서 목록에 올랐었다. 그러나 후에 가공되지 않은 욕망과 인간 본질에 기반을 둔 사랑의 관점을 제시했다는 평가를 받으며 작품성을 인정받았다. 16세기 명말 문학계를 충격에 빠뜨렸던『금병매』역시 출간 당시 외설스럽고 야한 음서淫書로 취급되었다. 그러나 본능과 욕망을 통한 진정한 사랑의 의미, 사회의 비리와 부정 폭로, 인간에 대한 심오한 통찰로 다시금 재평가받고 있다.

욕망의 시대, 거래의 공간

이 작품은 명나라 가정嘉靖 말기에서 만력萬曆 중기를 배경으로 당시의 황제 및 관료부터 상인·기녀·부랑아에 이르기까지 다양한 사람들의 삶의 전반에 드러난 갖가지 행태들을 다루고 있다. 인간 세태에 대한 세세한 묘사로 루쉰으로부터 명나라 최고의 '인정소설人情小說'이라는 평을 받기도 했다.

소설의 배경인 임청臨淸은 경항대운하京杭大運河가 관통하는 교통·상업·유통의 중심지이자 유흥과 오락의 도시다. 모든 것이 거래되는 경제 성지이며, 욕망과 본능이 꿈틀대는 야망의 메카이기도 하다. 넘쳐나는 물건과 부유하는 금전, 책임 없는 사랑이 가능한 공간, 물질과 욕망이 혼재된 그곳에서 서문경과 여인들은 넘치게 사용하고 절제 없이 소비하며 문란하게 사랑한다. 대담한 묘사, 적나라한 욕망, 노골적인 탐욕, 그리고 그 행간에 쓰인 시대와 공간, 인간 통찰의 의미를 읽을 수 있다면 우리는 노골적이어서 오히려 설득력 있는『금병매』의 사회적·심리학적 가치를 발견할 수 있을 것이다.

그들이 사는 세상

총 100회로 구성된 『금병매金瓶梅』는 『수호전水滸傳』에서 24회부터 27회에 등장하는 무송武松과 서문경西門慶, 반금련潘金蓮의 관계를 중점으로 확대한 이야기다. 제목은 서문경의 첩 반금련의 '금金'과 이병아李瓶兒의 '병瓶', 시녀 춘매春梅의 '매梅'에서 한 글자씩 따서 지었다. 세 치 정도의 전족한 작은 발 '삼촌금련三寸金蓮'의 '금', 꽃을 꽂는 화병花瓶의 '병', 고결한 매화梅花의 '매'의 의미도 되니, 전족과 관상용 화초로 상징되는 명대 여성의 처지를 상징하기도 한다.

이야기는 청하현淸河縣의 약장수 서문경이 온갖 악질적인 방법으로 권력과 부를 거머쥐는 데서 시작한다. 서문경은 우연히 만두 장수 무대武大의 부인 반금련과 눈이 맞아 짜릿한 간통의 밀애를 즐긴다. 이를 금련의 남편 무대가 눈치채자 반금련은 서문경과 모의해 무대를 독살하고 그의 첩이 된다. 무대의 아우 무송武松은 억울하게 죽은 형의 복수를 도모하다 다른 사람을 살해하는 바람에 체포된다. 천하 난봉꾼인 서문경은 기녀 출신 이교아와 하녀 손설아로도 만족하지 못해 돈 많은 과부 맹옥루를 꼬시고 의형제의 부인 이병아까지도 끌어들인다. 그는 여자들의 재산까지 긁어모아 사업을 확장하고, 매관으로 관직을 꿰차면서 방탕하고 문란한 생활을 이어갔다.

그러나 음욕의 끝에는 중독과 파멸이 도사리고 있었다. 더 자극적이고 더 짜릿한 쾌락을 위해 춘약, 즉 마약에 손을 대기 시작한 것이다. 서문경과 반금련은 춘약의 황홀경이 이끄는 변태적인 성행위에 중독되고 더 큰 쾌락을 갈구하며 파멸되어갔다. 그러다 결국 서문경은 서른셋의 나이로 요절한다. 서문경의 처 오월랑吳月娘은 반금련과 여인들을 쫓아낸다. 이때 무송이 찾아와 반금련을 형 무대의 무덤에 끌고 가서 죽이며 복수한다. 오월랑은 인생무상을 느껴 불교에 귀의하고, 서문경의 유복자 효가는 출가하는 것으로 끝을 맺는다.

『금병매』가 금서인 진짜 이유

『금병매』의 출간은 명대 사회에 던지는 폭탄과 같았다. 그 이유는 무엇일까? 우선 표면적인 이유는 비윤리성이다. 명나라를 건국한 주원장朱元璋은 '몽골 축출, 한족 천하'를 기치로 가족 중심의 혈연공동체-국가 중심의 사회공동체를 지향하는 주자학을 왕조의 근간 사상으로 삼았다. 주자학이 어떤 학문인가? 가부장적 신분질서와 봉건적 예교의 권위를 절대시한 학문 아니던가.

그런데 『금병매』를 들여다보라. 인물들을 견인하는 모티브는 패륜, 간통, 마약, 살인, 매관매직 등 온통 비윤리적인 작태들뿐이다. 주인공 서문경부터가 악덕 상인으로 재산 축적 경위나 생활방식 모두가 부도덕하고 반인륜적이다. 화려한 저택에서 온갖 호사스러운 물건과 음식을 소비하며, 도박·쌍육·바둑 등 갖가지 잡기를 즐기고, 성대한 연회를 개최하여 난잡한 정사에 탐닉하는 이들의 작태는 도를 넘어서도 한참 넘어선 것이었다.

그러나 이 책이 금서가 된 진짜 이유는 따로 있다. 감독판쯤 되는 무삭제 완결판 성행위 묘사가 그것이다. 그때까지 대개의 작품에서 그려지는 사랑 행위라는 게 참으로 제한적이고 천편일률적이었다. '촛불이 꺼졌다'라든지 '뜨거운 밤을 보냈다'라는 식으로 에둘러 표현하거나, 기껏해야 '옥 같은 몸이 내 품에 안겨 있네'라거나 '꽃봉오리 같은 입술 벌어졌다' 정도였다. 그런데 『금병매』에는 성행위 관련 묘사가 무려 174군데, 그것도 아주 노골적이고 화끈하게 묘사되어 있다. 그 상대도 고용인의 아내, 친구 부인, 유부녀로 온통 불륜이며 간통이며 패륜이었다. 그뿐인가. 정사를 돕는 환약이니 보조기구며 변태적인 성행위까지 등장하니, 모두들 이 낯뜨거운 장면들에 입을 딱 벌리고 기겁을 했던 거다.

넘지 말아야 할 선, 금단의 열매, 금지된 장난은 청소년에서 어른이 되는 짜릿한 성장통인 것만 같다. 마치 사춘기 시절 문을 닫아걸고 읽는 빨간책처럼, 그 시대 『금병매』는 이른바 진짜배기 어른이 되는 통과 의례요 지침서이자, 어른을 위한, 어른의 문화와 놀이였던 셈이다. 물론 상상 그 이상의 재미와 자극을 선사했을 터였다. 진짜배기 어른의 사랑은 어떤 건지 정말 궁금하지 않은가?

19금 빨간 책, 진짜 어른 입문서

줄거리보다 더 궁금했던, 『금병매』의 속살, 그 내용을 살짝 맛보자면 다음과 같다.

비단 버선을 높이 쳐드니 어깨 위로 두 발이 나타난다. 금비녀는 옆으로 떨어지고 베개 위에 검은 머리카락이 쌓인다. 바다에 다짐하고 산에 맹세하며, 수없이 흔들며 분탕질을 해댄다. 구름을 부끄러워하고 비를 겁내면서, 부드럽게 애무하며 만 가지 교태를 짓는다. 꾀꼬리 같은 목소리는 귓가를 떠나지 않고 달콤한 침이 웃음소리와 함께 흘러넘친다. 버들가지 같은 허리 끊임없이 춘정이 무르익고 앵두 같은 입에서는 가냘픈 숨소리가 흐른다. 반짝이는 눈은 몽롱해지고 땀방울은 향기를 품은 옥구슬처럼 흘러내린다. 우윳빛 젖가슴은 파도처럼 출렁이고 흐르는 이슬은 모란꽃 몽우리에 떨어진다. 참으로 배필은 연분이라 하지만 몰래 나누는 사랑(偸情)의 맛은 비길 것 없이 달콤하다.

금련은 촛불을 침대 머리맡에 놓고, 한 손으로 휘장을 걷어 올리면서 안으로 들어왔다. 그러고는 붉은 바지를 벗고 옥 같은 몸을 드러내 보였다. 서문경은 베개 위에 앉아서 자기 물건에 탁자托子 두 개를 매달고 슬슬 어루만져 크게 만들어 금련에게 보여주었다. 금련은 물건을 들여다보고는 깜짝 놀라 한 손으로 쥐어보려 했으나 쥘 수 없을 정도로 컸다.

서문경이 웃으며, "연꽃님, 이리 와봐요. 빨 수 있으면 한번 잘 빨아봐요. 은자銀子 한 냥을 줄 테니"라고 말했다. 금련은 "못 할 줄 아세요! 당신이 아무리 좋은 것을 먹었다고 해도 내가 질 줄 알고?" 하면서 비스듬히 누워 두 손으로 물건을 잡고서 붉은 입술을 가져갔다.

어떤가. 무엇을 상상했든, 상상 그 이상이지 않은가?

『금병매』의 재발견

『뇌를 훔친 소설가』의 저자 석영중 교수는 소설 속 등장인물의 언행에 담긴 다양한 심리와 감정들이 우리 뇌를 자극하고 공감을 일으킨다고 했다. 작품을 읽으면서 마치 자신이 그런 감정과 상황에 빠진 듯한 '거울뉴런' 효과를 느낀다는 것이다. 애니메이션 〈인사이드 아웃〉

의 기쁨·슬픔·버럭·까칠·소심의 다섯 감정들이 주인공 '라일리'의 진정한 행복을 위해 고군분투하는 모습에 격한 공감을 느끼듯 말이다.『금병매』를 읽다보면 그게 무슨 말인지 납득이 간다.

『금병매』의 등장인물들은 다양한 경위로 자신의 심리상태를 드러내고 있다.

서문경이 과도한 정사와 비윤리적인 쾌락, 무절제한 약물에 중독되는 것은 재물 축적과 권력 추구라는 성취 지향적 인생관이 야기한 과도한 스트레스를 자극적인 쾌락으로 해소하려는 행위로 보인다. 반금련의 도착적 음욕은 유기遺棄의 불안과 사회적 무력함에 대한 표출로 보이기도 한다. 상처 입은 짐승 같은 둘은 동물적 감각으로 강력한 공감대를 형성했을 것이다. 금단의 열매, 경계를 넘는 스릴, 끝을 모르는 탐닉은 서문경과 반금련이 사회적 구속과 윤리적 강압에 대처하는 방식이었을지도 모르겠다. 어쩌면 그들은 냉혹했던 사회적 압박과 내재적 욕망의 충돌로 인해 성도착적 공황장애, 우울증에 걸렸던 것은 아닐까?

로맨티시즘과 에로티시즘의 경계

그러나 외설적이라는 평가에서 자유롭지 못했던 걸까?『금병매』의 작가는 본명이 아닌 난릉蘭陵의 소소생笑笑生이라는 필명으로 작품을 발표했다. 지금까지 20명이 넘는 명나라의 유명한 문인과 학자들이 원작자로 거론되고 있지만, 누구인지는 분명치 않다. 그가 오늘날 "육체의 삶이 정신적 삶보다 중요하다. 육신이 진정한 생명이다"라던 데이비드 허버트 로렌스의 주장을 읽거나, 2007년 베니스영화제 황금사

자상을 수상하며 작품성을 인정받은 〈색, 계色, 戒〉에 열광하는 현상을 접한다면 자신이 이 근사한 작품을 썼노라 나서지 않을까 싶다.

그러면 우리는 『금병매』에 이렇게 찬사를 보낼 것이다. 재자가인의 플라토닉 러브나 선남선녀의 고결한 결합이라는 사랑 공식에서 벗어나 진일보한 사랑의 형태를 제시한 러브스토리계의 혁명, 에로티시즘의 탄생, 진짜 어른이 되는 성장소설의 강림이라고 말이다.

중국의 『데카메론』,
『삼언』『이박』

몰래 읽는 이야기는 재미있다. 금기를 깬 파격은 흥미롭다. 금단의 열
매는 욕망을 자극한다. 친구의 부인을 유혹한 귀족, 짝사랑 유부녀를
겁탈한 기사, 아홉 남자랑 자고도 처녀인 척 결혼한 귀족의 딸, 마님
을 넘보는 하인⋯⋯. 14세기 이탈리아인 보카치오가 쓴 『데카메론』
에 실린 이야기들이다. 피렌체를 휩쓸던 흑사병을 피해 산골 마을로
피신한 일곱 귀부인과 세 젊은이가 두 주 동안 주고받은 100개의 이
야기 『데카메론』은 성애와 유혹, 치정과 살인, 탐욕과 사기 등을 유쾌
하고 위트 있게 묘사했다. 그래서 지옥과 연옥, 천국의 신성한 이야기
단테의 『신곡神曲』에 비견되어 『인곡人曲』이라 불렸다. 『데카메론』이
담고 있는 삶의 천태만상과 인간군상은 13~14세기의 경제 성장과
르네상스 운동이 견인한 인간과 물질의 시대를 상징한다.

풍몽룡馮夢龍의 『삼언三言』과 능몽초凌濛初의 『이박二拍』 역시 지식
과 이념 대신 물질과 경제가 사회적 장악력을 지녔던 명대 중후기의

시대 풍경을 대변한다. 사람들은 관념적이고 배고픈 충효의 도리보다 배부르고 등 따스한 시장의 원리를 신봉했다. 그리고 어렵고 교조적인 사대부문학에 비해 쉽고 흥미로운 희곡과 소설 등 통속문학에 열광했다. 『삼언』·『이박』에는 봉건의 편협함을 비웃고 개인의 개성과 자유, 욕망을 추구했던 당시의 시대사조가 고스란히 담겨 있다. 풍자와 욕설, 비유와 속어로 써내려간 적나라한 삶의 백태와 변화무쌍한 인간관계의 사연 200여 편은 인성 해방, 양성 평등, 육체 긍정의 진보적 관념을 견인하고 있다. 『삼언』·『이박』은 가히 중국의 『인곡』이자 진정한 통속문학이며, 진보문학의 선구라고 할 수 있다.

금기에 끌리는 제목의 의미

우리는 욕하면서 본다는 '막장 드라마'의 유혹을 도저히 끊을 수 없다. 보통의 삶에서는 일어나기 힘든 극단적인 상황이나 의외의 사건들을 보여줌으로써 반복되고 무료한 일상에 자극과 활력을 주기 때문이다. 게다가 원초적 욕구를 방출하는 인물들을 통해 속시원한 대리만족의 충족감까지 누릴 수 있다. 단골 소재는 출생의 비밀, 불륜, 패륜, 배신. 나는 감히 못하는 이 모든 것을 누군가 대신 해준다니, 보는 것 듣는 것만으로도 얼마나 통쾌하고 짜릿하겠는가.

　『삼언』과 『이박』의 제목을 풀이하면 바로 위와 같은 이야기라는 뜻을 발견할 수 있다. 『삼언』의 『유세명언喩世明言』·『경세통언警世通言』·『성세항언醒世恒言』에는 각각 세상(世)을 빗댄(喩) 놀랍고도(驚) 깨달음을 주는(醒), 명쾌하고(明) 통찰하는(通) 한결같은(恒) 이야기(言)가 40편씩 총 120편 수록되어 있다. 『이박』의 『초각박안경기初刻

拍案警奇』・『이각二刻박안경기』는 책상을 내려칠 만큼(拍案) 놀랍고 기이한(驚奇) 이야기 78편이다. 그러니까 상식과 예상을 깨는 놀라운 이야기, 평범하지 않은 기발한 이야기, 호기심을 유발하는 자극적인 이야기, 『아라비안나이트』나 『데카메론』처럼 밤을 새워 듣고 싶은 이야기가 『삼언』・『이박』이라는 것이다.

진주적삼에 적신 눈물

『유세명언』 제1권의 「장흥가의 진주적삼蔣興哥重會珍珠衫」은 얽히고 설킨 아침드라마 20부작을 보는 느낌이다.

절세가인 삼교아三巧兒와 조각미남 장흥가蔣興哥는 금슬 좋은 부부다. 18세에 혼인한 두 사람은 불꽃같은 5년의 신혼생활을 보내던 중, 생계를 위해 장흥가가 머나먼 장삿길에 오르게 된다. 남편의 빈자리가 컸던 삼교아는 떠돌이 휘주徽州 상인 진대랑陳大郎을 만나 통정하는 사이로 발전한다. 진대랑이 떠나는 날, 삼교아는 정표로 장흥가의 진주적삼을 건넨다. 길을 떠난 진대랑은 소주蘇州에 머물다 우연히 장흥가를 만나 친해지는데, 장흥가는 진대랑의 넋두리와 진주적삼을 통해 아내의 불륜을 알아챈다. 집에 돌아온 장흥가는 곧바로 삼교아를 내쫓는다.

쫓겨나 친정에 머물던 삼교아는 현령 오걸吳杰의 첩이 된다. 한편 집을 찾은 진대랑은 아내 평씨平氏와의 불화로 집을 나와 삼교아를 찾아 나서던 중 머물던 객점에서 삼교아와 장흥가의 관계를 듣게 된다. 죄책감에 병이 든 진대랑은 자신을 찾아 객점에 찾아온 아내 평씨 앞에서 세상을 뜬다. 한편 평씨는 객주 아들의 청혼을 거절하여 쫓겨났다가 우연히 장흥가를 만나 재혼한다. 어느 날 장흥가는 평씨의 진주적삼을 보고 그녀가 죽은 진대랑의 처였음을 알게 된다. 그러던 중 장흥가는 실수로 노인 한 명을 죽게 해 투옥되는데, 삼교아가 현령인 남편 오걸에게 선처를 부탁하여 풀려난다. 모든 사연을 알게 된 현령은 삼교아를 장흥가에게 돌려보내고, 장흥가는 본부인 평씨와 첩 삼교아를 데리고 행복한 여생을 보낸다.

실로 인과관계가 얽히고설킨 복잡한 인물관계 아닌가. 세 남자를 거치며 뭇 여인들의 욕망을 실현한 여인, 외도한 배우자의 남편과 아내, 첩의 전남편을 살려준 남자. 누구 하나 기막힌 사연, 곡절 없는 인물이 없다. 그들이 벌이는 사건 역시 요즘 드라마 못지않은 촘촘한 구성과 설정 아닌가? 삼교아의 불륜죄가 전남편의 살인죄 구명으로 상쇄되는 결론은 '욕망'이 허용되는 열린 결말이다. 문득 외도한 배우자의 남편과 아내가 만나 사랑하게 되는 영화 〈화양연화花樣年華〉가 떠오른다. '인생의 가장 아름다운 순간'이라는 뜻의 영화 제목처럼 삼교아도 욕망에 충실했던, 가장 아름다운 인생의 순간을 도모했던 것은 아닐까?

서호에 깃든 사랑, 백사의 전설

『경세통언』 제28권의 「뇌봉탑에 갇힌 백낭자白娘子永鎮雷峰塔」는 당대唐代부터 전해 내려온 전설을 풍몽룡이 집대성하여 재구성했다. 이 이야기는 특히 항주 서호의 십대절경 중 하나인 뇌봉탑을 배경으로 기나긴 사랑의 여정을 담고 있다.

남송 소흥紹興 연간 천년 수련 내공의 백사白蛇 백소정白素貞은 우연히 항주의 서호에 놀러왔다가 아름다운 풍광과 인간 세계에 반해, 금산사金山寺의 승려 법해法海의 선단仙丹을 훔쳐 먹고 사람으로 변신한다. 그녀가 청사靑蛇 소청小靑과 인간 세상에 내려온 그날은 비가 추적추적 내리던 날이었다. 대책 없이 비를 맞고 있는 소정 앞에 마침 지나가던 서생 허선許宣이 우산을 건네고, 그 인연으로 둘은 사랑에 빠진다. 소정이 백사라는 사실을 모르는 허선은 혼례를 올리고 함께 약방을 차려 병든 사람들을 치료하며 행복하게 살아간다.

그러나 소정에게 선단을 도난당한 법해가 찾아와 둘 사이를 방해한다. 법해는 허선을 유인해 소정이 웅황주雄黃酒를 마시도록 한다. 허선의 끈질긴 요청에 웅황주를 마신 백소정은 백사로 변하고, 허선은 놀라 쓰러져 죽는다. 백소정이 천계의 약초로 허선을 살리지만, 법해는 허선을 금산사에 가둔다. 임신 중이던 소정은 법해와 끝까지 싸우지 못하고 물러난다. 천신만고 끝에 금산사에서 도망친 허선은 우여곡절 끝에 소정과 재회해 아이를 기르며 평온히 살아간다. 그러나 다시 법해가 찾아와 소정과 싸운다. 소정은 싸움 중에 금산사를 물에 잠기게 하여 수많은 생명을 죽인다. 법해는 살생의 죄를 물어 소정을 쇠 바리에 가둬 땅에 묻고 그 위에 탑을 쌓는데, 그 탑이 바로 뇌봉탑이다. 뇌봉탑에는 천년을 기다린 인간의 삶이지만 다시 영겁의 세월에 갇힌 비극적인 운명의 백사 소정의 전설이 깃들어 있다.

풍부한 수원과 수려한 자연경광의 항주 서호를 배경으로 펼쳐지는 백사 소정과 인간 허선의 사랑은 비극적이어서 더 신비스럽고 몽환적이다. 이 전설은 민간 공연과 경극京劇, 곤곡崑曲 등을 거쳐 현대에도 소설·연극·영화·드라마·애니메이션 등 다양한 장르에서 인문학 콘텐츠로 활용되고 있다. 그중 쉬커徐克 감독의 〈청사靑蛇〉(1993)와 청샤오둥程小東 감독의 〈백사대전〉(2011)은 아름다운 영상, 화려한 액션, 애잔한 서사가 어우러진 판타지 영화로 유명하다.

명대의 『색, 계』, 도덕을 비웃다

예로부터 여성의 성性은 생산과 접대에만 국한된 영역이었다. 성욕은 남성만의 전유물이자 권리였고 여성은 그 소유물이자 대상일 뿐이었다. 여성의 성욕은 죄악과 타락의 징표였다. 그런데 이 놀라운 이야기들은 여성의 성적 탐닉을 마구 부추기고 있다.

『박안경기』 제6권 「아내의 유혹酒下酒趙尼媼迷花」은 비구니, 유부녀, 난봉꾼의 성욕에 얽힌 치정극이다. 무씨巫氏는 과거공부를 하러 멀리 떠난 남편 가씨賈氏와 반년에 한 번씩 만나 회포를 푼다. 가씨 집안이 정기적으로 공양하고 있던 절의 비구니 조씨趙氏는 아기 기도를 핑계로 무씨를 절로 유인한다. 자신과 내연관계였던 난봉꾼 복량卜良이 무씨를 겁탈하게 하기 위해서였다. 비구니와 복량은 무씨의 음식에 술을 넣고, 이를 먹고 취한 무씨는 복량에게 겁탈당한다. 억울한 무씨는 복량을 잠자리로 유혹해 혀를 깨물어 잘라낸 다음 그 혀를 죽은 비구니의 입속에 넣는다. 복량이 비구니 살인강간죄로 체포되도록 꾸민 것이다. 종교와 도덕의 경계를 넘나드는 파격의 서사는 스릴 넘치는 한 편의 치정 서스펜스를 보는 듯하다.

제26권 「바람피우다 죽은 두씨奪風情村婦捐軀」에는 성욕을 자유롭게 해소하는 여인이 등장한다. 두씨 여인은 성무능자 남편에게 불만을 품고 집을 나온다. 친정으로 가던 길에 태평사太平寺에 들른 두씨는 그곳에서 노승 대각大覺, 그의 동성 애인 지원智圓과 번갈아 정사를 벌이며 쌓인 성욕을 해소한다. 이 세 사람이 기묘한 삼각관계를 이루던 중 질투에 눈이 먼 주지가 두씨를 살해하면서 그 범인을 추적하는 이야기다. 여성의 성적 탐닉이 수용되는 정서가 담겨 있다.

같은 책 제32권의 「서로의 아내를 바꾸다喬兒換胡子宣淫」는 대담무쌍한 스와핑 이야기다. 철용鐵容은 미모의 아내 적씨狄氏를 자랑하는 절친 호수胡綏에게 서로 아내를 바꿔 잠자리를 하자고 제의한다. 호수가 거절하지만, 철용은 자신의 아내가 호수를 유혹하도록 하고, 자신도 결국 호수의 아내와 잠자리를 하게 된다는 서사다. 부부교환 성관계라는 파격적 소재가 시대의 단상을 투영한다.

『삼언』·『이박』은 유학의 권위가 자본의 실용에 자리를 내준 명대 후기의 현상과 확장된 사랑의 범주를 우리에게 보여준다. 육체는 영혼을 담는 그릇이고, 영혼의 표현은 육체의 행위를 통해 가능하다. 이 진리를 『삼언』·『이박』은 통찰하고 있다. 이 놀랍도록 자극적이고 솔직한 서사를 읽으며 독자는 명대라는 그릇에 담긴 시대의 영혼을 느낄 수 있을 것이다.

B급 감성, 황색 저널의 반란
『괴지아』와 『산가』

1968년 창간된 대한민국 최초의 성인용 주간 오락잡지 『선데이 서울』은 발간 당시 2시간 만에 6만 부가 동이 나는 센세이션을 일으키며 1991년 폐간될 때까지 완판 신화와 금서 신드롬을 양산한 대한민국 대표 오락잡지였다. 붉고 파란 글씨가 선명한 '처제와 삼각관계 형부', '이태원 카사노바 화끈한 고백 수기', '한 남자에게 만족 못하는 여배우들', '여탕 가서 눈요기한 남자 대학생' 등 온갖 자극적인 표제가 너울대는 배경에는 육감적인 모델이 도발적인 미소를 보내는 고색창연한 컬러 사진이 실려 있다. 거쳐간 표지 모델만도 무려 800여 명, 미장원과 이발소의 필수 구비 잡지 목록 1위, 1970년대 당시 한 달 매출 1억 신화 달성의 비결은 무엇일까?

당시 『선데이 서울』은 내 안에 아로새겨진 총천연색 유치찬란 속내와 욕망을 겨냥한 B급 정서의 분출구였다. 고압적인 유신정치 아래 개도국의 경제 성장통, 상명하복의 직장문화, 가부장적 가정환경, 주

입식 학업 스트레스에 시달렸던 이들의 지친 영육은 야한 도색과 음담패설이 뿜어내는 B급 감성의 위로를 받았으리라.

명대 중후기 민간과 향촌에서 떠돌기 시작하며 도시 전역을 휩쓸었던 『괘지아掛枝兒』와 『산가山歌』의 무람없는 욕망과 행실들을 들여다보면, 『선데이 서울』을 능가하는 발칙한 내용들에 화들짝 놀라게 된다. 그리고 거기에 담긴 시대 불문, 성별 무관, 종교 초월의 원리에 슬며시 공범자의 야릇한 미소를 짓게 된다. 여기에는 지엄한 규범 아래 유유히 흐르던 분방의 기류, 유행가라기엔 수위가 높고 외설이라 하기엔 문화적 소양이 다분한, 경계를 넘나드는 아슬아슬한 사연들이 가득하다. 수만 년 전부터 우리 DNA에 면면히 흐르는 원시의 본능을 일깨우는 황색 문학, 도색 문화의 대마왕 『괘지아』와 『산가』. 궁금하다, 너란 감성.

욕망을 통제하는 시대

> 민간의 과부 중에서 서른 이전에 과부가 되어 수절하여 쉰이 넘어서까지 정절을 지킨 이에게 정문旌門(열녀문)이나 편액을 하사하고 부역을 면제토록 한다.[5]

명나라 때의 종합행정법전인 『대명회전大明會典』의 「정표旌表」, 즉 상벌 규정에 실린 내용이다. 명 왕조는 몽골 지배 90여 년간 침체기에 빠졌던 정통문화를 회복하고자 했다. 그래서 고금古今의 문헌들을 모

---

5) 凡民間寡婦三十歲前夫亡守節, 五十以后不改節者, 屬旌表之列,除免本家差役.『大明會典·旌表』

아 『영락대전永樂大典』을 편찬하고 충신·효자·절부에 대한 포상 법령을 만드는 대대적인 풍습 교화 프로젝트에 착수했다. 그러나 효도와 정절을 돈이나 관직, 부역 면제 등으로 포상함은 역으로 극단의 조치가 필요할 만큼 사회가 분방하고 무절제했음을 의미하기도 한다. 여성 훈육서 『여계女戒』와 『내훈內訓』의 편찬을 필두로, 정절을 위한 자결의 권장, 전통 윤리가치 회복이란 명목의 극단적 규제들은 실상 부도덕·패륜·원죄의 이름으로 불리는 본능과 욕망을 통제하려는 시도들이었다.

그러나 그것은 누른다고 눌러지는 것도, 윽박지른다고 없어지는 것도 아니었다. 오히려 그런 압제와 통제를 뚫고 꿈틀대며 솟아오르는 습성이 있다. 그것은 본능과 욕망이 바로 인간의 이유, 생존의 법칙, 진화의 흔적이기 때문이다.

욕망을 욕망하는 노래

배움이 짧다고 느낌까지 부족한 것은 아니다. 가난하다고 감성이 메마르는 것도 아니다. 일상이 반복된다고 삶까지 단조로운 건 아니다. 시골 촌놈과 향촌의 아낙, 강호의 떠돌이와 청루의 기녀, 저잣거리의 장사치와 행랑 노복들의 희로애락은 참으로 구성지고 찐득하기도 하다.

『괘지아』와 『산가』는 민간의 유행가라는 측면에서 『시경』이나 '악부시'의 계열이라고 할 수 있다. 그러나 훨씬 노골적이고 원색적이다. 대개 백성들이 산과 들에서 일을 할 때 불렀던 노래로 우리나라의 민요나 타령에 더 근접한다고 볼 수 있다. 『괘지아』와 『산가』는 각각 북방과 오월吳越 문화의 집결지인 강남의 소주蘇州를 중심으로 형성된 민가들이다. 이를 풍몽룡이 각각 430수, 383수로 정리하여 10권으로 편찬한 것이다. 노동과 일상의 분주함 틈새에 부르는 이들의 언어는 직설적이고 감정은 적나라하며, 연애는 대담하고 눈물은 애처롭다. 대부분 7언 4구의 기본형에서 변화한 단시 형식으로 야하고 외설적인 연애가요가 다수를 차지하고 있다. 풍몽룡은 『산가』의 서문에서 "남녀의 진정眞情으로 유교 윤리의 가면을 벗기겠다"고 선전포고를 했으니, 마음의 준비들 단단히 하시길.

나의 연애, 너의 불륜

위밍업 없이 훅 치고 들어오는 잽을 맞는다면 이런 기분일 터. 시작부터 심상치 않다.

> 사내가 여인을 사랑하고 여인도 사내를 사랑하나
> 몰래 사랑하며 당당히 밝히지 못하는 건
> 여인에겐 남편이 있고 사내에겐 아내가 있기 때문이지.
> 서로 바꾸어 만난다면 완벽한 한 쌍을 이루련만.[6]

「바꿔 만나세交易」

인간은 합리화의 달인이다. 뭔가 켕기는 구석이 있으면 더 큰소리를 치며 자기정당화의 길을 모색한다. 요는 유부남 유부녀가 정분이

6) 郎愛子姐哩姐咦愛子郎, 偸情弗敢明當當. 姐有親夫郎有眷, 何弗做場交易各成雙. 『山歌』卷3「交易」

났는데 이 거북한 상황을 정리하는 방편으로 배우자 교환을 제안한 것이다. 화자의 파격에 박수를 보낸다. 대체 이 사람은 희대의 변태일까, 아니면 파트너 교환의 욕망 시스템 도입을 선도한 진보적 젠더 혁명가일까?

이번 노래도 세다. 가족은 건드리는 것이 아닌데, 그 금기를 훌쩍 넘는다. 콩 한쪽도 나눠먹는 우애 좋은 자매가 별걸 다 나눠 쓴단다.

> 언니가 몰래 사통하는데, 여동생도 따라와 통정하니
>
> 셋이 한 덩이가 되어 뒹구는구나.
>
> 자매는 마치 가면 위에 눈구멍이 두 개인 것처럼
>
> 수선공이 신발 끈을 양쪽에서 기워 올리듯이 둘이 꼭 같이.[7]

「자매姐妹」

하다하다 사내까지 나누는 눈물겨운 우애여. 상상해보라. 언니와 여동생이 한 남자와 엉켜 한 덩이로 뒹구는 모습을. 망측하고 남세스러운 노릇 아닌가. 그런데도 외설스럽기보다는 익살스럽고 민망하면서도 궁금하다. 이런 정서는 여성의 은밀한 부위를 가면 위의 구멍으로 묘사하고 자매의 '따로 또 같이'를 양쪽에서 기워 올리는 끈으로 표현한 화자의 기발함 때문이리라. 과연 사내를 나눠 즐기던 이들 자매의 우애는 끝까지 돈독했을까?

---

7) 姐要偷來妹吚要偷, 三箇人人做一頭, 好像虎面子上眼睛兩箇孔, 銜猪騌皮匠兩邊抽. 『山歌』 卷4 「姐妹」

스스로 단 주홍 글씨

17세기 미국 청교도들의 위선에 대한 날선 비판을 담은 너새니얼 호손의 『주홍글씨』는 발표 당시 미국 기독교계에 충격과 논란의 기류를 형성했다. 청교도 목사 딤스데일을 유혹했다는 죄로 간통, 즉 'Adultery'의 A를 주홍 글씨로 평생 가슴에 달아야 했던 유부녀 헤스더. 욕망에 솔직하고 아름다웠던 헤스더의 상대가 목사였다는 이유로 더욱 가혹했던 마녀 사냥을 비웃듯 『괘지아』와 『산가』 여인들의 헤픈 웃음과 들끓는 성욕, 내숭 없는 도발들은 상상을 초월한다.

> 동쪽에서 자고 서쪽에서도 자니
>
> 헤아려보니 같이 잔 놈팡이가 3천은 족히 되겠네.
>
> 3대에 공덕 닦아도 잘 곳 하나 얻기 힘들다던데
>
> 나는 9천 대의 공덕으로 연분을 맺는다네.[8]

「많기도 해라多」

세상에! 잠자리를 같이한 사내가 3000이라니! 전설의 바람둥이 돈 후안도 울고 갈 여인 아닌가. 9000대에 걸친 공덕으로 뭇 사내를 품었다 자랑스레 허세를 떠는 모양새가 어쩐지 음탕보다는 호쾌에 가깝다.

이에 질세라 외간 남자와 정분이 난 유부녀도 음간의 짜릿함을 놓치기 싫다고 토로한다.

---

8) 東也困, 西也眠, 算來孤老足三千. 常言道三世修來難得一處宿, 小阿奴奴是九千世修來結箇緣. 『山歌』卷4「多」

그놈의 정분을 끝내자니 운우지락 못 끊겠고

끝내지 말까 하니 남편이 알까 무섭다네.

차라리 남편한테 매타작을 당할지언정,

서방질하는 그 맛을 어찌 하루라도 빼먹을손가.[9]

「남편이 무서워怕老公」

대체 서방질이 얼마나 짜릿하기에 남편의 매질보다 그걸 끊는 게 더 두렵다고 하는가. 원래 훔친 사과가 맛있고 하지 말라는 놀이가 더 재밌으며 늦게 배운 도둑질에 밤새는 줄 모르는 법이다. 뒤늦게 눈뜬 육체의 쾌락에 분탕질치는 마음의 용광로를 품은 여인네의 속내가 발칙하다. 그녀의 남편이 처용처럼 침대 위에 얽혀 있는 다리 넷을 발견한다면 어떤 심정일까?

그러나 분방함이 방탕이 되는 건 한순간. 과년한 딸자식의 늦은 귀가를 걱정하고, 낯뜨거운 소문에 으름장을 놓는 부모의 엄포가 무색하게 처녀가 덜컥 애를 뱄다.

그와의 불장난을 후회한다네.

골칫덩이 생긴 걸 누가 알아챘을까?

배가 커지니 복대 매기도 어렵네.

이런 환장할 일을 어찌 처리할지.

엄마가 알게 될 게 뻔한데,

엄청 두들겨 맞을 게 뻔한데.

---

9) 丟落子私情哎弗通, 弗丟落簡私情哎介怕老公. 寧可撥來老公打子頓, 那捨得從小私情一旦空.『山歌』卷3「怕老公」

(풍몽룡 왈) 배부른 건 우스개 삼을 일이 아니라, 한스러운 일이라네.[10]

「임신 걱정愁孕」

불장난의 후유증, 예기치 않은 임신으로 불러오는 배를 걱정하는
화자는 분명 시집 안 간 처자일 터. 아비는 어디로 내빼고 처녀 혼자
감당하고 있다. 생리-임신-출산의 생물학적 숙명을 짊어진 여성의
몸은 욕망의 대상이자 순결의 제단이 되어야 하는 역설적 공간이다.
즐길 때는 함께해 놓고 뒷감당은 나 몰라라 하는 무책임한 사내의 도
둑 심보에 부아가 치민다.

스님은 보살을 좋아해

중생 구제의 혜량과 만겁 업보의 해탈을 도모하며 아미타불의 극락
왕생 법문을 외는 대덕고승을 생각하셨다면, 지금부터 그 고정관념일
랑 잠시 접어두시길.

> '하늘에 별이 많으면 달빛은 적다네.'
> 중이 문 앞에서 산가를 부르네.
> 길 가던 이가 "스님은 어찌 이리 즐거우신가요?"라 물으니,
> "머리털 자라나면 마누라 얻을 생각이라오."[11]

「즐거운 불제자和尙」

---

10) 悔當初與他偸了一下, 誰知道就有了小冤家, 主腰兒難束肚子大. 這等不尬不尷事, 如
　　何處置他? 免不得娘知也, 定有一頓打. (馮評) 肚子不湊趣, 可恨. 『掛枝兒』卷1 「愁孕」

11) 天上星多月弗多, 和尚在門前唱山歌. 道人問道師父那了能快活, 我受了頭髮討家婆.
　　『山歌』卷5 「和尚」

염불을 외고 머리를 깎았다고 해서 테스토스테론이 줄어들거나 성불견성成佛見性의 역사가 일어나지는 않을 터. 이미 해오解悟의 마음을 접은 승려는 머리털만 자라면 마누라를 얻어 속세의 오욕칠정을 마음껏 누릴 생각에 콧노래를 멈출 수 없다. 그러나 민둥머리가 더벅머리 될 세월을 어찌 견딜꼬. 길고 긴 밤 외로움의 허기를 달랠 길 없는 비구는 급한 마음에 일단 절을 찾은 보살을 꼬셔보기로 한다.

> 중이 보살을 오라고 부르더니
> "자네는 고단하고, 나 또한 혼자라, 둘 다 견디기 어렵네.
> 화개성이 있다고 길한 일 생기지 말란 법 있는가?
> 불전에서 사랑을 나누고, 부처님 앞에서 화촉을 밝히세.
> 머리 틀어 올리지 않은 부부가 되어
> 민둥머리 그대로 그대와 해로했으면."[12]

「비구小和尙」

화개성華蓋星이란 별자리를 타고난 사람은 대체로 고독하고 적막한 운세로 중이 되거나 고아나 과부가 된다고 믿었다. 그러나 우리의 스님은 발칙하게도 그 운명을 거슬러 보잔다. 외로운 사람끼리 부처님 자비 아래 서로의 몸을 보시하잔다. 이 스님, 일체 번뇌와 삼라 망상을 절멸하는 정법안장의 대해탈문에 이르는 열반의 기약보다 음식 남녀와 애정만사가 넘실대는 이승 극락의 경지를 더 선호했던 모양이다.

---

12) 小和尙就把女菩薩來叫, 你孤單, 我獨自, 兩下難熬. 難道是有了華蓋星, 便沒有紅鸞照? 禪床做合歡帳, 佛面前把花燈燒, 做一對不結髮夫妻也, 和你光頭直到老. 『掛枝兒』卷10「小和尙」

2015년 2월 26일 대한민국의 간통죄가 폐지되었다. 헌법재판소는 간통죄가 '성적 자기결정권 및 사생활의 비밀과 자유를 침해한다'며 혼인과 가정의 유지는 타율적으로 강제될 수 없는 개인의 문제라고 판시했다. 1953년 형법 241조가 제정된 이래 62년 만의 일이었다. 그러고 보면 500여 년 전 『패지아』와 『산가』의 혁명에 가까운 성 관념과 젠더 의식은 얼마나 진보적이며 얼마나 인권적인가. 계급장 떼고 사제복 벗고 역할과 관계를 벗어난 그들의 민낯과 속내는 우리에게 과감하게 질문을 던진다. 우리의 본능 속에 무엇이 꿈틀거리는지. 우리는 이 감성을 어떻게 어르고 달래며 살아가야 하는지.

예술의 뮤즈, 구국의 선구 되다
—'진회팔염'

'암탉이 울면 집안이 망하고' '여자는 재주가 없는 것이 덕'이라는 말은 옛말이다. 공부면 공부, 노래면 노래, 외모면 외모, 무엇 하나 빠지지 않는 능력 있는 알파걸, 완벽한 엄친딸이 대세인 요즘이다. 글로벌한 여성 파워의 시대에 우리는 피겨의 여왕 김연아에게 열광하고, 힐러리의 대통령 출마를 지지하며, 미셸 오바마의 자서전에 찬사를 보낸다.

뛰어난 여성을 인정하는 분위기는 여성이 '남성의 타자'로만 존재하던 가부장적 시대에도 어느 정도 형성되었다. 다만 제도적으로 인정된 공간과 범위 내에서 가능했는데, 그 공간과 범위라는 것이 바로 기방의 기녀였다. 기녀들은 남성 문인들과 교류하며 춤, 노래, 시서, 연주 등 자신의 능력을 마음껏 발휘할 수 있었다. 가정과 사회에서 권위와 엄숙으로 무장했던 남성들도 기녀들과의 지적·예술적 교류를 통해 비교적 자유로운 젠더관과 개방적인 가치관을 유지할 수 있었다.

　명말청초 혼란의 시대를 풍미했던 여덟 기녀는 뛰어난 여성에 대한 남성들의 동경과 인정이 '기녀'라는 제한된 틀 안에서나마 허용되었음을 보여주는 예시다. '진회팔염秦淮八艷'이라 칭송되는 이 여덟 여성은 정치가·학자·예술가 등과 교류하며 역사와 문학사에 길이 이름을 남겼다. 그들은 바로 마상란馬湘蘭·유여시柳如是·동소완董小宛·진원원陳圓圓·구백문寇白門·고미생顧眉生·변옥경卞玉京 그리고 이향군李香君이다.[13)

남경은 강남스타일

양자강 이남에 위치한 남경南京은 삼국시대 오나라를 비롯해 동진·송·제·양·진陳 여섯 왕조의 도읍지로 왕조의 흥망성쇠를 고스란히 겪어낸 역사의 중심지였다. 또한 수많은 정치가와 상인, 문객들을 위한 기방과 술집·찻집들이 집결한 번화가이기도 했다. 그러면서도 2만 명이 동시에 시험을 치를 수 있는 규모의 과거시험장 '강남공원'과 공자를 제사지내는 '부자묘夫子廟'가 있는 중국 엘리트의 상징 도시이기도 했다. 정치와 경제, 향락과 유행을 선도하는 이곳 남경은 명실공히 명나라의 트렌드를 주관하는 강남스타일의 요람이었던 셈이다. 이런 남경을 관통하는 '어머니 강' 진회하가 산출해낸 여덟 미인이 바로 진회팔염이다. 그녀들이 유명한 이유는 미색이 수려하고 가무에 뛰어나서일 뿐만이 아니다. 명말청초 정치와 사상, 종족과 문화

---

13) '진회팔염'에 관한 고사들은 기존의 사료들과 이유진의 『중국을 빚어낸 여섯 도읍지 이야기』(메디치미디어, 2018)의 내용을 참조하였음을 밝혀둔다.

가 격변하는 국가 존망의 시대에 때로는 순정과 열정을, 때로는 의리와 절개를, 때로는 충심과 애국을 보여주며 역사와 문학에 길이길이 여운을 남겼기 때문이다.

진회팔염의 맏언니 마상란

마상란은 진회팔염 중 연배가 가장 높다. 시서는 물론 그림과 음악에도 정통했던 마상란의 본명은 수진守眞이지만, 난초와 대나무를 잘 그려 상란湘蘭으로 불렸다. 진회에서는 그녀의 재주와 자태를 흠모하는 사내들이 줄을 섰지만, 정작 상란이 순정을 바친 이는 24세에 만난 비운의 강남재자江南才子 왕치등王稚登이었다. 둘의 인연은 만력 원년(1573) 탐관오리의 농간으로 곤경에 처한 상란을 왕치등이 구제해주면서 시작되었다. 상란은 그 인연과 의리를 끝까지 지키고자 했다. 하지만 왕치등은 상란을 예술적·문학적 동반자로서만 대했다. 상란의 유명세에 비해 나이만 많고 보잘것없는 자신에 대한 자격지심 때문이었을 수도 있다. 아니면 불교에 조예가 깊은 자신의 명성에 기생첩을 두었다는 오점을 남기고 싶지 않았을 수도 있다. 그럼에도 그녀는 30년을 오로지 왕치등만 바라보고 섬겼다. 왕치등의 70세 생일날에는 큰 배를 빌려 칠순잔치를 성대하게 열어주기도 했다. 바로 그날 상란은 진탕 술을 마시고 춤을 추더니 다음과 같이 노래하면서 그간의 회한을 토로했다.

　　봄은 가고 가을이 와 나날이 서늘해지는데,

그대 음성은 들리지 않네.[14]

자신의 애정에 반응 없는 왕치등에 대한 섭섭함이 폭발했던 것일
까? 그렇게 노래로 속내를 털어놓은 그날 이후 시름시름 앓던 마상란
은 57세의 나이로 세상을 떠나고 만다. 그녀의 죽음에 왕치등은 뒤늦
게 가슴을 치며 회한의 답가를 바쳤다.

노래와 춤은 그대가 최고였고, 그 명성 청루에 가득했지.
다정은 남았는데 몸은 가니, 나란히 있는 부용꽃 두 송이 그대인가.[15]

왕치등이 상란을 애도하며 지은 12수의 「마상란 애도사 12수馬湘
蘭輓歌詞十二首」의 첫 구절이다. 그는 상란의 못다 이룬 연모의 정이
초연한 연꽃인 양 애도했고, 또한 전기 「마희전馬姬傳」을 써서 그녀의
모든 것을 하나하나 추억했다. 왕치등의 뒤늦은 고백이 죽은 상란에
게 어느 정도 위로가 되었을까? 그야말로 '죽을 만큼 사랑해'를 몸소
실현하며 순정을 바친 그녀의 넋은 백로주白鷺洲 공원 벽봉사碧峰寺
부근에 묻혀 왕치등의 답가를 영원한 사랑의 맹세로 여기면서 음미
하고 있을지도 모르겠다.

---

14) 春去秋來, 寒意漸濃, 遲遲不見王郎的音訊.

15) 歌舞当年第一流, 姓名贏得満青楼, 多情未了身先死, 化作芙蓉也并头. 「馬湘蘭輓歌
詞十二首」

절개를 노래한 유여시

1640년 23세의 유여시가 서른여섯 살이나 많은 동림당東林黨 영수 전겸익錢謙益과 혼례를 치르고 첩이 되었을 때, 사람들은 그녀를 조롱했다. 미색으로 전겸익을 홀려 명성을 훼손시킨 몹쓸 여자라고. 1645년 청이 명을 침략하자 전겸익에게 연못에 몸을 던져 순국하자고 권유하고, 청에 투항한 전겸익을 설득해 변절자의 오명에서 벗어나게 했을 때, 사람들은 그녀를 칭송했다. 남편의 명예를 살리고 나라에 절개를 지킨 지조의 여인이라고. 1664년 전겸익이 죽자 딸에게 「절명사絶命詞」 한 편을 남기고 미련 없이 자결로 그 뒤를 따랐을 때, 사람들은 그녀를 기억했다. 음악과 그림에 능했던 예술가, 사랑과 열정에 헌신했던 자유인, 절개와 재능으로 역사에 길이 남을 유여시라고. 유여시의 애틋한 감상과 꼿꼿한 지조가 남긴 「몽강남夢江南·회인懷人」과 「대나무를 노래하며吟竹」를 감상하며 그녀를 추억해본다.

> 그대 떠났네, 떠난 뒤 자주 꿈에 보이네.
> 예전에 만났을 땐 하고픈 말 다 못했는데,
> 지금에야 남몰래 소원해짐에 후회하네.
> 꿈에서나마 그대 보는 즐거움 느낄 수밖에.[16]
>
> 유여시, 「몽강남·회인」

꽃을 피우지도 자태를 자랑하지도 않고,

---

16) 人去也, 人去夢偏多. 憶昔見時多个語, 而今偸悔更生疏. 夢裏自顧娛. 『柳如是集』 「夢江南·懷人」

쓸쓸한 그림자만 벼루 주변에 비치네.

가지 하나 잎 하나도 가벼이 보지 말게나,

일찍이 명산의 죽림칠현도 무시당했지.[17]

유여시, 「대나무를 노래하며」

"그대 떠났네人去也"로 시작되는 10수와 "그대 어디 있나요人何在"
로 시작되는 10수가 반복되는 「몽강남·회인」에서는 정인에 대한 집
착에 가까운 열정으로, 자태를 자랑하지 않는 대나무의 올곧음으로
자신을 표현한 「대나무를 노래하며」를 통해서는 불의에 대한 굽히지
않는 단호함으로 우리는 유여시를 기억하리라.

국운을 뒤흔든 오삼계의 그녀, 진원원

진원원은 금릉金陵의 사공자四公子 모벽강冒辟疆을 비롯해 황제의 외
척 전홍우田弘遇 및 명장 오삼계吳三桂 등 굵직한 인사들과 교류하며
명말청초 격변의 정치사와 연애사에 이름이 드높았던 진회팔염의 센
터다.

진원원과 가장 먼저 인연을 맺은 이는 모벽강이다. 1641년 초봄 소
주 출신의 명기 진원원을 만난 모벽강은 그녀에게 한눈에 반한다. 선
남선녀 재자가인의 만남은 불꽃이 튀었고, 두 사람은 혼인까지 약속
했다. 그러나 꼭 1년 만인 1642년 봄, 진원원이 전귀비田貴妃의 부친
전홍우의 가기家妓로 차출돼 북경으로 가면서 둘은 헤어지게 된다.

---

17) 不肯開花不趁姸, 蕭蕭影落硯池邊. 一枝片葉休輕看, 曾住名山傲七.『柳如是集』「吟
竹」

진원원은 전홍우의 연회에서 명말의 명장 오삼계를 단박에 매료시키며 그의 첩이 된다. 그리고 곧 역사의 방향을 크게 뒤바꾸는 결정적 역할을 한다. 이자성李自成의 농민반란군이 북경을 함락하고 연이어 청나라가 공격해올 때였다. 천혜의 요충지인 산해관을 사수하고 있던 오삼계의 귀에 이자성의 부하 유종민이 진원원을 납치했다는 소문이 들려왔다. 이 소식에 분개한 오삼계는 산해관을 활짝 열어 청과 연합해 이자성과 명나라를 향해 창을 겨누었다. 진원원을 되찾기 위해 나라의 국운까지 바꿔버린 것이다. 그러나 조국을 배신했다는 자격지심 때문이었을까? 오삼계는 진원원을 예전처럼 사랑할 수 없었다. 그리고 이를 감수한 진원원은 조용히 오삼계를 떠나 비구니가 되었다.

동소완에게 집착은 사랑의 다른 이름

이런 진원원의 첫 연인이었던 모벽강의 삶에 훌쩍 등장한 여인이 동소완이다. 두 사람의 관계를 주도한 쪽은 동소완이었다. 먼저 다가가고 항상 기다리고 언제나 바라보았다. 그러나 동소완의 적극적인 애정 공세에 비해 모벽강은 늘 미지근하고 애매하게 반응했다. 동소완은 오로지 모벽강뿐이었지만, 모벽강은 변명하고 회피하는 소모적인 줄다리기를 계속했다. 더 많이 사랑하는 사람이 더 많이 아픈 법. 동소완의 「녹음 우거진 창가에서綠窓偶成」는 더 많이 사랑해서 아픈 동소완의 서글픈 심정을 대변한다.

아픈 눈으로 꽃을 바라보니 수심만 깊어져
그윽한 창가에 홀로 앉아 거문고 어루만지네.

꾀꼬리도 내 마음 아는지

버드나무에서 수시로 지저귀는구나.[18]

동소완, 「녹음 우거진 창가에서」

"사랑하지 마라 그리워서 아프니라"라는 『법구경』 구절에 딱 들어 맞는 동소완의 처지였다. 너무 울어 아픈 눈, 예쁜 꽃을 봐도 한숨만 나오는 외로운 처지가 처량하다. 주변 지인들은 물론, 모벽강의 처까지 감탄할 정도로 지극했던 동소완의 사모곡은 모벽강이 등에 종기가 났을 때 절정에 이른다. 종기로 똑바로 눕지 못하는 모벽강이 편히 기대어 잘 수 있도록 동소완이 꼬박 100일을 앉은 채로 잔 것이다. 그 정성으로 결국 첩이 되어 모벽강과 9년을 해로했던 동소완. 그러나 그녀는 모벽강을 향한 온갖 시중과 애정에 자신의 모든 원기를 소진했는지, 28세의 젊은 나이에 세상을 떠났다. 짧지만 충만했던 삶의 마지막을 장식한 것도 모벽강이었다. 동소완은 죽을 때 모벽강이 '비익比翼'과 '연리連理'라고 새겨준 팔찌를 간직했다. 여기까지는 사람들이 믿고 싶은 러브스토리.

그러나 실상을 들여다보면 빚에 시달렸던 동소완이 부유한 한량 모벽강에게 대놓고 접근하여 유혹했고, 냉정했던 모벽강이 '사랑은 사랑, 돈은 돈'이라며 선을 긋자, 전겸익의 원조로 빚을 탕감한 후에야 모벽강의 첩이 되었다는 설도 존재한다. 어찌됐건 두 사람 사이에서 더 많이 사랑하고 더 많이 아파한 쪽은 동소완이었다. 동소완이 죽은 후, 모벽강은 『동소완을 추억하며影梅庵憶語』와 2400자에 이르는 「죽은 동소완을 기리며亡姜童小宛哀詞」를 써서 동소완의 애정과 헌신

---

18) 病眼看花愁思深, 幽窗独坐抚瑶琴. 黄鹂亦似知人意, 柳外时时弄好音.「綠窓偶成」

을 추모했으니, 외로움에 시달렸던 동소완에게 조금이나마 위로가 되었기를 바란다.

사랑을 팔아 배신을 갚은 구백문

구백문은 금릉 제일의 구가창문寇家娼門 출신이다. 전겸익을 비롯한 당대의 명사들이 입을 모아 칭송할 정도로 노래와 시, 그림에 능했다. 구백문을 차지한 행운아는 명나라 공신 보국공輔國公 주국필朱国弼이었다. 숭정 15년, 열여덟의 아리따운 구백문은 화려하고 성대한 혼례를 올리고 주국필의 첩이 되었다. 그녀가 홍등을 든 사병 5000명이 도열한 길을 꽃가마를 타고 지나갈 때, 뭇 여인들은 시기와 질투의 시선을 던졌다. 그러나 구백문이 세상의 이목을 더 크게 끌었던 것은 화려했던 시작에 비해 너무도 비루한 사랑의 종말 때문이었다.

　때는 1645년, 구백문이 성대한 혼례를 치른 지 3년째 되던 해였다. 청나라 군대가 남하하자 주국필은 주저 없이 청에 투항했다. 북경에 인질로 잡혀간 주국필이 목숨을 구하기 위해 선택한 방법은 비열하고 치사하기 짝이 없었다. 그는 구백문을 팔아 자신의 몸값을 마련하고자 했다. 한때는 사랑했고 모든 것을 걸었던 주국필의 배신에 구백문은 냉정하게 현실을 직시했다. 그녀는 주국필에게 자신을 팔아봤자 고작 수백 냥일 테니, 진회하의 기루로 보내주면 한 달 안에 몸값을 벌어오겠노라 설득했다. 기녀로 복귀한 구백문은 정말 한 달 안에 2만 냥을 벌어 주국필을 석방시킨다. 풀려난 주국필은 뻔뻔하게도 구백문을 찾아와 다시 합치자고 했다. 구백문은 "그 옛날 당신이 돈으로 나를 기적에서 풀어줬듯, 나도 당신을 청나라군에게서 풀어줬으니 서로 비긴 셈 치시지요"라며 단호히 거절한다. 사랑에 속고 돈에 울었던 구백문은 그 후 시름시름 앓다 세상을 뜬다. 사랑을 팔아 목숨을 구걸한 남자, 자신을 팔아 배신에 화답한 여자. 그러나 전겸익이 구백문을 기리며 추도한 만사輓詞는 짧고 고단했던 기녀의 삶이 길고 숭고한 협녀의 삶으로 승화했음을 고스란히 전해주고 있다.

> 구가에서 제일 어여쁜 여인, 열여덟 살에 믿음 어긋났지.
>
> 오늘 진회의 슬픔에 참았던 눈물 쏟아져 옷깃 적시네.
>
> 연지 향 남기며 임 그리던 여협객이 구백문인 줄 누가 알까
>
> 관 덮은 흙이 마음은 못 덮으니, 그윽한 향은 그대 혼이런가.[19]

전겸익, 「만사」

충분히 아름다운 고미생과 변옥경

고미생은 일찌감치 청나라에 투항한 정인 공정자龔鼎孶 덕에 청나라에서 '일품부인一品夫人'에 봉해져 평안한 삶을 살다갔다. 그녀는 특히 회화에서 두각을 나타냈는데, 17세에 그렸다는 「난화도蘭花圖」는 북경의 고궁박물관에 소장되어 있다. 시사로는 「야밤 해월 누각 앉아海月樓夜坐」「꽃빛 깊어가네·규방에 앉아花花深深·閨坐」「원산부인의 기이한 꿈에 답하다答遠山夫人寄夢」 등이 『유화각집柳花閣集』에 수록되어 있다.

진회에서 노래로 유명했던 변옥경은 '강좌江左 삼대가(전겸익, 공정

---

19) 寇家姊妹總芳菲, 十八年來花信違, 今日秦淮恐相值, 防他紅淚一沾衣. 丛殘紅粉念君恩, 女俠誰知寇白門, 黃土蓋棺心未死, 香丸一縷是芳魂. 『板橋雜記』「錢虞山詩」

자)'의 한 명인 오위업이 사랑한 진회의 여인이었다. 변옥경과 오위업 역시 변절과 의리, 투항과 저항이라는 선택의 기로에서 사랑을 희생해야 했던 비운의 연인이었다. 청 조정의 압력에 3년 남짓 청을 섬기다 무능한 황제와 부패한 조정에 실망해 고향으로 떠난 오위업에게는 변옥경이 안중에 없었다. 변옥경이 오위업을 떠나 속세의 인연을 끊고 도인으로 생을 마감하자, 사람들은 그녀를 옥경도인玉京道人이라 불렀다.

일견 고미생과 변옥경 두 사람은 다른 여인들에 비해 비교적 조용한 일생을 살다간 듯 보인다. 그러나 각자의 곡절한 운명에 대해 누가 고통의 경중이나 애정의 대소로 그 가치를 판단할 수 있을까. 명말청초 비운의 세월을 사랑과 열정, 의리와 충심으로 견뎌낸 그녀들은 모두 진회의 꽃, 역사의 불꽃, 진정한 사랑의 승자이리라.

진회팔염의 마지막 주자 이향군의 불멸의 러브스토리는 다음 장 '북경 오페라 경극'에서 핏빛 사랑으로 화려하게 재현된다.

제국의 물결 속에
피어난
오색찬란한 욕망

북경 오페라 경극과 핏빛 사랑 「도화선」

중국인이 사랑하는 공연예술 경극은 대담한 동작, 화려한 무대분장, 문학적 상징성, 오감을 자극하는 음악 안에 정치와 종족, 문화와 대중, 사회와 현상을 담았다. 경극은 청 제국의 화려하고 역동적인 문화의 한 단면이라고 할 수 있다. 중국을 대표하는 핏빛 사랑의 노래 「도화선」은 경극·지방극·영화·드라마로 각색되어 지금까지도 여전히 대중의 심금을 울리고 있다.

성적 판타지가 양산한 여우 괴담 『요재지이』

청대 남성들의 성적 판타지 『요재지이』의 요괴 여인들은 모성적 위로, 에로틱한 욕망, 애절한 순애보를 충족시켜주는 환상적 존재였다. 짧지만 다양하고 풍부한 내용 속에 재미와 스릴, 촌철살인의 깨달음과 해석을 담은 이들의 달콤살벌 오싹대담한 연애담이 여기 있다.

청대의 『오만과 편견』, 『홍루몽』

대관원의 귀공자 가보옥을 사이에 둔 현실주의자 설보차와 감상주의자 임대옥의 애정과 혼인 열전. 현실과 이상, 이성과 감성, 순종과 도전의 다른 가치관과 사랑법을 보여주는 붉은 누각의 꿈같은 사랑 이야기 『홍루몽』에선 또 어떤 사랑이 피어났을까?

황태자의 첫사랑, 황실 스캔들의 주인공 되다—고태청과 공자진

청나라 말 세상을 떠들썩하게 했던 황실 스캔들 '정향화丁香花 사건'의 주인공 고태청. 그녀는 다수의 사詞와 희곡을 저작한 청대 최고의 여류 작가였다. 비련의 여인이었고 황태자의 첫사랑이었으며 사교계의 여왕으로 스캔들의 주인공이었다. 고태청, 그녀는 대체 어떤 여인이길래 이 수많은 타이틀을 달고 세인들의 입에 오르내리게 되었을까?

북경 오페라 경극과 핏빛 사랑
「도화선」

미셸 오바마, 케이트 미들턴, 멜라니아 트럼프, 브리지트 마크롱. 이들의 공통점은? 그렇다. 전·현직 대통령의 부인, 퍼스트레이디들이다. 퍼스트레이디는 긴박한 정치 일선에서 치열한 대외 역할을 수행하는 대통령의 조력자이자, 문화와 예술, 민간 교류, 사교 정치를 담당하는 '내조 외교관'이다.

2013년 미국 『포브스』지는 '세계 100대 영향력 있는 인물'로 시진핑習近平 중국 현現 국가주석의 부인 펑리위안彭麗媛을 선정했다. 교육·공공사업·여성·아동·환경 등 사회문제에 적극 참여하여 중국에 대한 세계인의 호감을 이끌어낸 공로를 크게 인정했기 때문이다. 당시 펑리위안이 적극 활용했던 것은 공연예술이었다. 펑리위안이 직접 출연까지 한 창작 오페라 「목란시편」 공연은 미국 뉴욕(2005), 오스트리아 빈(2008), 일본(2009) 등지에서 열화와 같은 성원을 받았다. 예술가 퍼스트레이디와 중국 전통공연의 결합은 시진핑이 추진하던 '문화 중국'의 이미지를 홍보하는 데에 성공적인 전략이었다.

「목란시편」은 중국인이 전통적으로 사랑했던 공연예술의 현대 버전이다. 중국의 공연예술은 종교제의인 원시 가무에서 출발하여 풍자·골계·해학의 가무희歌舞戱와 참군희參軍戱를 거쳐, 프로 공연의 기틀을 마련한 원나라의 잡극으로 성장했다가, 복잡하고 긴 스토리로 무대예술의 발전을 견인한 명나라의 전기로 명맥을 이었다. 그러다가 청나라에 이르러 희곡과 경극으로 찬란하게 꽃을 피웠다.

「목란시편」은 바로 이 경극을 골자로 서양의 오페라를 접목시킨 참신한 형식으로 주목받았다. 200년이라는 짧은 기간에 경극이 중국을 대표하는 상징이 된 이유는 무엇일까? 그것은 면면히 이어져온 중국 전통극의 역사가 경극에 이르러 종합예술로서 화려하게 재현되었기 때문이다. 그리고 다채로운 화장과 의상, 춤사위 같은 동작, 고음의 노랫가락, 선명한 플롯 안에 정치와 종족, 문화와 대중, 사회와 현상 등 여러 복합적인 요소들이 맞물려 있기 때문이다.

정치의 산물, 희곡과 경극

명을 멸망시킨 청은 이자성의 반란을 진압한다는 명분을 내세우며 침략의 당위성을 강조했다.[1] 소수에 불과한 만주인이 인구수가 열 배에 가깝고, 문화수준이 높은 한족을 효과적으로 통치하기 위해서는 중앙집권체제의 강화가 시급했다. 이를 위해 청 정부는 한족에 대해 강경책과 회유책을 번갈아 사용했다. 청 초기에는 만주족과 한족을

---

1) 1616년 누르하치가 여진족의 금나라를 잇는다는 뜻에서 후금後金을 세웠다. 1636년 후계자 홍타이지는 국호를 청淸으로 고쳤다.

각각 북경의 내성과 외성에 살도록 거주 지역을 분리하고, 한족에게 호복 착용과 변발을 강요하는 강경책으로 한족을 규제했다. 그러나 점차 사상적·문화적으로 우수한 한족 문화를 흡수하고 유능한 인력을 활용하는 것이 효율적인 통치에 유리하다고 판단하게 되었다. 그래서 한족 가치관의 근간인 천명관天命觀과 유학을 통치이념으로 삼는 등 한족 문화를 흡수하고 인정하는 회유책을 병용했다.

강희제는 특히 한인 문인학사들을 우대하고 귀순한 한족 문인들이 활발한 창작활동을 할 수 있는 기반을 마련했다. 그리고 전국을 순시하며 문화·경제·군사 방면의 기틀을 다지도록 독려했다. 이는 결과적으로 옹정雍正-건륭乾隆의 시기를 거치며 청대에 희곡과 경극이 화려하게 피어나는 데 크게 기여하는 계기가 되었다.

특히 건륭제가 재위 기간에 시행한 4차례의 서순西巡, 5차례의 동순東巡, 6차례의 남순南巡은 경극 활성화의 결정적인 분수령이 되었다. 건륭제는 사천, 산동, 강소, 절강, 소주, 항주 등지를 거치며 군사와 정치, 치수와 민생을 살피곤 했다. 이때 해당지역에서는 황제를 맞이하기 위한 성대한 행사를 준비했다. 시설을 정비하고 거리를 장식하며 연회를 개최하는 황제맞이 행사의 하이라이트는 지방극의 공연이었다. 황제를 위해 펼쳐진 다양한 연극들이 경극 발전의 초석을 다지게 된 것이다.

곤곡과 경극의 경계

청대의 희극은 '아부雅部'와 '화부花部'로 분류된다. '아부'는 우아한 귀족들의 '곤곡崑曲'으로 그 극본을 전기傳奇라고 한다. 수많은 등장

인물과 30~50척(막)에 걸치는 장편이 특징이며, 원의 잡극이 명-청을 거치며 곤곡으로 발전한 것이다. 전기는 우아하고 아름답긴 하나, 지나치게 길어 사나흘에 걸쳐 공연하거나 아주 일부 단락만 공연되는 까닭에 전체 흐름을 이해하기가 어려웠다. 또한 상투적인 언어 표현과 형식적인 음악으로 관객 흡인력을 상실했다.

그러자 '화부'가 그 자리를 대신하게 되었다. '난탄亂彈'으로도 불리는 화부는 지방의 속악俗樂이었다. 노래는 따라 부르기 쉬웠고 내용도 역사소설이나 전설에서 소재를 취해 친숙했다. 상해의 곤극崑劇, 화북의 평극評劇, 절강의 월극越劇, 강소의 회극淮劇, 사천의 천극川劇, 하남의 예극豫劇, 안휘의 황매희黃梅戲, 광동의 월극粵劇 등 각 지방 특유의 지방극 종류만도 360여 종이 넘었다.

경극은 중국 각 지방에 떠돌던 전통극 중 하나였다. 경극이 중국의 대표 공연예술로 자리잡은 결정적 계기는 건륭제의 80세 생일 축하연(1790)에 안휘성 4대 극단 중 하나인 '휘반徽班'이 이황조二皇調를 공연하면서부터다. 휘반은 호북湖北의 다른 극단과 합작하여 대중의 취향에 맞춰 음악·무대·의상·분장 등을 적절하게 조화·변형시켰는데, 이것이 주효했다. 건륭제는 흡족해했고, 관객들은 열광했다. 이후 북경에서 공연한다고 하여 경극이라 불리며 크게 성행했다. 대담한 동작, 화려한 무대 분장, 문학적 상징성, 오감을 자극하는 음악은 관객들을 매료시키며 경극이 중국 대표 공연예술로서 입지를 다지는 데 큰 역할을 했다.

전기의 맥을 이은 공상임의 「도화선」

공자의 64대손인 공상임孔尙任은 1690년부터 1699년까지 세 차례의 개작 끝에 10년 만에 「도화선桃花扇」을 완성했다. 「도화선」은 '아부'에 해당하는 장편의 전기로 총 44척(막)으로 구성되어 있다. 명말의 공자 후방역侯方域과 기생 이향군의 사랑이 복숭아꽃 부채 '도화선'을 모티브로 펼쳐진다.

　이 작품은 발표 즉시 센세이션을 일으켰다. 사람들은 앞다투어 연극을 관람했고, 희곡은 베스트셀러가 되었다. 그러나 정작 공상임은 강희제의 명으로 관직에서 파면되었다. 괘씸죄였다. 공자와 기녀의 러브스토리에 강희제는 대체 왜 분개한 걸까? 그것은 러브스토리 이면에 묘사된 부패하고 타락한 인간 군상과 사회분위기가 명청 교체기의 현상에 대한 날카로운 비판이었기 때문이다. 환관 위충현魏忠賢 일당의 전횡, 청의 침입, 이자성의 난, 숭정제의 자살, 남명 정권의 옹립, 그리고 러브스토리. '정치와 사랑'이라는, 전혀 어울릴 것 같지 않은 두 주제를 하나의 이야기 속에 녹여낸 공상임은 천부적 이야기꾼임이 틀림없다. 사람들은 명나라의 멸망에 가슴을 쳤고, 후방역의 억울함에 분노했으며, 이향군의 고통에 울었고, 두 사람의 애절함에 한숨을 쉬었으며, 비극적 결말에 통탄했다.

피로 물든 사랑의 징표 '도화선'

진회팔염의 마지막 주자 이향군은 소주 창문閶門 풍교楓橋 출신이다. 동림당 소속의 부친이 환관 일파의 모함을 받아 집안이 몰락하자, 남경 말릉교방秣陵教坊의 기녀가 되었다가 진회의 미향루媚香樓로 옮겨와 시서·연주·회화·가무에서 뛰어난 기량을 보이며 이름을 날렸다.

그녀는 19세에 명말 재야 정치가이자 동림당의 명맥을 이은 복사사공자復社四公子 중 한 명인 후방역의 첩이 되었다. 처음에 후방역은 명기 이향군을 만나기 위해 친구 양용우楊龍友에게서 물질적인 원조를 받았다가 그것이 환관 위충현의 측근이자 엄당閹黨(환관들의 정치집단) 멤버인 완대성阮大鋮의 후원임을 알고는 그대로 돌려준다. 완대성은 이에 크게 모욕감을 느끼고 후방역과 이향군에게 앙심을 품는다. 후방역과 이향군의 신혼은 오래 가지 않았다. 청나라가 침입했고 농민반란군 이자성은 북경을 함락했다. 두 사람의 운명도 외우내환 진퇴양난인 명나라 국운과 같았다. 후방역은 모함을 받아 도망자 신세가 됐고, 이향군은 완대성에 의해 남명 왕조의 실세 전앙田仰의 첩이 돼라 압박당했다. 이때 강요하는 전앙과 저항하는 이향군 사이에 몸싸움이 벌어졌다. 그러다 이향군이 쓰러지면서 난간에 부딪쳐 이마에서 피가 솟구쳤고, 손에 든 부채를 물들였다. 곁에 있던 후방역의 벗 양용우가 붓으로 부채의 피를 복숭아꽃으로 둔갑시켰다. 도화선이 탄생하는 순간이었다. 부채 위에 후방역이 써준 시가 핏빛 도화를 배경으로 구슬프게 울렸다.

> 좁은 골목 경사길 옆 붉은 누각 늘어선 길에
> 왕손이 화려한 부평거富平車 타고 갈 때에도
> 그대 머무는 푸른 계곡엔 온통 목련나무
> 동풍 불어와도 복숭아꽃 자태를 흩뜨리지 못했지.[2]

---

2) 夾道朱樓一徑斜, 王孫初御富平車. 青溪盡是辛夷樹, 不及東風桃李花.

후방역은 시에서 이향군이 어떤 바람에도 향기로운 자태를 잃지 않는 복숭아꽃 같다고 찬미했다. 이에 응답하듯 이향군은 부러질지언정 굽히지 않는 꼿꼿함을 연인에게 보여준다. 궁중에 가기로 차출되어 상심정賞心亭 잔치에 불려갔을 때, 마사영과 완대성의 면전에 대고 환관의 끄나풀이라며 맹렬하게 질타한 것이다. 이쯤 되면 브라보 이향군이다. 이향군은 이때 심하게 매를 맞고 쫓겨난다.

이후 후방역과 어렵사리 재회하지만, 너무 먼 길을 돌아온 탓일까? 두 사람은 현세의 결합 대신 불가에 귀의하는 것으로 사랑을 완결한다. 중국을 대표하는 4대 비극에 꼽히는 「도화선」은 경극·지방극·영화·드라마로 각색되어 때로는 사랑의 애절함으로, 때로는 망국의 설움으로 여전히 대중의 심금을 울리고 있다. 환관과 연루된 재물을 거부하고, 실세 전앙의 구애를 거절하며 사랑을 지킨 이향군은 후방역뿐만 아니라 전 중국인이 사랑한 여인임에 틀림없다. 남경(난징시 친후이취 차오쿠지에 38호)에 자리한 이향군의 옛집 '미향루'에 그녀를 기리는 추모의 향기가 끊이지 않으니 말이다. 「도화선」의 노랫가락은 그시절 사랑과 정치를 읊조리며 그녀를 이렇게 추모하고 있다.

나는 일찍이 보았지요,

금릉金陵(남경)의 아름다운 궁궐에서 꾀꼬리 새벽에 우짖고

진회하의 정자에서 일찍 꽃이 피던 것도 보았는데,

얼음처럼 그리 쉽게 사라져버릴 줄 그 누가 알았을까요.

그곳에 화려한 누각 세워지고 귀한 손님 모시던 연회 보았는데,

결국 그곳 누각 무너진 것까지 보고 말았나이다.

푸른 이끼 낀 초록빛 기와 더미

나는 일찍이 풍류 젖은 꿈꾸다 깨 50년 홍망성쇠 지켜보았나이다.

……

황폐해진 산천은 꿈에서 가장 생생하여

지난날의 정경 떨쳐내기 어려워 강산 주인 바뀌었음을 믿을 수 없어

강남 애도하는 곡조 되는대로 지었나니,

슬픔의 소리 내지르며 늙어 죽을 때까지 노래하리.[3]

---

3)   俺曾見金陵玉殿鶯啼曉, 秦淮水榭花開早, 誰知道容易冰消. 眼看他起朱樓, 眼看他宴
      賓客, 眼看他樓塌了. 這青苔碧瓦堆, 俺曾睡風流覺, 將五十年興亡看飽 …… 殘山夢
      最眞, 舊境丟難掉. 不信這興圖換稿, 謅一套哀江南, 放悲聲唱到老. 「哀江南」

성적 판타지가 양산한 여우 괴담
『요재지이』

1977년부터 방영했던 TV드라마 〈전설의 고향〉은 수많은 전설과 괴담으로 시청자들을 홀렸다. 그중 단연 최고의 시청률을 차지한 편은 한여름 밤의 무더위를 날려준 〈구미호〉 시리즈다. 〈구미호〉 편은 꼬리가 아홉 개 달린 천년 묵은 여우가 매혹적인 여인으로 변신하여 인간 남자와 사랑을 나누는 이야기다. 인간의 간을 먹고 온전한 사람이 되고 싶은 여우의 순애보는 섬뜩하면서도 구슬펐다. 10여 명의 여배우가 거쳐간 〈구미호〉는 스타 산실의 등용문이기도 했다. 지금까지도 잊힐 만하면 다양한 버전으로 각색되어 드라마나 영화로 꾸준히 제작되며 여름날의 더위를 식혀주는 것을 보면, 〈구미호〉는 가히 대한민국 대표 국민 괴담이라고 할 수 있다.

수많은 이야기 중 왜 유독 '구미호', 즉 요괴 여인과 인간 남자의 러브스토리가 우리의 관심을 끄는 걸까? 인간이란 이야기를 만들고 또 그 이야기에 의해 자신의 삶을 형성해 나아가는 습성을 지닌 존재다.

반복적인 삶을 환상적으로 각색하여 현실의 고단함과 피로를 잊고 대리 만족의 위로와 보상의 황홀경에 심취하려는 경향이 있다. 이럴 때 현실을 환상으로 바꿔주는 초월적 존재, '요괴 여인'의 도움이 필요한 것이다. 생각해보라. 고단한 삶과 단조로운 일상에 지쳐 있을 때, 반인반수의 초월적 존재가 여인으로 현신해 나타난다. 그녀는 모성적 위로와 성적 환상, 에로틱한 욕망, 애절한 순애보까지 채워주면서, 공포와 스릴, 환상과 로맨스를 동시에 체험시켜준다. 어찌 열광하지 않을 수 있는가?

TV나 영화가 없던 청대에 포송령의 문언소설 『요재지이聊齋志異』는 그 시절의 〈전설의 고향〉이었다. 설화, 전설, 야사 속 정령·요정·괴물·여우·귀신 등 온갖 이물들과의 다채로운 사랑을 통해 인간세상의 굴곡과 삼라만상을 투영한 『요재지이』는 대체 무슨 얘기를 들려줄까?

환상적 리얼리즘, 포송령의 『요재지이』

『요재지이』는 '요재聊齋(포송령의 서재)가 남긴 기이한 이야기'로 적게는 수백 자에서 많게는 수천 자로 쓰인 497편의 단편소설 모음집이다. 『탈무드』나 『이솝 우화』처럼 짧지만 다양하고 풍부한 내용 속에 재미와 스릴, 촌철살인의 깨달음과 해석을 담고 있다.

포송령은 가난한 한족 출신의 지식인이었다. "붓끝에 신기가 어리고 글에서는 기이한 향내가 난다"는 찬사까지 들었지만, 관직에는 운이 없어 낙방을 거듭하며 빈곤으로 고생했다. 그는 자신의 불우와 사회에 대한 불만을 강력하게 비판하고 낱낱이 묘사했다. 귀신이나 신선, 요괴, 도깨비, 기인이 등장하는 기이한 이야기에 빗대어 말이다. 그리고 여기에 방언과 속어를 섞은 날것의 언어로 생동감을 주었다. 청신한 상징과 내밀한 은유, 대담한 묘사, 정밀한 언어는 자유로운 사랑과 결혼을 추구하는 각양각색의 영웅, 협객, 기인, 요녀, 반인반수 등의 사랑과 로맨스를 더욱 신비롭고 몽환적으로 부각시켰다. 그러나 그 환상 속에 담긴 현실은 날카롭고도 신랄했다.

　가브리엘 가르시아 마르케스의 『백년 동안의 고독』은 소멸해가는 부엔디아 가문의 운명과 사랑을 통해 라틴아메리카 역사의 리얼리티를 환상적으로 그려낸 작품으로 '마술적 리얼리즘'의 원조라는 평가를 받는다. 그렇다면 꿈, 신화, 전설 같은 환상 속에 현실의 인물과 사실을 녹여낸 포송령의 『요재지이』는 중국의 환상적 리얼리즘의 선구라고 할 수 있다. 요괴 여인과의 짜릿한 사랑이라는 몽환적 스토리 안에 신기루 같은 인간사의 희로애락과 간난신고를 투영했기 때문이다.

남성들의 성적 판타지, 여우 여인

고故 장궈룽과 왕쭈셴王祖賢이 주연한 1987년 작 〈천녀유혼〉은 아름다운 처녀귀신 섭소천聶小倩과 가난한 서생 영채신寧采臣의 몽환적인 사랑 이야기로 인기를 끌었던 홍콩 영화다. 여주인공 왕쭈셴의 청순하면서도 신비한 외모가 특히 인상적이었던 영화로 기억된다. 사극, 공포, 무협, 멜로의 종합 판타지 〈천녀유혼〉의 원작이 『요재지이』의 「섭소천」이다. 2008년 천자상陳嘉上 감독의 〈화피畵皮〉도 『요재지이』에서 소재를 취했다. 원작인 「화피」에도 요염한 요녀가 등장해 왕생王生 장군을 두고 부인과 삼각관계를 형성하는 흥미진진한 내용이 전개

된다.

『요재지이』에는 인간 남자와 눈부시게 아름답고 아찔하게 관능적인 요괴 여인의 연애담이 절대적으로 많다. 도력 높은 고승대덕도, 학문이 깊은 서생도, 용맹무쌍한 장군도 한번 빠지면 헤어나지 못할 요사스럽고 아름다운 요녀에 대한 묘사는 기가 막힌다. 이런 식이다.

> "초승달을 문 듯 가지런한 이가 입술에 닿아 있었다. 그 묘한 웃음 속 그녀의 요염한 기운에 발끝에서부터 가슴까지 음탕한 생각이 차올라 견딜 수 없었다(「상아嫦娥」)."
>
> "눈부시게 단장한 여인의 자태와 용모는 세상 사람이 아닌 듯했다. 서 씨는 정신과 혼이 아찔하여 단지 그녀와 빨리 잠자리에 들고 싶은 생각뿐이었다(「소칠蕭七」)."
>
> "그는 내심 여우인 것을 알고 해를 끼칠까 두려워 정신을 바짝 차렸다. 여우는 치마끈을 매면서 돌아보지 않았지만, 뿜어내는 황홀한 향기는 콧구멍을 틀어막아도 흘러들어 마음을 요동치게 했다(「능현의 여우陵懸狐」)."
>
> "자세히 보니, 여리여리한 자태에 교태가 흐르고 요염함이 흘러넘쳤다(「청봉靑鳳」)."

'인간 세상에 없을' '혼을 쏙 빼놓는' '요염한' 여인과의 '황홀경'이라니. 이 정도면 그야말로 동물적 야성과 여성적 관능을 동시에 맛보고 싶은 남자들의 이기적 로망이 심각한 수준 아니겠는가. 뭐 이해는 한다. 일부 여성들도 '신데렐라 신드롬'에 빠져 도대체 현실에는 존재하지 않을 법한 백마 탄 왕자님을 소망하니까. 관능적인 마돈나와 부유하고 유능한 평강공주로 현신한 '여우 요녀'는 남성들에게 구원의 환상을 소설 속에서나마 도모하게 했다. 그러나 환상은 환상일 뿐. 포 송령은 미색과 허망의 유혹에 허덕이는 남성들에게 판타지의 결말을 경고한다. '사람 가죽 탈'이라는 뜻의 「화피」 이야기를 보면 미망에 허 우적대던 남성들이 현실의 타격을 정면으로 마주하는 장면을 목격하 게 된다.

달콤 살벌한 가면 속 그녀

「화피」의 줄거리는 이러하다. 산서성 태원太原의 왕생은 아침 일찍 길 을 나섰다가 봇짐을 힘겹게 들고 가는 아리따운 여인을 만난다. 왕생 은 첩살이 중에 학대를 못 견디고 도망쳤다는 여인을 집에 데려가 서 재에 머물게 한다. 그러곤 부인을 아랑곳하지 않고 밤마다 이 여인을 찾아가 밀애를 즐긴다. 어느 날 왕생이 저잣거리를 걷는데 한 도사가 대뜸 "사악한 기운이 도는군. 골로 갈 운명일세!"라는 묘한 말을 남긴 다. 왕생이 이상한 느낌에 서둘러 귀가해 서재를 들여다보니, 매혹적 인 여인은 간데없고 무시무시한 요괴가 사람 가죽을 펼쳐놓고 태연 히 색칠을 하고 있는 게 아닌가! 요괴가 가면을 쓰니 다시 아리따운 여인이 되었다. 왕생이 놀라 도사를 찾아가 도움을 청하자, 도사는 액 막이 부적을 건네며 침실 문에 걸어두라 당부한다.

그러나 부적은 아무 소용없었다. 정체가 들통난 요괴는 부적을 찢 고, 왕생도 갈가리 찢어 죽이더니 그 심장을 파먹는다. 이를 지켜보 던 왕생의 부인 진씨는 혼비백산하여 도사에게 도움을 청한다. 도사 가 노파로 둔갑한 요괴를 목검으로 내리치자, 사람 가죽이 벗겨지며 요괴의 흉악한 모습이 드러났다. 도사는 검은 연기로 변한 요괴를 호리병에 가두고, 남편을 살려달라 매달리는 진씨에게 거지의 가래침을 삼키라고 지시한다. 도사의 지시를 따른 진씨는 왕생의 시신을 수습하다가 심장을 토해내는데, 이것이 왕생의 시신으로 들어가 펄떡이니 왕생이 살아난다. 살아난 왕생은 "꿈을 꾼 것 같소. 이상하게 다만 배가 좀 아프오"라 말한다.

그렇다. 인생은 한바탕 꿈이다. 끝내주는 여인도, 죽여주는 밀애도, 무시무시한 사건도 모두 어렴풋한 꿈같은 기억의 한 자락일 뿐이다. 포송령은 천상의 미색과 나락의 요사함을 겸비한 요괴 여인과의 황홀경을 선사했다가 냉정한 현실 각성의 직격포를 날린다. 이러니 호쾌하게 관능 주고 묵직한 깨달음을 얻게 하는 포송령의 글솜씨에 누군들 넘어가지 않겠는가!

판타지 로맨스의 진실

인간의 이기적 본능은 허구의 소설 속에서 마음껏 발현된다. 풍몽룡은 빈주邠州 사람 나자부羅子浮와 선녀 「편편翩翩」의 이야기를 통해 사내들의 이기적인 욕망을 한껏 충족시킨다.

나자부는 어릴 적에 부모를 잃고 자식이 없는 부유한 숙부에게 양육된다. 숙부의 권력과 부를 이용해 마음껏 기방 출입을 하던 나자부는 급기야 기방이 밀집해 있는 금릉으로 도주한다. 금릉의 기방에서 퇴폐적이고 방종한 생활을 하던 나자부는 돈을 탕진하고 매독까지 걸려 거리로 쫓겨난다. 처참한 몰골로 거리를 헤매던 나자부 앞에 선녀 편편이 나타난다. 그녀는 나자부를 신선의 거처로 데려가 상처를 치료하고 푸른 잎으로 천의무봉의 옷을 지어 입히며 나뭇잎으로 음식을 만들고 계곡물로 술을 빚어 대접한다. 건강을 완전히 회복한 나자부는 뻔뻔하게도 편편에게 잠자리를 요구한다. 처음에는 기가 막혀하던 편편도 '이렇게나마 은혜에 보답하려는 것'이라는 나자부의 말에 몸과 마음을 허락한다.

그렇게 부부가 되어 살아가던 두 사람 사이에서 낳은 아들이 장성하여 장가를 보낼 때가 된다. 아들의 혼례식에서 편편이 부르던 노래는 세상 사람들에게 전하는 행복의 메시지가 아닐까?

"훌륭한 아들 두니 고관대작 부럽지 않고, 어여쁜 며느리 있어 금은보화 탐나지 않네. 여기 이렇게 모여 술 따르며 음식 권하니 그저 즐거울 따름이네."

그러나 지속되는 평온이 갑갑했던 나자부는 속세의 자극과 번화함을 그리워하다가 아들 부부만 데리고 고향에 돌아간다. 즐거운 것도 잠시, 이 복잡하고 정신없는 속세에서 나자부가 깊이 깨달은 진리는 '역시 내 마누라 내 집이 최고여!'였다. 해서 예전의 거처를 찾아간 나자부. 그러나 늦었다고 생각할 때면 진짜 늦은 거다. 누런 낙엽, 뒹구는 먼지가 쌓인 그곳에 편편의 종적은 찾아볼 수 없었다.

언제나 양손에 떡을 쥐고 갈등하는 것이 인간의 어리석음이다. 거칠고 황량한 세상에서 별 볼일 없는 당신을 모성의 위로와 여성의 관능으로 토닥이는 초월적 여인은 바로 옆에 있는 그 여인일지도 모른다. 가부장제 사회 남성들의 집단 무의식, 이기적 욕망을 쫓는 잔인한 판타지는 이렇게 마무리되고 있다.

지금도 우리는 『요재지이』의 애틋한 로맨스와 퇴폐적 에로티시즘, 으스스한 호러를 마음껏 경험할 수 있다. 꼭 책이 아니라도 말이다.

일단 포송령이 살았던 산동성 중부 치박시(쯔보시)淄博市 치천(쯔촨) 淄川의 '포송령 고거' 근처에 『요재지이』를 체험할 수 있는 테마파크 '요재성'이 있다. 그리고 영화 〈천녀유혼〉, 〈화피〉, 〈협녀〉 및 옴니버스 드라마 〈요재신편聊齋新編〉 등 『요재지이』에서 소재와 모티브를 취한 다양한 작품들을 언제라도 접할 수 있다. 어떤가? 꿈과 환상 속에서 현실의 비루와 고독을 극복하고 영원을 추구했던 포송령의 판타지 속으로 떠나보지 않겠는가?

청대의 『오만과 편견』,
『홍루몽』

우리는 종종 개성 강한 두 명의 여자 주인공이 등장하는 작품을 접할 때가 있다. 그 작품들은 두 여인의 각기 다른 성향을 부각시켜 흥미와 긴장, 갈등과 조화의 묘미를 조성하곤 한다. 현실과 이상, 추악과 순수, 타협과 도전 등처럼 말이다. 그리고 다른 가치관과 인생 궤적을 통해 삶의 의미를 되짚어보게 한다.

『바람과 함께 사라지다』의 정열적인 스칼렛과 부드러운 멜라니가 그랬고, 『이성과 감성』의 이성적인 엘리너와 감성적인 메리앤이 그랬다. 제인 오스틴의 소설 『오만과 편견』(1813) 속 순종적인 제인과 당돌한 엘리자베스가 그랬듯이. 『오만과 편견』은 영국 시골마을 롱본에 사는 베넷 일가의 다섯 자매 이야기다. 그중 아름답고 순종적인 맏딸 제인과 영리하고 독립적인 둘째 딸 엘리자베스의 연애와 결혼이 중심 스토리다. 젊고 부유한 신사 빙리와 결혼하는 제인과 오만한 원칙주의자 다아시에게 끌리는 엘리자베스. 둘은 성향만큼이나 다른 사랑과 결혼을 선택한다. 이 소설은 '가난한 계층의 여인들이 부와 명예를 얻을 수 있는 유일한 생계 대책이 결혼'이었던 18세기 말 영국 중산층의 사랑과 결혼을 비판한다. 다른 색깔의 두 여인을 통해 우리는 사랑의 본질적 의미를 조망해볼 수 있다.

신분-계급-재산으로 연결되는 사회적 메커니즘이 개인의 사랑과 결혼까지 구속하는 이 작품을 읽다보면 떠오르는 중국 소설이 있다. 18세기 중반 중국 청나라 때의 소설『홍루몽紅樓夢』이다. 대관원大觀園의 귀공자 가보옥賈寶玉을 두고 애정과 혼인의 경쟁자가 된 설보차薛寶釵와 임대옥林黛玉은 현실과 이상, 이성과 감성, 순종과 도전의 다른 가치관과 사랑법을 보여준다.

붉은 누각의 꿈같은 사랑 이야기

『홍루몽』은 총 120회 분량의 장편 구어체 소설이다. 제목을 풀어보면 붉은(紅) 누각(樓)의 꿈(夢)이다.[4] 작자 조설근曹雪芹은 당시 최고 귀족 가문인 영국부榮國府와 녕국부寧國府의 가씨·왕씨·설씨·사씨 집안의 500여 명의 인물들을 등장시켜, 18세기 청대의 건축·음식·의복·문학·음악·오락·유행·취미·기호 속에서 벌이는 다양한 일상과 사건사고를 다루었다.

『홍루몽』에는 청나라 말기 사회 전체에 만연한 과소비와 사치풍조 및 체제의 부조리 등이 상세히 묘사되어 있다. 강희제를 거쳐 건륭제에 이르기까지 이민족 왕조의 열등감을 극복하기 위한 몸부림은 봉

---

4) 홍루몽의 판본은 80회본과 120회본의 두 가지 버전이 있는데 1791년 정위원程偉元이 기존 조설근의 80회본에 고악高鶚이 쓴 40회본을 결합해서 120회본으로 간행한 것이 '정갑본'이고, 이듬해에 이 120회본을 개정한 것이 '정을본'이다.

건경제의 비약적 발전을 초래했다. 그리고 이 불균형은 사회 전체에 매관매직, 과소비, 사치와 향응 및 부정부패의 성행을 불러왔다. 청 왕조가 강조한 유가 사상과 교화 체계의 우산 아래에는 상업과 수공업을 위시한 물질 중심의 세상이 존재했다.

가보옥과 임대옥, 설보차, 그리고 500여 명의 인물들이 기거하는 견고한 사치와 향락의 성 대관원은 이러한 청대 사회의 축소판이라고 할 수 있다. 대대로 부귀와 권세를 누린 대관원은 세상에 둘도 없는 퇴폐와 향락의 온상이었다. 보옥의 친누이 가원춘賈元春이 황제의 귀비인 원비元妃가 되면서 이런 현상은 더욱 극심해졌다. 곰발바닥·제비집·우유로 찐 양고기·치즈·사슴 힘줄·거위 발·소 혀 등 각종 진기한 산해진미를 음미하고, 주령酒令·수수께끼·연날리기·바둑·거문고 연주·쌍육雙陸·풀싸움·공연 등 갖가지 놀이를 즐기며, 죽순과 반죽斑竹·돌배나무·파초·형형색색의 꽃과 풀이 무성한 정원 소상관瀟湘館을 거닐고, 오색찬란한 비단옷을 걸친 상태로 수많은 하인들에게 둘러싸인 화려한 성 대관원의 삶은 지상의 천국 같았을까?

부귀영화와 봉건 예교의 감옥에 갇힌 가보옥

영국공의 귀공자 가보옥은 총명하고 다정한 성품이지만, 입신출세나 부귀영화에는 도통 관심이 없는 자유로운 영혼이었다. 대관원의 남자들이 주색잡기나 연단술, 출세의 영욕에 빠져 있을 때, 보옥은 그 모든 것이 덧없었고 대관원이 감옥 같았다. 그는 남성을 흙처럼 지저분한 대상이라며 혐오한 반면, 여성은 물처럼 깨끗한 존재라며 존중했다. 대관원의 대소사는 모두 보옥의 할머니이자 집안의 실세인 사태군史太君과 손자며느리 왕희봉王熙鳳, 보옥의 어머니인 왕부인이 관리했다. 집안에서는 부귀영화나 출세를 경멸하며 공부를 싫어하는 가보옥을 일종의 실패작이자 '폐물'로 취급했다. 보옥의 진정한 가치를 알아본 이는 사촌누이 임대옥뿐이었다. 둘은 서로 의지하며 애정을 쌓아간다. 가보옥은 섬세하고 순수한 임대옥을 사랑했지만, 집안에서는 생활력 강하고 현실적인 설보차를 가보옥의 짝으로 생각했다. 집안 어른들의 마음을 사로잡은 설보차와 가보옥의 마음을 사로잡은 임대옥, 그리고 그 사이에서 갈등하는 가보옥. 이들은 어떤 선택을 하게 될까?

시심에 드러난 성향

임대옥과 설보차의 판이한 성향은 외모, 식습관, 옷차림, 대인관계에서뿐만 아니라, 문학작품 속에서도 드러난다. 하루는 가보옥이 계수나무를 감상하며 게 요리를 먹다가 시를 한 수 지어 읊더니, 두 여인에게 답시를 청했다. 임대옥과 설보차는 차례로 시를 지어 읊었다. 제목은 똑같이 「방해영螃蟹咏」. 풀이하면 '게를 노래하며'이다.

> (1)
> 철갑과 긴 창을 죽어도 갖추고 있네.
> 쟁반 위 쌓인 빛깔 고운 게를 맛보는 기쁨.
> 집게발엔 옥같이 부드러운 게살이 쌍쌍이 가득
> 붉고 기름진 껍질에 향이 그윽하네.
> 살코기는 가련한 그대의 여덟 발에 가득

흥 돋울 천 잔의 술 권할 자 누구 없소?

훌륭한 음식으로 좋은 계절을 맞이할 제,

계수나무에 청풍 일고 국화엔 서리 앉았네.[5]

(2)

계수나무 아지랑이, 오동나무 그늘에 앉아 술잔을 드니,

장안 사람들도 침 흘리며 중양절을 손꼽아 기다리네.

옆으로 걷는 게가 가는 길은 가로 세로가 없겠구나,

배 껍질 안에 알 수 없는 속내를 숨긴 건가!

술로는 비린내 못 없애니 국화주 한잔 더 마시세.

게의 찬 성향 막아준다니 생강도 먹어야겠네.

곧 솥에 들어갈 텐데 다 무엇하리오?

달 뜬 물가에 벼와 기장 향기만 남았네.[6]

(1)과 (2), 두 수의 시 중 어느 것이 임대옥의 시이고 어느 것이 설보차의 시일까?

앞의 시는 쟁반 위에 내온 삶은 게의 형상을 보고, 철갑옷과 긴 창을 갖춘 전사를 떠올리고 있다. 화자는 게 요리를 단지 살이 오르고 기름진 음식으로만 취급하지 않았다. 게에게 '그대'라는 존칭으로 경의를 표하며, 좋은 계절 훌륭한 음식을 맞는 감흥을 한잔 술로 북돋고 있다. 그리고 가을을 맞아 맑은 바람에 날리는 계수나무 향과 서리

---

5) 鐵甲長戈死未忘, 堆盤色相喜先嘗. 螯封嫩玉雙雙滿, 殼凸紅脂塊塊香. 多肉更憐卿八足, 助情誰勸我千觴. 對茲佳品酬佳節, 桂拂淸風菊帶霜.

6) 桂靄桐陰坐擧觴, 長安涎口盼重陽. 眼前道路無經緯, 皮里春秋空黑黃! 酒未滌腥還用菊, 性防積冷定須薑. 于今落釜成何益? 月浦空余禾黍香.

앉은 국화의 정취도 한껏 노래했다. 두 번째 시는 게 요리를 맛볼 양에 가을 중양절을 입맛 다시며 기다리는 사람들의 모습을 해학적으로 묘사했다. 옆으로 걷는 게, 배 껍질 안에 숨긴 살, 비린내를 없애주는 국화주, 냉기를 막아주는 생강의 효능 등 기능적이고 실제적인 현상을 시로 옮긴 재주가 뛰어나다.

자, 답이 나왔는가? 그렇다. 삶아진 게에서 전사의 형상을 유추하고, 장렬한 죽음이 요리로 승화된 것을 존중하며, 천 잔의 술로 흥을 돋우는 첫째 시의 화자는 섬세하고 풍부한 시적 감수성으로 게를 노래한 임대옥이다. 반면 가을이 제철인 게 요리에 식구들을 떠올리고, 게의 비린내 및 차가운 성질을 잡을 국화주와 생강의 조화를 놓치지 않는 현실적인 파악은 역시 이성적인 설보차답다. 짧은 두 편의 시에서도 두 여인의 상반된 성향이 고스란히 드러난다.

생활의 파트너 설보차

설보차는 건강하고 풍만한 몸매를 지닌 처세의 달인이었다. 겉으로는 세태에 융합하지 않는 척했지만, 시의적절하고 분수에 맞게 처신했다. 그녀는 어른들의 비위를 적절히 맞추었고 현명하게 일처리를 했다. 어른들은 그런 설보차를 좋아하고 칭찬했으며, 몽상가인 가보옥의 배필로 적격이라 여겼다. 그녀는 요란한 연극과 달콤한 음식을 좋아하는 가보옥의 할머니 사태군을 보필하며 환심을 샀다. 또 이미 알고 있는 등미燈謎 놀이를 처음 해보는 양 신기해하며 놀이를 소개한 원비를 기쁘게 했다. 설보차는 사람들이 좋아하는 포인트를 기가 막히게 파악하고 그 심리를 적절히 이용했다.

그러나 예의바른 행동과 아름다운 외모 속에 어떤 속내를 감추고 있는지는 아무도 알 수 없었다. 보옥과 친하던 하녀 금천아金釧兒가 왕부인에게 맞고 우물에 투신해 자살하자 설보차는 주저 없이 가해자 왕부인 편을 들었다. 남녀 하인들의 밀회 장면을 목격하고는 임대옥이 훔쳐본 것처럼 일을 꾸미기도 했다. 설보차는 온화한 언행과 외모 아래 냉정함과 계산속을 감춘 여인이었다. 그런 설보차의 마음에도 보옥에 대한 연정이 피어올랐다. 머리로는 장래가 없는 한심한 남자라 생각했지만, 가슴은 순수하고 다정한 가보옥에게 향했다. 보옥은 현실적이고 일처리에 능숙한 그녀를 존중했지만, 부담스러워했다.

영혼의 동반자 임대옥

잔병치레로 짙은 병색은 가냘프고 창백한 임대옥의 외모를 더욱 신비하고 고매하게 보이게 했다. 어려서 모친을 잃은 그녀는 예민하고 섬세한 감수성과 괴팍하고 까다로운 성격을 동시에 지녔다. 눈물이 많았고 잘 삐졌으며 변덕과 질투, 의심과 독설이 잦았다. 그러나 시든 꽃을 거두어 장례를 치러주며 추도사 「장화사葬花詞」를 지을 정도로 풍부한 감수성을 지녔고, 시서에 능했으며 예술에 탐닉했다. 특히 입신출세와 부귀공명을 혐오하고 세속적 삶을 회피하는 순수하고 탈속적인 성향은 가보옥을 사로잡았다.

임대옥과 가보옥은 서로의 정신세계를 공유하며 연민과 사랑을 함께 느꼈다. 가보옥에게 임대옥은 독보적인 존재로 가장 영향력이 큰 여인이었다. 그러나 임대옥은 가보옥 주변의 설보차, 사상운, 설보금 등의 여자들에게 늘 위기의식을 느끼며 초조하고 불안해했다. 그녀는 보옥만 바라보고 가슴앓이를 하면서도 끝내 솔직한 마음을 전하지 못했고, 믿었던 외조모(사태군)와 올케(왕희봉)에게 배신당하면서 쓸쓸하게 세상을 등진다.

예정된 애정 비극

사태군은 결국 가문을 능력 있는 설보차의 손에 맡기기로 결심하고 결혼 사기극을 벌인다. 가보옥에게는 신부가 임대옥이라고 속이고, 실제 혼례식 날에는 설보차를 신부로 맞이하게 한 것이다. 보옥은 임대옥이 신부라는 말만 믿고 기쁜 마음으로 혼례를 올린다. 그러나 신부 차림의 설보차를 보고 할머니의 계략에 속은 것을 알게 된다. 임대옥을 향한 보옥의 애정과 무능력한 보옥의 상황을 알고서도 결혼을 강행한 설보차. 그녀의 선택은 『오만과 편견』의 제인처럼 가문, 평판, 예교라는 현실과의 타협이었다. 가보옥과 설보차의 혼롓날 가슴속에 보옥과의 사랑을 묻은 채 쓸쓸히 죽음을 맞이한 임대옥. 그녀는 엘리자베스처럼 세상의 편견과 갈등을 극복하고 사랑을 쟁취하지는 못했다. 그러나 혼례의 불합리를 죽음으로 반박함으로써 자신이 보일 수 있는 최선의 저항을 실행한 것이 아닐까? 이 애정 비극은 후일 집안의 몰락과 대옥의 죽음으로 인생무상을 느낀 보옥이 속세를 떠나 출가하는 것으로 끝을 맺는다. 그러면서 우리에게 누가 사랑의 승자인지, 어떤 것이 사랑의 성공인지 질문하고 있다.

황태자의 첫사랑, 황실 스캔들의 주인공 되다
—고태청과 공자진

권력의 중심에는 늘 스캔들이 끊이지 않는다. 이혼녀 심프슨 부인과 결혼하면서 왕위를 버린 에드워드 8세, 왕세자의 여성 편력과 승마 코치와의 염문 및 우울증과 이혼 등으로 파파라치에게 시달리다 교통사고로 생을 마감한 영국 왕세자비 다이애나, 백악관 인턴 르윈스키와의 성추문으로 미국 전역을 떠들썩하게 했던 클린턴 대통령의 사례들을 보라.

일단 스캔들이 터지면 사건사고에 굶주린 매스컴과 미디어들은 먹잇감에 달려들어 속살을 헤치고 적당히 양념을 가미해 대중들에게 제공한다. 그러면 대중들은 평소에는 근접할 수 없던 로열패밀리, 고위급 가문, 권력의 심층부에서 벌어지는 불손하고 추잡한 사건들에 열광하고 수군댄다. 그러다가 삿대질을 해대며 만신창이가 될 때까지 그들을 부도덕과 패륜의 뭇매로 희생시키곤 한다. 때때로 발생하는 이러한 현상은 그들에 대한 무한 동경과 질시가 공존하는 우리의 속내, 심리의 민낯일 수도 있다.

청나라 말기 세상을 떠들썩하게 했던 황실 스캔들 '정향화丁香花 사건'의 주인공 고태청顧太淸 역시 그런 심리가 만들어낸 언론과 여론의 희생양이었다. 그녀는 『홍루몽』의 속편인 『홍루몽영紅樓夢影』을 비롯해 다수의 사詞와 희곡을 저작한 청대 최고의 여류 작가였다. 황태자의 첫사랑이자 사교계의 여왕이면서 스캔들의 주인공이 된 고태청. 그녀는 대체 어떤 여인이길래 이 수많은 타이틀을 달고 세인들의 입에 오르내리게 되었을까?

황태자의 첫사랑

고난을 겪은 듯한 여인의 눈에는 애수가 담겨 있었다. 책을 읽고 글을 쓰는 그녀의 낯빛에는 고뇌와 무구의 세계가 공존했다. 영왕부榮王府 아가씨들의 가정교사로 독서와 시를 가르치던 태청의 첫인상을 혁회 奕繪는 그렇게 느꼈다.

건륭제의 다섯째 아들 영순친왕榮純親王 영기永琪의 손자인 애신각라愛新覺羅 혁회는 그야말로 권력과 부귀의 핵심인 황실 귀공자였다. 황실 서열 3등급으로서 패륵貝勒인 그는 늘 굽실거리는 주변, 권력의 부스러기를 기대하는 부류, 그의 눈빛 하나에 쓰러지는 여인들에 둘러싸여 있었다. 그런 혁회에게 당돌한 눈빛과 반항의 기류가 흐르는 고태청은 한마디로 '이런 여자 처음이야!'였다. 서양문물을 접하여 수학과 라틴어에 정통한 분방한 젊은 귀공자 혁회와 만주족의 야성과 한족의 문화적 소양을 갖춘 고태청은 독서와 시를 매개로 교류하면서 점차 연모하는 사이로 발전해간다. 만주족 동갑내기 청춘남녀의 만남에는 거칠 것이 없을 것만 같았다. 그러나 명문세족 아들이라고, 황실의 핏줄이라고 모든 게 손쉬운 것은 아니었다. 아니, 오히려 가문의 영광과 권력의 위계를 수호하기 위해 연애와 혼인을 더욱 단속하고 관리해야만 했다. 혁회도 마찬가지였다. 태청에게는 그와 맺어질 수 없는 치명적인 결함이 있었다.

언론탄압의 찬란한 계보, 문자옥

위정자들이 독재 권력을 수립할 때 활용하는 가장 강력하고 효과적인 방법은 사상과 언론의 통제다. 무력으로 점거한 다음 철저한 우민화를 통해 영토와 정신의 완벽한 지배 메커니즘을 수립하는 것이다. 여기에 권력자의 비뚤어진 통제 감수성이 더해지면 더할 나위 없이 무자비한 사상·언론 탄압 시스템이 발효된다. 중국 최초의 통일제국을 이룩한 진시황의 과도한 통제욕구가 일으킨 분서갱유, 건국 황제이면서도 농부의 아들이라는 주원장의 출신 콤플렉스와 피해망상증이 야기한 명나라의 필화筆禍 사건들, 이민족 왕조로서의 불안과 한족에 대한 문화적 견제로 자행된 청나라 강희·옹정·건륭 시대의 잔인한 문자옥文字獄 등은 모두 무자비한 사상·언론 압제 사례들이다.

그런데 건륭제 때의 문자옥에 태청의 조부인 악창鄂昌이 연루되었던 것이다. 악창과 지인이 주고받은 글 중 "온 세상에 해와 달(日月)이 없으니, 심장을 부여잡고 탁하고 맑음(濁淸)을 논하리라"[7]라는 부분을 건륭제는 '일월日月'은 명明으로 '탁청濁淸'은 더러운 청나라로 보고, '세상에 명나라가 없으니, 오직 심장을 부여잡고 더러운 청나라를

---

7)　一世日月無, 一把心腸論濁淸.

논하리라'라고 해석했다. 어리석은 자는 악에서 악을 배운다. 마오쩌둥毛澤東은 1966년부터 1976년까지 10년 동안 지식의 영혼을 차단하고 문화의 숨통을 끊는 문화대혁명으로 그 계보를 잇는다. 찬란한 문화의 명맥을 끊는 이런 사건들은 수천 년간 지속된 중국 사회 언론 탄압의 잔인한 계보라고 하겠다.

신분세탁으로 완성한 사랑

태청의 성은 서림각라西林覺羅, 이름은 춘春으로 만주혈통이다. 그녀는 청나라 핵심 권력집단인 팔기군八旗軍[8])에 속하는 양람기鑲藍旗 악이태鄂爾泰의 증질손녀다. 악이태는 옹정과 건륭 시기를 거치며 운남·귀주·광서 성의 총독 및 군기대신軍機大臣, 삼등백三等伯 등을 역임했던 청나라 초기 권력의 핵심이었다. 그러나 건륭제 때 태청의 조부 악창이 문자옥에 연루되어 자결하면서 가문이 몰락했다. 태청은 지방 막료로 지방을 떠돌던 부친 악실봉鄂實峰을 따라 복건, 광동 및 소주와 항주 등을 전전하며 곤궁하고 비참한 삶을 살아야 했다. 그때의 삶을 그녀는 악몽이라며 다음과 같이 반추했다.

> 사사건건 일마다 까닭이 있어 반평생 온갖 고초 다 겪었네.
>
> 날던 기러기 머물 곳 없음을 보다가, 날이 저물매,
>
> 할미새 언덕에서 눈물로 두건 적시네.

---

8) 청나라를 건국한 누르하치奴爾哈赤가 창업에 공로가 있는 만주족을 비롯해 한인, 몽골인, 여진인 등을 중앙집권적으로 통제하고자 1616년에 조직한 군대. 깃발 색깔에 따라 부대를 8개로 나누어 편제해 팔기라 하였다. 8개 부대는 정황기正黃旗·정백기正白旗·정홍기正紅旗·정람기正藍旗·양황기鑲黃旗·양백기鑲白旗·양홍기鑲紅旗·양람기鑲藍旗로 부른다.

근심 회포 적어보려 하나 이미 취한 듯 초췌하여 아뜩하니

젊은 날의 몸 같지 않네.

악몽에서 깨어 두려운 마음으로 창 아래 서니

꽃잎 날리고 잎만 떨어져도 놀라는 가슴.[9]

고태청, 「정풍파定風波·악몽惡夢」

　출생과 동시에 죄인 신분으로 온갖 고난을 겪어야 했던 태청에게 삶은 실로 악몽 같았다. 그러나 그러한 삶의 질곡으로 형성된 태청의 도도한 기품과 고뇌의 분위기가 황태자 혁회의 마음을 끌었던 것이다. 여기에 뛰어난 문재와 예민한 감성까지 갖추었으니 시와 사, 그림과 음악을 즐겼던 혁회와는 예술적·문학적으로 소통할 수 있는 천생연분이었다.

　그러나 문제는 태청이 악창의 손녀라는 점이었다. 죄인의 여식이 황실의 여인이 될 수는 없을 터. 그러나 사랑은 혁회를 움직이게 했다. 그는 일단 태청에게 씌워진 '죄인 후손'의 오명을 벗기기 위해 신분세탁을 추진했다. 태청을 집안의 호위무사인 고문성顧文星의 양녀로 입양시켜, 성을 고씨顧氏로 바꾸도록 한 것이다. 또 이미 묘화부인妙華夫人과 혼인하여 아이까지 두고 있었던 혁회는 부인을 설득해 태청을 황실의 여인으로 받아들일 동의와 지지를 얻어냈다. 이러한 우여곡절 끝에 태청은 도광道光 4년(1824) 26세 되던 해 혁회의 측복진側福晉, 즉 측실이 될 수 있었다. 몇 년에 걸친 노력으로 얻어낸 사랑의 자격이었다.

------

9)　事事思量竟有因, 半生嘗盡苦酸辛. 望斷雁行無定處, 日暮, 鶺鴒原上淚沾巾. 欲寫愁懷心已醉, 憔悴, 昏昏不似少年身. 惡夢醒來情更怯, 愁絕, 花飛葉落總驚人. 「定風波·惡夢」

사교계의 여왕, 꽃의 스캔들에 휩싸이다

이제 황실의 여인이 된 태청은 그 타이틀을 족쇄가 아닌 창구로 활용했다. 혁회와 혼인하기 전에도 그녀는 타고난 재능과 어여쁜 용모, 기구한 사연 등으로 늘 대중의 이목을 끌었다. 이제 거기에 권력까지 장착한 태청은 몸에 꼭 맞는 옷을 입은 듯 문화와 유행을 선도하는 셀럽이 되었다. 그녀는 문집과 모임을 통해 수많은 문인들과 교류하면서 자신의 재능과 역량을 활발하게 확대해갔다. 또한 산과 절, 정원 등 다양한 장소를 방문하고 감상하면서 자연을 즐기고 다양한 풍류를 경험했다. 이 모든 것들은 그녀의 문학적 지경을 넓혔고 지적 욕구를 확대시켰으며 감정적 경계를 허물었다. 모두들 그녀의 일거수일투족에 촉각을 세웠다. 한마디로 그녀는 당시 사교계의 여왕이었다. 그러던 중 이른바 희대의 황실 스캔들인 '정향화 사건'이 발생한다. 스캔들 상대는 청나라 말기의 뛰어난 문인이자 개혁가인 공자진龔自珍이었다.

공자진의 호는 정암定庵으로 청나라 말기 부패하고 쇠락한 사회에 대한 비판과 울분을 작품으로 승화시킨 붓을 든 혁명가였다. 모두들 비분강개를 풍자와 욕설로 해소하고 정치적 포부와 애국심을 시와 문장으로 드러낸 공자진의 정감에 공감했다. 그는 종인부宗人府에서 혁회의 부하로 일했다. 혁회는 그를 부하이자 글벗으로 아꼈으며, 태청과 외유할 때 자주 그를 동행하기도 했다. 그러는 와중에 태청과 공자진이 서로의 은근한 정과 문학적 매력에 빠져들었는지도 모르겠다. 세 사람이 함께 북경 외성의 민충사憫忠寺를 찾았을 때를 회상한 공자진의 사詞는 그의 인생에서 가장 화려하고 향기로웠던 시절을 추억하고 있다.

　　세속과 천계는 헤아릴 바 없으나 그대가 남긴 향이 내 영혼 붙드네. 꿈
　　인가 연기인가 가지에 꽃핀 지 벌써 십 년, 십 년 세월 천 리 거리에 비바
　　람만 어지러이 흔적 남겼네. 그를 가련해함을 이상히 여기지 말라, 그 신
　　세 떨어지는 꽃잎 같으니.[10]

공자진, 「감란減蘭」

　　그는 '민충사의 해당화와 늦봄의 유희가 떠올라 눈앞이 흐려져 이
글을 짓노라'고 덧붙였다. 늦봄 고즈넉한 사찰에 도발하듯 흐드러진
붉은 해당화는 수행의 불사佛舍를 사랑이 싹트는 공간으로 변모시켰
던 모양이다. 만개한 해당화의 붉은 꽃 그림자 아래 읊조린 감미로운
가사를 사람들은 태청을 향한 공자진의 은근한 연서였다고 수군댔다.
그러나 두 사람을 위태로운 스캔들에 휘말리게 한 결정적인 계기가
된 것은 공자진의 다음의 시였다.

　　공연히 산에 이리저리 노닐다가 잠들어
　　꿈에서 서쪽 정원(闐苑)에 봄이 온 것을 보았네.
　　말 달려 주씨 댁에 쪽지 전하기는 늦었으니,
　　비단옷 입은 그대에게 전할 소식, 바람결에 보내볼까.[11]

공자진, 「정향화丁香花」

---

10)　人天無據, 被儂留得香魂住. 如夢如煙, 枝上花開又十年. 十年千里, 風痕雨點斑斕里.
　　莫怪憐它, 身世依然是落花. 「感蘭」

11)　空山徙倚倦遊身, 夢見城西闐苑春. 一騎傳箋朱邸晚, 臨風遞與縞衣人. 『己亥雜詩』
　　「丁香花」

정향화는 라일락이다. 봄날의 아찔한 라일락 향을 기억하는가? 멀리서도 존재를 각인시키는 찌르는 듯 강렬한 향이 태청을 닮았던 걸까? 사람들은 정향화에서 태청을 떠올렸고, 서쪽 정원은 혁회와 태청의 관저를 가리키며, 봄은 태청의 이름인 '춘春'을 의미한다고 했다. 공자진이 작품 설명에 쓴 '태평호太平湖의 정향화를 추억하며'에서 태평호는 바로 관저 옆의 호수라고도 했다. 그러니까 '관저의 태청을 그리며'로 완벽히 해석된다는 것이다. 불륜의 이름으로 덧씌운 또 다른 문자옥이었다. 그 와중에 1838년, 관직과 작위를 뺏긴 울분으로 패륵혁회가 돌연 병사한다. 황실 가족들은 이런 불운을 태청 탓으로 돌렸다. 평소 보편적인 황실 여인의 궤도를 따르지 않고 튀는 행보를 보였던 태청이 염문까지 뿌렸으니 도저히 봐줄 수가 없었던 것이다. 태청은 쫓겨났다. 공자진 역시 죗값을 톡톡히 치렀다. 모든 공직에서 물러나 재야에서 창작에 몰두하던 중 혁회 가문에서 사주한 독주를 마시고 죽은 것이다. 이것이 '황태자의 첩과 직속 부하의 염문'이라고 대중이 속살거리던 '정향화' 즉 라일락 스캔들의 전말이다.

고운 자태만큼이나 강렬한 향기를 품은 라일락의 꽃말은 첫사랑, 젊은 날의 추억이라고 한다. 라일락 향처럼 아찔한 여인 고태청과 그녀를 사랑한 두 남자, 패륵혁회와 공자진 세 사람에 얽힌 날카롭고도 아름다운 젊은 날의 첫사랑을 추억하게 하는 사연이었다.

작품 속 시대 구분과 주요 문학작품

왕조명		키워드	연대	주요 작품	관련 인물
선진	주 (서주)	봉건제도	BC 1020경 ~ BC 770	시경: 어여쁜 그녀, 뽕밭에서, 치마를 걷고 외	민간 남녀
	춘추 시대	백가쟁명, 춘추오패	BC 770 ~ BC 403	서시, 오서곡	서시와 범려
	전국 시대	약육강식, 전국칠웅	BC 403 ~ BC 221	초사: 어부사, 이소, 상부인	굴원: 복비, 상부인
진-초한		진시황의 법치 초한전쟁	BC 221 ~ BC 206	해하의 노래, 우미인가, 사면초가	항우와 우미인
한	전한	유학, 사부	BC 206 ~ AD 8	봉구황, 백두음	사마상여와 탁문군
	신		AD 9 ~ AD 23	경국지색, 추풍사	무제와 이부인
				소군의 원망	원제와 왕소군
	후한		AD 25 ~ AD 220	원가행(추선)	성제와 반첩여, 조비연
경계				악부시: 하늘이시여, 염가행, 유소사, 산에서 약초를 캐다가, 맥상상	민간 남녀, 청춘 연인
					나부와 태수
				지난날을 돌아보며	황제와 동성 애인들: 미자하, 등통, 동현
삼국 시대	위	삼국정립, 배신, 왕위찬탈	AD 220 ~ AD 265	칠보시, 감견부	조조, 조비, 조식과 견희
	촉		AD 221 ~ AD 263		
	오		AD 222 ~ AD 280		

위진 남북조	자유, 개성, 일탈, 죽림칠현, 인간중심, 르네상스	AD 265 ~ AD 581	투향	가오와 한수
			도망시	위개, 반악
			공작동남비	초중경처
			세설신어	완적, 완함, 사곤
수	혼혈	AD 581 ~ AD 619		
당	혼혈, 개방, 국제화	AD 618 ~ AD 907	장한가	현종과 양귀비
			연밥 따는 아가씨, 아내에게 외	이백
			아름다운 여인, 월야	두보
			춘망사, 앵앵전	원진과 설도
송	시민사회, 전족, 송사, 화본소설	AD 960 ~ AD 1279	생사자, 완계사, 투백화, 완계사	구양수, 소식, 유영, 주방언
			원야, 권아사	주숙진
			여몽령, 무릉춘	이청조
			채두봉, 심원	육유와 당완
			연옥관음, 심지 곧은 장승 외	화본소설
원	몽골, 혼종문화, 잡극	AD 1260 ~ AD 1368	구풍진	조반아, 송인장과 주사
			배월정	서란과 세륭
명	초기: 주자학 중후기: 인성해방, 자본주의	AD 1368 ~ AD 1644	금병매	서문경, 반금련
			꿈에, 설죽	서위
			삼언, 이박: 장흥가의 진주적삼, 뇌봉탑에 갇힌 백낭자 외	장흥가 / 허선과 백사소정
			몽강남, 녹음 우거진 창가에서 외	진회팔염
청	만주 제국, 경극	AD 1644 ~ AD 1911	경극과 도화선	후방역과 이향군
			요재지이: 화피, 편편	인간 남자와 여우 요녀
			홍루몽	가보옥과 설보차, 임대옥

참고문헌

원전 주석서

葛洪,『抱朴子外篇』(『新編諸子集成』本), 臺北, 世界書局, 1972.

郭茂倩,『宋本樂府詩集』上中下, 世界書局, 1979.

杜珣 編著,『中國歷代婦女作品精選』, 中國和平出版社, 2000.

班固,『漢書』, 中華書局, 1997.

潘岳 著·董志廣 校注,『潘岳集校注』, 天津: 天津古籍出版社, 2005.

房玄齡等撰,『晉書』, 臺北: 鼎文書局, 1987年 1月 5版.

范曄(南朝·宋),『後漢書』, 台北: 鼎文書局, 1990.

司馬遷,『史記』, 中華書局, 1982.

徐渭,『徐渭集』, 中華書局, 1983.

徐渭,『徐文長文集』, 四庫全書存目叢書, 齊魯書社, 1997.

蕭統(梁) 編/李善(唐) 注,『文選』, 臺北: 華證書局, 1991.

蕭滌非,『漢魏六朝樂府文學史』, 人民文學出版社, 1984.

宋濂,『元史』, 洪氏出版社, 1977.

王逸,『楚辭章句』, 台北: 藝文印書館, 1963年 4月.

陸游,『陸游翁全集』, 中華書局, 1966.

張廷玉(淸),『明史』, 台北, 洪氏出版社, 1977.

鄭騫,『詞選』, 臺灣: 中國文化大學出版部印行, 1991.

『全唐詩』, 中華書局, 2003.

曹操(魏),『曹操集』, 香港, 中華書局, 1973.

鍾嶸,『詩品』, 上海: 上海古籍出版社, 1997.

陳奇猷,『呂氏春秋』卷26上農, 呂氏春秋校釋, 學林出版社, 1990.

陳壽(晉)撰·裴松之(南朝 宋)注,『三國志』, 台北, 鼎文書局, 2004.

陳伯君校注,『阮籍集校注』, 中華書局, 2004.

馮夢龍,『喩世明言』, 上海, 上海古籍出版社, 1994.

馮夢龍,『警世通言』, 上海, 上海古籍出版社, 1994.

馮夢龍,『醒世恒言』, 上海, 上海古籍出版社, 1994.

桓寬,『鹽鐵論』, 上海古籍出版社本, 2014.

黃燦章·李紹義 編著,『花木蘭考』, 北京, 北京廣播電視出版社, 1992.

黃宗羲(明) 輯·全祖望(清)訂補,『續修四庫全書』, 上海古籍出版社, 1995.

국내 원전 번역서

공상임 저, 이정재 역,『도화선』, (주)을유문화사, 2011.

곽무천 저, 강필임 역,『악부시집樂府詩集』, 지만지, 2011.

굴원·송옥 저, 권용호 역,『초사』, 글항아리, 2017.

김장환 역주,『세설신어世說新語』([宋]劉義慶 撰, [梁]劉孝標 注), 살림, 2000.

김학주 역주,『시경』, 명문당, 1993.

김학주 역주,『논어』, 서울대학교출판부, 2003.

노태준 역해,『고문진보』, 홍신문화사, 2000.

박환영,『몽골의 유목문화와 민속』, 민속원, 2005.

소소생 저, 강태권 역,『금병매』(1-10), 솔, 2002.

사마천 지음, 정범진 외 옮김,『사기본기』, 까치, 1994.

사마천 지음, 정범진 외 옮김,『사기세가』(상하), 까치, 1994.

사마천 지음, 정범진 외 옮김,『사기열전』(상중하), 까치, 1995.

송영정 저,『당송 근체시 백수』, 신아사, 2015.

유원수 역주,『몽골비사』, 사계절, 2004.

임동석 역,『고문진보』, 동서문화사, 2017.

정범진 편역,『앵앵전』, 성균관대 출판부, 1995.

조설근 저, 홍상훈 역,『홍루몽』(1-7), 솔, 2012.

진기환 역주,『한서』(1-10), 명문당, 2017년.

포송령 저, 김혜경 역,『요재지이』, 민음사, 2002.

풍몽룡 저, 최병규 편역,『삼언애욕소설선』, 학고방, 2016.

플라톤,『향연』(해제), 서울대학교 철학사상연구소, 2005.

국내 단행본 도서

김원중,『중국문화사』, 을유문화사, 2008

레이황 저, 권중달 역,『허드슨 강변에서 중국사를 이야기하다』, 푸른역사, 2001.

루링 저, 이은미 역,『중국여성-전족 한 쌍에 눈물 두 동이』, 시그마북스, 2008.

루쉰 저,『중국소설사략』, 학연사, 1999.

리귀원 저, 김세영 역,『중국 문인의 비정상적인 죽음』, 에버리치홀딩스, 2009.

리루이 저, 김택규 역,『사람의 세상에서 죽다』, 시작, 2010.

리쩌허우 저, 정병석 역,『중국고대사상사론』, 한길사, 2005.

리쩌허우 저, 정병석 역,『중국근대사상사론』, 한길사, 2005.

리쩌허우 저, 이유진 역,『미의 역정』, 글항아리, 2014.

빙심, 외 저, 하영삼 외 역,『그림으로 읽는 중국문학 오천년』, 예담, 2002.

서경호,『중국문학의 발생과 그 변화의 궤적』, (주)문학과지성사, 2003.

신동준,『조조통치론』, 인간사랑, 2005.

왕번강 저, 구서인 역,『여인들의 중국사』, 김영사, 2008.

유달림 저, 강영매 역,『중국의 성문화』상하, 범우사, 2000.

이가원 감수, 이기석 역,『시경詩經』, 홍신문화사, 2012년.

이공범,『위진남북조사魏晉南北朝史』, 지식산업사, 2003.

이국희,『도표로 이해하는 중국문학개론』, 현학사, 2003.

이석호 · 이원규 공저,『중국명시감상』, 위즈온, 2007.

이수웅 · 김경일 저,『중국문학사中國文學史』, (주)대한교과서, 1994.

이유진,『중국을 빚어낸 여섯 도읍지 이야기』, 메디치미디어, 2018.

이재권,『도가철학의 현대적 해석』, 문경출판사, 1995.

자오이 저, 이지은 역,『대당 제국 쇠망사』, 위즈덤하우스, 2018.

장징 저, 이용주 역,『사랑의 중국문명사』, 이학사, 2004.

정진일,『도가철학개론』, 서광사, 1998.

젠보짠 저, 심규호 역,『중국사강요中國史綱要』, 중앙books, 2015.

허항생 저, 노승현 역,『노자 철학과 도교』, 예문서원, 1999.

중국소설 연구회편,『중국소설사의 이해』, 서울: 학고방, 1998.

허세욱,『중국고전문학사中國古典文學史』, 법문사, 1998.

국외 단행본 도서

蕭滌非,『漢魏六朝樂府文學史』, 人民文學出版社, 1984.

王孝通,『中國商業史』, 商務印書館, 1980.

褚斌杰,『中國古代文體槪論』, 北京大學出版社, 1990.

全漢升,『中國經濟史研究』, 新亞研究所出版, 1983.

丁福保, 『全漢三國晉南北朝詩』, 台北: 藝文印書館, 1975.

程國賦, 『明代書坊與小說硏究』, 中華書局, 2008.

周鈞韜, 『中國通俗小說家評傳』, 中州古籍出版社, 1993.

陳東原, 『中國婦女生活史』, 台北, 臺灣商務印書館, 1994.

焦竑, 『明淸筆記叢書』, 上海; 上海古籍出版社, 1986.

胡適, 『白話文學史』, 臺北, 文光圖書有限公司, 1983.

논저류

강성조, 「반악 「도망시」 3수의 사상에 대한 고찰」 『도교문화연구』, 2007.

강태권, 「《金瓶梅》속 人身賣買를 통해 본 明代 社會現象」 『중국학논총』, 2010.

金東旭, 「「蔣興哥重會珍珠衫」의 野談으로의 飜案樣相」 『중국문학연구』, 2006.

金元東, 「明末 妓女들의 삶과 文學과 藝術」 (1)(2) 『중국문학』, 2001.

김은주, 「『桃花扇』의 비극결말」 『중국어문학논집』, 2004.

金政六, 「「三言」中 愛情主題 作品 分析」 『인문논총』, 1990.

김지선, 「《紅樓夢》의 놀이문화에 대한 인문학적 고찰」 『중국어문학지』, 2011.

金洪謙, 「「狐」和「女性」在中國小說裏的形象小考」 『중국어문논역총간』, 2005.

朴泓俊, 「北宋詞의 民間文學 特徵과 그 意味」 『인문논총』, 2019.

박환영, 「『몽골비사』에 반영된 몽골의 여성민속 고찰」 『비교민속학』, 2011.

謝佩芹, 「「鬧樊樓多情周勝仙」中的人物探析」 『有鳳初鳴年刊』 第二期, 臺北, 2005.

申鉉錫, 「李淸照 詞의 特徵 考」 『중국인문과학』, 2010.

吳金成, 「『金瓶梅』를 통해 본 16C의 中國社會」 『명청사연구』, 2007.04.

柳喜在, 「唐代才華女流詩人「薛濤」」 『중국어문학』, 1992.

李金恂, 「원대 혼인극작을 통해서 본 원대 여성들의 결혼관에 대한 연구」 『중국인
    문과학』, 2011.

李東鄕, 「唐詩와 宋詞에 나타난 女性像」 『인문과학연구논총』, 1994.

이안나, 「몽골의 영웅서사시 《장가르》에 나타난 여성의 신화적 형상과 의미」 『비
    교한국학』, 2014.

이영숙, 「《世說新語》를 통해 본 魏晉시대 죽음의 문화적 의미 고찰」 『中國小說論
    叢』, 2016.

이지운, 「송대 여성작가 주숙진과 그의 시 연구」 『중국어문학지』, 2013.

張承宗, 「三國婦女參政考」 『蘇州大學學報』, 2005年 第3期.

조숙자, 「《산가》를 통해 본 명대 민간인의 사랑」『中國文學』제37집, 2002.
진신, 「『鶯鶯傳』에 나타난 혼인문화 고찰」『문명연지』, 2011.
최수경, 「19세기 여성의 문학공동체 연구」『중국문화연구』제19집, 2011.
황영희, 「유여시柳如是의 삶과 그의 시세계」『중국문학』, 2008.

황아!황아!내 거처로 오려무나
중국문학, 사랑에 빠지다

2020년 1월 3일 초판 1쇄 찍음
2020년 1월 15일 초판 1쇄 펴냄

지은이 이영숙

펴낸이 정종주
편집주간 박윤선
편집 두동원 강민우
마케팅 김창덕

펴낸곳 도서출판 뿌리와이파리
등록번호 제10 - 2201호(2001년 8월 21일)
주소 서울시 마포구 월드컵로 128 - 4 2층
전화 02)324 - 2142~3
전송 02)324 - 2150
전자우편 puripari@hanmail.net

디자인 가필드
종이 화인페이퍼
인쇄 및 제본 영신사
라미네이팅 금성산업

값 16,000원
ISBN 978-89-6462-135-6 (03820)

이 도서의 국립중앙도서관 출판예정도서목록(CIP)은 서지정보유통지원시스템 홈페이지(http://
seoji.nl.go.kr)와 국가자료공동목록시스템(http://www.nl.go.kr/kolisnet)에서 이용하실 수 있습니
다.(CIP 제어번호: CIP2019050769)